『鏡の国の戦士』

そこには、グインのよく見慣れたすがたが立っていた。(319ページ参照)

ハヤカワ文庫JA
〈JA894〉

グイン・サーガ外伝㉑

鏡の国の戦士

栗本　薫

早川書房
6108

THE WARRIOR IN WONDERLAND

by

Kaoru Kurimoto

2007

カバー／口絵／挿絵

丹野　忍

目次

鏡の国の戦士

登場人物

グイン……………………………ケイロニア王
ヴァルーサ………………………グインの愛妾
ルカ………………………………まじない小路の魔道師
ハゾス……………………………ケイロニアの宰相。ランゴバルド選帝侯

第一話　蛟が池

1

眠りにつくまでは、確かに、ごく尋常に、日毎おのれの疲れたからだを横たえるしとねに、ぐったりと疲れはてたたくましいからだを横たえたはずであった。何も、異常の気配もなかったし、あやしき風が吹きすさぶ夜でもなかった。遠くに人外の怪鳥《けちょう》の切り裂くような啼き声のかすかに聞こえてくるようすもなく、しじまもいつもより生々しく、重たい、あたかもそれ自体闇の生あるものでもあるかのようにまとわりついて来る気配もなかった。

それゆえ、ことさらに悪夢に魘《うな》されることもなく、彼はその目をとじ、そしてあっという間に眠りにおちた筈である。彼の眠りは、つねの日にはいつもすこやかで、ことに寝入りばなは、深く眠る。もっとも、ちょっとでもあやしき気配がすれば、たとえどのような深い眠りの底からでも、ただちに彼の鍛えられた戦士の目はかっと見開かれたに違いないのだが――

「誰だ」

押し殺したような声を、誰かが発するのを、彼は確かに聞いたと思った。そして、それがおのれの声であると知ってひそかに驚いた。

「そこにいるのは――誰だ！」

（誰。そこにいるのは誰）

なにものかが――

まるで木霊のように、彼の言葉を、だがまるでねじまげられたことばをしかかえすこの出来ぬという呪われた木霊の精ユーライのようにかえしてきた。そのときまでには彼は完全に目がさめて、枕元において寝ていた愛用の大剣をひきずりよせていた。

「誰だ。名を名乗れ」

（誰なの？　誰かいるの？）

まるで、からかっているかのように、おうむ返しのいらえが戻ってくる。彼はいまや、上体をおこしてまっすぐ前の闇をにらみつけていた。これまで確かにおのれのよく知っている、おのれの臥床であると信じていたあたりは、なんだか突然に、見も知らぬ闇の深淵に姿を変えてしまったかのようだった。

「ここは何処だ」

思わず、彼は問うた。ただちに、ユーライの木霊が返ってきた。

(ここは何処。ここは何処。ここは何処)

「ほざくな──聞いているのは俺だ。姿をあらわせ」

(貴方は誰？　誰なの？)

もやもやと、闇の鏡像のなかに、白いかげろうが立った。それは、つと、おぼろげな幽霊の像をむすび、そして、やがて、白いはかなげな貌、漆黒の髪にふちどられた白い小さな貌をもつ、妖しいすがたになった。このような場合でなければ、まごうかたなき幽霊としか見えなかっただろう。いや、このような場合であれば、幽霊であるのが当然、と思われたから、何もいっそ、あやしむ理由もなかったのだ。たなごころにおさまるほどに小さな端麗な顔の、瞳のいろは見えなかった。その目はぴったりととざされていたのだ。

「俺の名はグイン」

彼は荒々しく言った。

「豹頭の戦士などとひとは呼ぶ。俺の異形に驚かぬとすれば、お前はすでに俺を知っているのだ。さあ、俺は名乗ったぞ。お前も名乗れ」

「カリュー」

ちいさな、うつくしいふるえをおびた声がささやいた。

「猫目のカリューだの、美童のカリューだのとひとはいうけれど、ぼくは自分では、自分がどのような貌をしているのか知らない。あなたが異形かどうかもぼくにはわからない。だってぼくは目を閉じているのだもの。目を開いてはならぬ、決してひとのいるところで目を開いてはならぬという母親の命令にしたがって、ぼくは人前に出るときには目かくしをつけ、ひとのおらぬところでは目をとざしている。――だから、ぼくには貴方の気配しかわからない。そこにいるの？　そして、貴方はどんなふうに異形なの？」

「俺は、いまいったとおりだ。俺は豹頭なのだ」

不思議なほど、驚きを感じることもなく、グインは云った。なにやら、すべてがかつてどこかで知っていた――このようになるだろうといつか、あらかじめ知らされていたことであったような気持が、なぜするのか、彼はむしろそれが不思議だった。

「豹頭？――それは、あの南方にすまい、ひとをとってくらうという、あの黄色くて黒い点々のある美しい毛皮をもつという不思議な肉食獣のこと？　貴方はその豹と人間とのあいのこなの？」

「そういうわけではない、ただ俺は豹頭をもってこの世に生まれてきたのだ。あのようにふと意識をとりもどしたことを、この世に生まれたというのだったらな」

グインは云った。そして、しびれたような心持で身をおこすと、そのからだはまるで金縛りがするすると足元にとけてほどけて落ちたかのように自由になった。

「お前はいったい何処から俺にむかって語りかけているのだ、カリュー」

グインは云った。まだ、その手には大剣をしかと摑んだままだ。

「それはぼくのほうが聞きたいよ、豹頭のグイン。貴方がいるのはいったい何処？　そして、貴方は何処からぼくにむかってそうしてその不思議な声をかけているの？」

「知らぬ、俺はただ、つと夜半に目覚めたにすぎぬ」

「へえ」

猫目のカリューの声が、わずかに意地悪そうな響きをおびた。

「それは奇遇だなあ。ぼくも同じだよ」

「何だと」

「ぼくも、夜半に目ざめて、ふと鏡を見たところ――そう、夜半に目覚めて誰もいなかったときくらい、ぼくだって目を開くことは許されているからね。というよりも、誰もぼくがそこで目を開いているとは知るものはいない。だから、ぼくは思わず目を開いたのだ。そうしたら、目の前に鏡があって――そしてその中に何か人影のようなものが見えた。だからぼくはあわてて目をとざしたんだ。目を開いているところを知られると、ぼくは目をえぐりだされた上、八つ裂きの死刑にされてしまうかもしれないと母上にずっといわれていたんだから」

「それはまたどういう母親だ。おのれの息子を、目を開くなと言いつけて育てた上、目を開いたらその目をえぐりだして、八つ裂きの死刑にするなどとおどすというのは」

奇妙な義憤めいたものにかられて、グインは叫んだ。カリューは軽い笑い声をたてた。

「でもそれはぼくが《邪眼》だからしかたないんだって。ぼくは呪われた子どもなのだそうだ。だから、ぼくが生かしておいてもらえるだけでも、感謝しなくてはいけないと母上はいつもぼくに云ってきかせる。きっとそうなのだろうな、ぼくは、たぶん見知らぬきょうだいがいるのだけれど、そのきょうだいとも、ついぞ出会ったことはない――きょうだいのほうはぼくほど運はよくなかったようだから」

「お前のことばはいちいち謎めいている」

グインはつぶやくようにいった。

「お前は、いったい、どこから喋っているのだ。そして、お前は、そもそも何処の国の何者なのだ。お前のいるところと、俺のいるところはもしかしたら、まったく違うところなのか？　そしてこれは何かの魔道で、たまたまそのまったく違うものがつながってしまった、というようなことなのか？」

「さあ、ぼくにはわからないよ、豹頭のグイン」

カリューはまた低く笑った。

「だって、ぼくは夜半に目ざめて鏡を見ただけで、あなたがいったいどこからあらわれて、どうやってぼくに声をかけているのかも、もうわからないのだもの。ほらすっかり、こうして目を閉じてしまったから。でも、目を閉じるのは嫌いじゃない。目をとじると、目を開いていては見ることのできない、それはそれはたくさんのものが見えるんだよ。だからぼくは母上に云われたからだけじゃなく、半分は自分から望んでこの目に目隠しをするんだ。本当に見えるものだけを見ることが出来るように」

「ここでいま、お前と哲学問答などをしているいとまはない」

むっつりとグインは答えた。

「それよりも、俺の問いに答えろ。お前の国とは何処で、そしてお前は何者だ？　お前の母親というのは何処にいて、そして何という名前だ」

「母様は……母上はきっと貴方のことは知らない。そして貴方も母上のことは知らない。だって母上は、男が嫌いなんだから」

「…………」

「まして豹頭の男なんて。獣も男も母上の宮殿では存在することをゆるされない。ぼくは邪眼だから、本当は生きていてはいけなかったのだけれど、おまけに男だから、本当なら、生まれてすぐにみずちが池に捨てられるはずだった。だけど、母上は、ぼくが邪眼だったので、生かしておくことにしたのだって。ぼくが十六歳になったら、邪眼の者は蛟《みずち》が池に捧げられ、そしてそれによって蛟神《みずち》が母上のために予言をしてくれる。ぼくは、そのときまで生かしておいてもらえるかわりに、邪眼を決して開くことのないように、誰にもその邪眼のわざわいを向けることがないように、とかたく命じられたのだ。邪眼のカリューが生かしておいてもらえるのは、十六歳になったらいけにえにされるため、ただそれだけなんだよ」

「そのような奇怪な話は聞いたこともない」

グインは唸った。

「俺も随分といろいろな国を遍歴もしてきたし、また遠い北方や南方、そして東方へも旅したり、またそれについてのさまざまな奇妙な話を耳にしたりもして見聞をひろめてもきたものだが、そのような邪眼の者を生贄に捧げるだの、それによってよこしまな神が予言をするだの、それまでその目を開かぬように我が子に命じる母だの、といった話は聞いたことがないぞ。お前の母というのは、どこかの国の女王でもあるのか」

「ああ、母上は、みずちの国の女王《ひめみこ》ウリュカと呼ばれているよ」

カリューは答えた。

「そして、母上の統治する国は、蛟人たちの国として知られている。もともとは、首から上がみずちの者たちと、首から下がみずちで、首から上だけが人間であるものたちが住まっていた謎めいた太古生物の国家だったというけれども、いまとなっては、猿の子孫たちとの混血がすすみ、純血を残すものはすなわち邪眼の持ち主に限られるとも云われている。ほかにもさまざまな伝説がこのぼくの生まれた国ハイラエにはあるんだ」

「ハイラエ、ハイラエ。聞いたこともない名だ」

「そう、それは鏡の裏側にしか存在しないからね」

「お前のいうことはますます謎めいている――だが、それでは、お前は我々の国や中原については何も知らないのか。お前の生きているそのハイラエとかいう国は、中原にはないのだろうな？」

「中原のことは知っているし、そのような場所があることも知っているよ」

カリューは首をかしげた。

「だけれどもそれがどこにあるかは知らないし、それがぼくたちの国とどのようにかかわってくるかも知らない。それは、あくまでもぼくたちにとっては鏡のあちら側にあるものにすぎないんだ」

「鏡、鏡。お前は最前から鏡の向こう側だの、鏡の裏側だの、鏡を見たらだのという。その鏡というのはいったい何のことだ――俺の寝間には、そんな魔道めいた鏡など存在してはおらぬし、俺はお前を鏡の中に見ているわけではないぞ」

「夜中のイリスの零時といわれる刻限にあわせ鏡をするものは、この世でないところへ飛んでいってしまい、二度とはかえってこない、という言い伝えはあんたの国にだって、その中原とやらにだって、どこにだってあるはずだよ、グイン」

カリューは答えた。

「それはとてもありふれた言い伝え——言い伝えというよりただの真実にすぎないので、誰もが本気にもしないけれど、だが心ひそかにおそれていて、決してそれをしようとはしない、そういうものであるはずだ。それは、どこの国でも、東方でも南方でも北方でも西方でもかわらない。どこでもいいから遠くにいって、それについて聞いてごらん。きっと、誰もが、それについては知っているといい、一度試してみようと思ったけれどもなぜか、何故とはない恐怖にかられてそれから手をひっこめてしまったと認めるはずだよ。それほどにこれはごくごく一般的な不思議にすぎないのだ」

「ますますわからぬことをいう。お前がきわめてありふれた言い伝えだというそのようなものを、俺は聞いたこともなかったし、また、あわせ鏡によってそんなどこかに飛ばされてしまうなどという話もどこでも聞いたことはないぞ」

「それは、たぶん貴方が間違った人にばかり声をかけて伝説のことを聞いたからだよ。やはり伝説のことは、心寂しくめしいている捨てられた僧だの、この世を呪ってひそかに黒魔術の書を集めている女人だのにたずねなくては。だけれど、そんなことはもういいんだ。ぼくにはもうかかわりはなくなる。ぼくもこの鏡を明日の朝には割ってしまわなくてはならない。なぜなら、ぼくは、明日、十六歳になるのだから」

「何だと」

「十六歳になったら、ぼくは蛟神に捧げられることになっていると云っただろう？　今夜はぼくの最後の晩なんだ、豹頭のグイン。だから、ぼくは今夜に限っては、遅くまでひとりでいることを許された。本当はもう、とっくに見張られながら眠りについていなくてはならない刻限なんだけれども。まかりまちがっても、この邪眼のぼくが、みずちの刻と呼ばれるイリスの零時に、鏡を見てしまうことのないように」

「お前のいうことはますますわけがわからん」

「わからなくてもいいんだ。それはぼくだけがわかっていればいいことなんだもの。イリスの零時に、だけどぼくは鏡をこっそりと見てしまった。そうしたら、そこに道が開けて、そしてあなたがいた。これは、運命なの、グイン？　そして、だとしたらぼくの運命は貴方なの、グイン？」

「そんなことは知らん。俺はただ、夜半に胸苦しさを感じることさえなくふと目覚めて、闇のなかにただならぬ気配を感じたにすぎぬ」

「そうしたらそこにぼくがいた。――鏡の道が開いたんだ、グイン。それは、グインがぼくを助けてくれなくてはいけないという、神様の命令だと思うよ。これは、運命なんだ」

「いったいそれはどこのどんな神の命令だというのだ。俺とお前では共通した神の名さえも知るまい。――そもそも、俺にはお前を救う理由もなければ義理もない。それどころか、お前がいま、どこにいるのかさえ知らぬのだぞ」

「そんなものはすぐにわかるし、ぼくにはすべてわかっている。ぼくはずっと、明日になったら大人しく死ぬのだ、殺されるのだと思っていたよ。蛟神に食い殺され、生きながら体を引き裂かれてね。そのことはもう、生まれて十六年間、確実にやってくることはわかっていたし、だからぼくはそれが恐しくも悲しくもなかった。いまだって恐ろしかったり悲しかったりはしない。でもただ、いまになって鏡の道が開いて、そしてそこに貴方がいた——これはいったいどういうことなのか、知りたいとぼくは思うんだよ。こっちにきて、グイン。ぼくをそちらの世界に連れていってくれることは出来ないよ、だから、貴方がぼくのところにやって来て。そして、ぼくを蛟神の生贄になるさだめから助け出してくれなくてはいけない。それが、貴方に科せられた今回の冒険、神の使命なんだ」

「そんな勝手な話は聞いたこともない。そもそもお前はいったい——」

グインは言い始めた。だが、言い終わることは出来なかった。

「ほら見て。イリスの四点鐘が鳴る。鏡の扉が開く。鏡と鏡があわさるよ」

謎めいた微笑を浮かべて、目を閉じたまま、カリューが勝ち誇ったように叫んだのだ。その声は細かったのに、奇妙ないんいんとした響きをもって、グインの耳を刺した。

あっというまもなかった。グインは、突然、白い光がおのれの目から脳にむかって突き刺したような異様な心持にとらえられた。と思った次の瞬間、グインは、ふいにぐいぐいと、圧倒的な抗いがたい力によって、おのれがどこか中空の一点にむかって吸い寄せられてゆくのを感じた。

「待て！」

グインは叫ぼうとした。だが声は出なかった。

「待て、俺を何処に連れてゆこうとするのだ。そんなわけにはゆかぬ。俺には、お前のところへいっているいとまなどはないのだ。俺はここでいま、まさにたくさんのしなくてはならぬことが——一刻を争うような……皆が、俺の命令を待って——ああ、引き寄せられる！」

空中が、まるで急流となってグインの巨体を押し流してでもゆくように、何もなかったはずの空気が流れとなり、奔流となってグインを運び出そうとしていた。それはグインをかるがると持ち上げ、そしてあらがうことも出来ぬ力で、鏡の中へと流し込もうとしていた。グインはまるで急流に翻弄される木の葉の一枚のように、おのれがきりきりまいをしながら、白く光る鏡のなかに吸い込まれてゆくのを感じて、叫んだ。だが、その叫び声は近習にも、衛兵にも届くことはなかった。

「待ってくれ。俺をどうするつもりだ。俺はそんな、鏡の中へなどゆくわけには——待て！」

グインの抗議の叫びもまた、鏡の中に吸い込まれた。グインは、我にもあらず絶叫をもらしながら、全身をぐるぐると上下左右にふりまわされるような苦痛に襲われながら白く輝くあやしい鏡のその中に吸い込まれていったのだった。

2

「ここ――は……」

どのくらい、おのれが気を失っていたのか、グインにはわからなかった。だが、ほんの一瞬にすぎなかったようにも思われたし、とてつもなく長い時間のようにもまた感じられた。

体じゅうが、あちこち巨大な力にふりまわされてばらばらにちぎられてでもしまったかのような不安な感じがあり、手を動かすのも恐ろしかったが、一方では、心配で動かしてみずにはおられなかった。そっと動かしてみると、べつだんどこもどうともなっていないようである。だが、なんだか、長時間強風と強い波にでも弄ばれていたかのようなひどくぐったりとした疲労感が全身をとらえていた。そのままともすれば重たく眠りたがる目をそっとこじあけてみると、薄暗いなかに、ぼんやりと白い光が浮かび上がり、もうちょっと目をこらしてみると、それがすなわち、猫目のカリュー、邪眼のカリューと名乗ったあやしい鏡の中の少年の白い貌であることがわかった。

少年は、灰色の生絹《すずし》の、えりもとがゆったりとたるんでいるトーガのようなものを着て、細腰に銀色のなかばすきとおった布でサッシュのように結んで長々と垂らしていた。その胸もとには、銀の鎖のさきに赤く光る貴石のようなものをつけた飾りが下がっており、それだけが身につけている装飾品だった。黒々と輝く濡れ羽色の髪は額の眉のすぐ上あたりできれいに切りそろえられ、その下に、前髪の下をくぐって、頭のまわりに銀色の細い紐がまきつけられている。それは頭の右側で縛って、それのさきがまた肩のあたりまでも長々と垂れ下がっていた。細い首がいたいたしいほどに細く、その上にのった頭もいたいたしいほどに小さくて、端麗な貌ではあったが、ひどく病的で、そして、美しかったけれどもどこか見るものの背筋をちょっと寒くさせるようなところがあった。どこがとはいえなかったが、この少年は、美しい赤い目の小蛇のような、邪《よこし》まで美しいぞっとするような生物を連想させるところがあり、その紅い唇がかっと開いたらそこから、先の二つに割れた小さな長い舌がチロチロとうごめきはせぬのか、などと思わせるところがあった。

　ほっそりとした手足はトーガのさきからほんの少しあらわれているだけだった。少年はベッドのようなもの——ディヴァンであったかもしれぬ——の上に、へりのほうにちょこんと腰かけ、そして、その目はかたくとざされていた。少年は、つと手をのばすと、おのれのすぐかたわらにおいてあった銀色に光る細い長い布をとって、それでぐるりと自分の目のまわりに目かくしをし、頭のうしろでぎゅっと縛った。ひどく馴れた感じの手つきであった。

「貴方が本当に鏡の通路を通ってみずちの国にきてくれたなんていまだに信じられないよ」

カリューは口もとだけで微笑みながら云った。

「だから、思わずどうしても見たくなってしまうから、目を開かないように、こうしておくんだ。——ぼくが、明日の儀式までに目を開いてしまったら、きっと何か恐しいことがおこるんだから」

「お前……」

グインは一瞬、怒りのあまり息が詰まりそうな思いにとらわれた。だが、それから首をふった。この少年のせいであるのか、この少年があやしい魔術を使って、彼を鏡の中にひきずりこんだのかどうか、それはまだはっきりとは断言できない、と思い返したのだ。

「ここに俺を連れてきたのはお前か」

グインは、だが、それでも腹を立ててはいたので、彼としてはかなりけわしい語調でとがめた。少年は驚いたように首をふった。

「そんなことがぼくに出来るわけがないじゃないの。そんな大魔術はぼくの母上でさえ使えるものじゃない。そうじゃなく、これはただ、あわせ鏡の秘法によって自然におこったことなんだよ」

「俺はこのような場所で時間をつぶしているわけにはゆかんのだ。さまざまな任務が俺を待ち受けている。俺の部下たちも、俺のあるじも、俺が突然消滅したとあっては、驚愕し、動転して、また非常に当惑してしまうだろう。俺をもとの世界へ返せ。お前なら、出来るのだろう。カリュー」

「ぼくには何もできないし、これも本当にぼくがやったことではないってば。さっきからそういっているのに、信じてくれないんだね」

少年は首を傾けてちょっと寂しげな風情を作った。それでも相変わらず、朱唇のあいだから、真っ赤な細長い、先の二つに割れた舌がチロチロとうごめきそうな印象だけは残っていたが。

「ぼくにはそんなすごい力なんかあるわけはない。だけどぼくは本当にあなたに助けてほしかった。ずっと十六年間、そのことに——十六歳になると同時に生贄に捧げられるんだという運命に納得していたのに、どういうわけか、あなたと鏡を通して出会って話をしていたわずかな時間のあいだに、ぼくは、もっと生きていたいと思うようになってしまった。というより、あなたがあらわれなければ大人しく生贄として引き裂かれ、生きながら啖われていただろうけれど、あなたがあらわれたということは、ぼくがまだ生きていてもいいという神様のお告げではないかと思うようになってしまった。ぼくはときたま、こっそり禁じられた鏡のなかをのぞいていたけれど、こんなことは起こったこともなかったもの」

「なんだか、とにかく、お前を信じるわけにはゆかぬし、お前のいうことも、お前そのものも、あまりにも妖しすぎるし――ここがいったい何処で、おのれに何がおこったのかも俺にはまだわからぬのだが……」

グインは唸るように云った。

「だが、とにかく、ふたつ確かなことがある。ひとつは、俺はどうあってももとの、俺のもといた世界に――中原の世界に戻らなくてはならぬ、それも、出来うるかぎりすみやかに戻らねばならぬ、ということだ。そのためならば俺はどのようなことでもせねばならぬ。そしてもうひとつは、たとえお前がどれほどあやしかろうと、どういう事情があろうと――よしんばお前がまことに悪人であったり、悪魔であったりしたとしても、ひとが、生きながら引き裂かれてむさぼり喰われる、などということは、あってよいことではない、ということだ。――それだけだな」

「それだけで充分だよ、豹頭のグイン、それだけで充分だ」

カリューはひどく興奮したようすで叫んで、手をさしのべた。そしてグインにふれようと――グインの手をつかもうとしたので、びくりとグインは身をひいた。まだ、その、あやしい白い少年にふれられるのを許すだけの心持にはなれなかったのだ。

「お前は、目が見えているのではないのか？　そのように目をとじて、目隠しをしていても」

うろんそうにグインはたずねた。驚いたようにカリューは目隠しをした顔でグインをふり仰いだ。

「勿論じゃないか。目をとじていても見えるよ、ぼくは？　だから、この十六年間、ずっと目をとじたままぼくは生活してこられたんだよ。そうでなかったら、目をとざしたままで、永遠に暗がりのなかに座っていなくてはならないだろう？　目をつぶっても、目かくしをしても、ぼくの目――ぼくの邪眼は、それをつらぬいて何でもごくあたりまえに見える。だからこそ、ぼくの母上はぼくの目を封じてしまったんだ。それ以上ぼくの目を封じるためにはぼくの目をくりぬくしかない、としょっちゅう母上はぼくを叱りつけるときにいった。ぼくは、でも、思っている。目がもしくりぬかれたとしても、ぼくは見えるのではないか？　だって、ぼくが見ているのは――目からではないんだから。ほら！」

ふいに――

グインはあっと叫んで飛び退きそうになった。

突然に、カリューの白いなめらかな額のまんなかに、かっとそれまでどこにもなかっ

た第三の目が開き、グインを見つめたのだ。その瞳は、真青で瞳孔もなかった。

その目に見つめられたとたんに何かがおこった——まるで、そこから強烈な炎の熱線かなにかが飛び出してでもきたかのようだった。

「わかった」

グインは叫んだ。

「わかったからその目をとじろ。それこそがまさしくお前のいった邪眼というものに違いない。もうわかった。もういい、その目で俺を見るな」

「だから本当は、こんな目かくしなどいくらしたって無駄なんだよ」

妖しく笑ってカリューは云った。その額には、まるでいまのはすべてまぼろしだったかのように、すべては消え失せてしまい、なめらかな額には、そんな第三の目などがあったという痕跡さえも見あたらなかった。

「なんということだ」

グインは低く唸った。

「ヤヌスよ。いったい俺はどこに連れてこられてしまったんだ。これはどういう世界なんだ。すべてが夢で、明日の朝になったら俺はおのれの寝床で目をさまし、なんて奇態な、なんて長い夢を見ていたのだろうと驚いておられるのだったらいいのだが」

「駄目だよ、グイン。ここは夢の回廊を通ってきた夢の国なわけじゃない。ここは、鏡の回廊を通ってやってきた謎めいたハイラエ、鏡の中の世界なんだから」

カリューは云った。

「だけど、ぼくを助けてよ、グイン。ここにこうしてやってきたからには、ぼくを助けてくれないわけにはゆかない。ぼくを十六歳で引き裂かれて生きながら蛟神にむさぼり食われるような運命から助けてくれたら、ぼくは貴方を無事に鏡のむこうの世界に返してあげるよ。邪眼のぼくにだけは出来る——ぼくだけが、鏡と鏡をあわせて、それを見ることなく、つまりその呪いにひっかかることなく、正しいポイントをとらえてあなたを向こうの世界に返してあげることができるんだから。——だけどそのためにはぼくが明日からさきも生きていなくてはならない。ぼくを助けてよ、グイン。そのために力を貸してくれたら、ぼくはお礼にあなたをあなたの世界に返してあげるよ」

「あらかじめひとをこうしてこんな妖しいわけのわからぬ妖怪どもの世界に拉致しておいてから、お礼もないものだ」

グインは唸った。

「だがこのままでは俺には何の選択肢もありようはずもない。俺には選ぶことなど出来ようはずもないではないか。俺は帰らなくてはならぬ。そしてお前は俺を帰すことが出来る、そういうのだな。だが、その証拠は何処にある」

「貴方がここにいるということそのものが証拠じゃないの。ぼくが、貴方をここに連れてきたわけじゃあないけれど、ぼくは、貴方がここにきたり、あちらに戻ったりする正しい時期をはかることは出来るんだってことが、まだわからない？」

「それは俺からみれば充分に、きさまが俺を拉致したということになるのだがな、小僧」

ぶっすりとグインは云った。それから、分厚い肩をすくめた。

「だがもうそんなことは云っておられぬ。俺は明日の朝がくるまでにあちらの世界とやらに——俺本来の居場所に戻っていたい、いなくてはならぬのだ。お前を助けるにはどうしたらいい、俺は何も持っておらぬし、何の知識もない。それだのにお前は俺だったらお前を助けられるという。そのみずち神とやらを引き裂いてやっつけてしまうべく、そいつと戦って退治しろ、といいたいのか。だったら、それにふさわしい武器を手にいれ、そしてまた、どうやったらそやつのところにゆきつけるのか、そやつはどういうしろものなのか、それを教えてくれなくてはならんな。でなくては俺には何もわからぬ」

「それはもう」

カリューは声をはずませた。

「ぼくを助けるために蛟神を退治てほしいといってるわけじゃあないんだ。そんなことをしたらこのみずちの国ハイラエもまた滅びてしまう。この国を滅ぼしたいわけじゃない。ここはこんな国でも、ぼくが生まれて育ったところだからね。——どんなに妖しいところでも、どんなにふしぎなところでも。ぼくはここしか知らない。だけれど、もうひとつだけ、行けるところがある――もう一個所だけ、ぼくがその存在を知っていて、こんなこの世の常人ならぬぼくのような者でもそこならば生き延びられるだろうかと思うところがある。それは、ぼくのねえさまがいったところ――青い青い湖のほとりのアルティナ・ドゥ・ラーエの村、そこならば、ぼくをかくまい、ひっそりとぼくの寿命がつきはてるまでかくまっておいてくれるかもしれない」

「アルティナ・ドゥ・ラーエの村だと。それもまたやはり、きいたこともない」

「ぼくをそこに連れていってよ。行き方はぼくが知っている。そこにぼくが逃げ延びられれば、母上はぼくのことをあきらめ、あらたな生贄となる邪眼の子を生むために産卵期に入るだろう。だけど、時は迫っている。ぼくはもう、明日には蛟神の神殿でいけにえにされることが定まっているからね。だから、いますぐにここを出て、そして明日の日没までのあいだにハイラエを出、アルティナ・ドゥ・ラーエに入れないと、ぼくは連れ戻されて――蛟神に捧げられてしまうだろう。そうしたら、貴方はもう二度と、鏡あわせの通路を通って元の世界に戻れない。そうしたら貴方は愛しいものにも、貴方を信じて待っている者にも、もう二度と会えることはないよ。豹頭のグイン――だって此処は『何処にもない国』なのだからね」

「まるで吟遊詩人のサーガに引きずり込まれたか、それとも黒魔道師に騙されているかどちらかに違いないという気がしてくるが」

グインは唸った。

「もうこうなったらやけだ。お前が、お前を連れてそのアルティナとやらいうところへまで連れて逃げろというのだったら、そうしてやろうではないか。というより、そうする以外俺にどうすることが出来るというのだ。俺は魔道師ではない。俺はここからどうやって脱出していいのか、こんな妙な夢からどのようにして醒めたらいいのかもわからぬ」

「大丈夫。深く黒蓮の粉を吸い込めば、眠りは必ず貴方を訪れるから」

まるではげますように、カリューは云った。そして妖しい微笑みをその朱唇に浮かべた。あたかも、その小さななやましい朱唇のあいだから、先の割れた真っ赤な炎のような長い舌がチロチロするさまが見えるかのように。

「さあ、とにかく、ぼくを連れてここを出て。そのかわり、決してあとをふりかえらないで。鏡の間が崩れ落ちてゆけば、ハイラエの女王はすぐにぼくが脱出したと悟ってしまうだろう。ただちに追手がかけられる。そのときには」

「戦う必要があればいつなりと俺は戦うが、俺の愛用の剣は俺の世界にあるようだな」

グインはいくぶん皮肉そうにいった。カリューがつと手をのばして、寝台のうしろのほうから何かをとりだした。それは、グインの見ている前で、みるみるひとふりの立派な剣のすがたになった。最初はどこからみても、小さな黒い奇妙なえたいの知れぬかたまりにしか見えなかったのだが。

「これを使って。これで切れば、ハイラエの兵士たちは二度と甦らないから」

「まやかしか」

グインはうろんそうに、それをおそるおそる受け取って見た。それはしかし、グインの手に、ひどく馴染み深い重たいはがねの感触と重みとを伝えてきた。それほどに、彼をこのさい、ほっとさせ、力づけてくれるものはなかった。彼は慎重にそれを振ってみた。それから、親指の腹でそっとその切れ味を試す。そのようすをカリューは面白そうに見守っていた——目隠しをしているのだから、見た目では、見守っているのかどうかなど、わかるはずもなかったのだが、明らかにかれは、グインのようすをちくいち見守っていたし、いうとおり、目隠しをしていようといまいと、かれにとって何もかも見えていることについてはまったく何の違いもないようだったのだ。

「まだことのなりゆきは気に入らないが——むしろ、すこぶる気に入らぬ、といったほうがよさそうだが……」

グインはいささか腹立たしげに云った。そして、その剣を、渡された鞘におさめて、腰の剣帯につるした。

「それでもだが、剣は剣だし——それに、とにかく俺は何があろうと戻らなくてはならぬ。仕方がない、俺にどうしたらいいのか、云ってみるがいい。そうしたらお前をアルティナとやらいうところへ連れていってやろう。どんな追手がかかろうとな」

「おお、頼もしい」

カリューは満面に花のような――いささか毒の花のおもむきはあったが――笑みをたたえた。そして、つとグインにすり寄った。手さぐりで、グインの手にその花のような繊手を重ねる。グインはびくりとして手を振り払おうとしたが、カリューの手は奇妙なしなやかな粘着力で、グインのたくましい手の上に重なってはなれなかった。

「どんな報酬でも、本当は貴方の望むままなんだけれど」

カリューは妖しく笑いながら妙に媚のしたたるような声で囁いた。

「でも、貴方はそれよりも、自分の国に戻ることが望みなんだね。だったらそれでいいよ。――とにかくまず、ぼくはここから出たい。この室はぼくがずっと閉じこめられていた牢獄の一室だ。まもなく、ぼくを夜の儀式に引き出すために、兵士たちがやってくる。そのときにだけ、一日に二回だけ、この牢獄の扉は開く。そしたら、ぼくを連れて、一気に兵士たちを切り伏せてここを出ておくれよ。そうして、ぼくのいうとおりにぼくを連れて走って――どこかで龍馬《りゅうば》を盗み出さなくてはいけないかもしれない。龍馬がいないと、きっとあの深い湖――というより沼といったほうがいい、蛟が池は越すことができないからね。だから、ここを出て、それからなんとかして女王の飼っている龍馬を一頭盗み出す。ぼくとあなたを同時に乗せてゆくことのできるくらい、頑丈な大きなやつを。それから、それに乗って——蛟が池を越えよう」

「何だかわからぬが」

　というのが、グインのいらえだった。

「もうこうなればやけくそだし、乗りかかった船だ。どこまででもいってやる。そのかわりに、俺を鏡のむこうとやらへ戻すことが出来ぬとわかったあかつきにはそのほそ首に気を付けるといいぞ。俺はそのときには本気でぶち切れるだろうからな」

「あなたをずっとこの国に止めておいたりなど、しないよ」

　また妖しく笑ってカリューが答えた。

「だって、貴方はこの国にはあまりにも重すぎるのだもの。だから、出来ることならぼくだって、ここに呼びつけてこんなことはしたくなかった。だけど、鏡のなかに貴方を見つけたとき、ぼくのなかに、生まれてはじめて『死にたくない』という欲が芽生えたんだ。それはいけないこと？」

「それは俺にはわからぬ。だがおそらく、ひととしてはそれはべつだん少しも不自然なことではないだろう。ひととしては、だがな。お前は俺にはどうあっても《ひと》には思われぬ」

「それはそうかもしれない。だってここは《ひと》の国ではないのだから」

おとなしく、カリューが答えた。グインは目を細めた。

「ならば、ここは、何者の国なのだ。云ってみろ、猫目のカリュー」

「まだ、わからなかったの？」

カリューの声は、かすかな嘲弄をはらんだ。

「じゃあ、ぼくが教えてあげるよ。――どんな教えかたがいいのかな。……まあいいや。ことばでまずは教えてあげるとするならば――ここは、蛟人の国だよ。蛟が池のある、蛟神をあがめる、蛟人の国ハイラエ」

「蛟人だと」

グインは唸った。そして、首をふった。

「なんだかわからぬが――もういい。とにかく俺はもう、わからぬことや、わかろうとしても無駄なことについては考えるのをやめた。俺を連れてゆけ、カリュー、そして、俺になすべきことをしろと命じるがいい。そのとおりにすれば俺をもとの世界に返してくれるというから、俺はそのとおりにする。だが、もしも、そうでなかった場合には、覚悟するがいいぞ。――それに、もうひとつ、俺が、お前が実は決定的に悪党なのだと知った場合にもだ。そのときにも、俺はお前を許すことはないだろう。お前はすでに俺に対して、本来ならば俺が決してお前を許さぬようなことをしたのだからな。俺を本来の世界から無理矢理にもぎはなし、そして俺をこのような妖しいわけのわからぬ鏡の中の世界に連れてきた。——それだけでも、きさまは充分に俺からみたら悪党だ。俺は決してお前のそのちょっと美しい猫づらだの、あやしげな微笑だの、真紅の唇だの、細やかな柳腰だのに騙されぬからな」

「そういうということは、それにもう目をとめてくれているということだから、ぼくは嬉しいけれどもね」

カリューは口答えをした。そして、またにっと口元だけで笑った。

「ともかく、一緒にきてくれて、そしてぼくのために戦ってくれるときいて嬉しいよ。ぼくはこれから何があってもアルティナ・ドゥ・ラーエにたどりつきたいんだ。そして、そこで、本当の生を生きてみたい。十六年前に引き裂かれてしまった姉のサリューがもしかしたら生き延びていて、ぼくを待っているかもしれないそのアルティナ・ドゥ・ラーエの村でなら、ぼくのような呪われた邪眼の存在だって生きてゆけるかもしれないんだから。——そこでも駄目だったら、おとなしくもう、生贄になるためにハイラエに戻るしかないけれどもね」

「何だかわからぬが」

グインはまた唸った。そして腰の剣の柄を握り締めた。それだけが、彼に正気と、そして何がおころうと己は大丈夫だ、という頼もしい自信とを抱かせてくれるかのようだった。いや、事実、そうだったのだが。

「こうなればもう、何でもおこるがいい。俺はもう驚かぬ。俺はもっとずっとたくさんの不思議なことを経て、たくさんのあやしい世界を超えてきたのだ。いまさらこの世界があやしいところだったり、おどろくべきところだなどといって仰天もせぬ。俺にとっては、生まれながらに世界とはわけのわからぬ、なんで俺がこのようであるのかさえまったく説明のつかぬところだったのだからな。何もかも理解したいなどと俺はもはや思わなくなった。ただ、俺は、少しでもおのれが正しいと信じることをしたいだけだ」

＊

かくて——

グインは、カリューがそうしろとすすめたとおりに、寝台のかげに隠れて、じっと夜がふけるのを待つことになった。

といったところで——夜がふける、といったところで、この世界にいったいどのような夜と朝と、そして時の流れがあるのか、それさえもグインにはわからなかった。もうひとつどうしてもグインにわからぬのは、この世界、というのがいったい、どこまでがあやかしの、妖魔の世界で、どこまでが、というよりどのくらいがグインのもといたのと同じような《本当の》物理的法則によって支配される世界なのだろう、ということだった。カリューがずっと過ごしているのだという牢獄のなかは、牢獄といっても石造りの重たい壁に囲まれているわけでもなく、それどころか、見渡す限りでは、どこかに壁があるようにさえ思われなかった。だが、それでいて、グインがそっと手をのばしてみると、寝台のすぐかたわらのところに、はっきりと彼を押し返す固い壁が存在しているのが感じられる。だが、それは、彼の目では見ることが出来なかった。

　カリューにはそれが見えているらしかった。というよりも、彼は、なんでも見えているようだった。その意味では、壁があろうとなかろうと、かれには何の違いもなかったのだ。かれは、目かくしをしたまま静かに寝台の端にちんまりと座っていたが、その顔はじっと、おのれの右側のほうに向けられていた。そのおもてには、一抹の緊張感のようなものがひそんでいた。

「もうじきだよ、グイン」

　かれはささやくように云った。

「いま、兵士たちが蛟が池のほとりの蛟王の宮殿を出た。つまり、蛟の女王ウリュカの宮殿だ。そしてかれらは水底の道を通ってここまでやってくる。――かれらがいま、角を曲がる。――そして、かれらはまもなくここにたどりつく。そうしたら、貴方はその剣をぬいて、ぼくがいいというまで、飛びかかる用意をしたままじっと待っていてほしいんだ」

「仰せのままに」

グインは皮肉そうにつぶやいた。だが、カリューがいったい何を、どうやって見ているのだろう、という疑問が消えたわけではなかった。

グインの目からは、この室は、なんだか、少し先で四方がすべて暗闇にとざされて終わっているだけの、奇妙な、室だかなんだかよくわからぬところに思われたのだが、カリューにとってはそうではないようだった。そしてまた、カリューが座っている寝台そのものも、グインにはずいぶんと奇妙に思われた——もっとも奇妙だったのは、寝台の頭板のあるはずのところに頭板がなく、それゆえかれは最初にそれをディヴァンかと思ったのだが、そのかわりにその頭板のところに、何かゆらゆらとゆらめいているような奇妙な気配が感じられることだった。それがかなり気持が悪かったので、グインはあまりそちら側に近づかないように気を付けていた。もっともそれをいうと、カリューそのものもかなりぶきみな存在ではあったのだが。

そして、また、いったいどこから、その室やカリューそのものを仄かに照らし出しているあかりがきているのか、ということも謎だった——カリューは白っぽい服を着ていたし、顔や手の皮膚はきわだって白く、まるで白臘のようであったが、それでも、どこかからあかりがもれているか、あかりがあるかしなくては、まったくの暗闇のなかでこんなにもはっきりと見えるものではなかったはずだった。だが、それだったら、どこかにあかりがなくてはならぬぬし、また、そのあかりがあるのだったら、壁のところがどうなっているかも見えるはずなのだ。

だが、実際には、カリューが座っている寝台は、まるで、『カリューがそこに座っている』からこそ、そうやって浮かび上がっているように——つまりは、カリュー自身がまるであたりを明るく照らし出してでもいるかのように、カリューのまわりだけがはっきりとして見え、そしてカリューから遠い頭板のあたりはそうやってなにやら妙におぼろげにかすんでいた。そしてまた、カリューから遠い、室のはずれのほうはまったくただの暗闇のなかに沈んでいて、まるでここから何十タッドもあるみたいだった。それを、手さぐりでこの室の広さや本当の輪郭をさぐってみようか、というような気持には、どうもグインはならなかった。

どこからどこまで、まやかしの、妖しい気配が感じられてならなかった。本来なら、このようなものはもっともグインが好まぬところであったし、それにグインの首のうしろの短い毛はずっと逆立ちっぱなしであった——あたかも、ひどくよこしまで、ひどく危険で、ひどくぶきみなものの近く——というよりも真っ只中にいる、と彼自身の本能が彼にそう警告し続けているかのように。いや、まさにそうであるに違いない、とグインはひそかに思っていた。

あやしい邪眼の少年カリューはもうそのまま喋らなかった。ただ、奇妙な微笑を口辺に漂わせたまま、じっと奇怪な寝台の端に座って待っていた。明らかにかれは何かを待ち続けていた。だから、グインもまた、ただひたすら忍耐して待ち続ける以外、どうすることも出来なかった。

おのれのいまの状態をありたけの五感を動員してさぐってみようにも、なんだか、目も鼻も口も耳もまったくその対象となるべきものを見出さないかのようだった。これほどに深い、これほどに重たい闇を知ったのははじめてのような気が、グインはしていた。そして、このままずっと、ものの一ザンもここにこうしていろと命じられたら己は気が狂ってしまうのではないか、というようなあやしい気持がしてならなかった。

そのときであった。

あたかも永劫になるかとさえ思われた沈黙と静寂とを破って、するどくカリューが云ったのだ。

「来た！」

と。

3

何もかもが、グインにとっては、なんだか、いつか見た遠い夜の深い夢のようにしか思われなかった。どこまでが夢で、どこからがうつつであったのか、それさえももうグインにはわからなかった。おのれが、ずっとまだおのれの宮殿の寝室にいて、夢魔どもに翻弄されているのか、というような気持もしたし、また、そうではなく、本当にこのあやしい少年に導かれて、何処とも知れぬ国の、いつとも知れぬ時代にまぎれこんでしまっているのだろうか、というあやしい心持もどうしても去らなかった。だが、ともかくも、グインは剣を握り締めてカリューのいうとおり寝台のかたわらに身をひそめ、じっとその兵士達というのが入ってくるまで待った。

どこに扉があり、どうやってそれが開いたのかもわからなかったが、しかし、カリューが「来た、グイン、来たよ！　さあ、戦って、ぼくのために！」と叫ぶのだけが聞こえた。彼はほとんど戦士の本能に導かれるままに剣を引き抜いたが、しかしもしも彼がおのれの理性を信じていすぎたとしたら、とうていこのような不可解な《たたかい》には彼の正気は耐えられなかったに違いない。

「来たよ、グイン、気を付けて、やつらが入ってくる！」

カリューが叫ぶとおり、なにものか――それも明らかに殺気をおびた、かなりたくさんの人数がこの《室》に駆け込んでくる、音もきこえたし、気配もまざまざと感じられたが、しかし、それでいて、そのさまを《見る》ことはまったく出来ぬのだった。まるでカリュー同様銀の分厚い布で目隠しをでもされてしまったかのように、グインの目は、まったくその、室に乱入してきた兵士たちを見ることができなかったのだ。

だが、それでいて、カリューの白っぽいすがたははっきりとまざまざと見ることが出来るのだから、グインが視覚に異変をきたしたのではないことは明らかであった。それではその兵士たちがまぼろしであったのか――いや、だが、グインが剣をふりあげ、カリューのいうままに右に、あるいは左に、剣をふりはらい、なぎはらうと、悲鳴や叫び声、断末魔の声が起こって、そしてグインの剣は確実に、何かひとの肉を切り裂き、切り払うはっきりとした手ごたえを感じるのだった。血のしぶく音や、骨の断ち折られる音、そしてどさりと床の上に倒れてゆく音までもはっきりと聞こえるし、一度ならず、グインの剣だけではなくてその手や腕、足にも、その目にうつらぬ兵士たちがぶつかってくるのが感じられたのだった。それはあきらかに、まぼろしでもなんでもない、血肉をそなえた人間の肉体であった。

それはグインがこれまでに経てきた無数のたたかいのそのなかでさえ、きわだって異常な、異様なたたかいのそのさまであったかもしれぬ。グインは奇妙なふるえとおののきとを感じながら剣をカリューに指図されるとおり敏速に左右にふるいつづけていた。右、と叫ばれれば右に切り下ろし、左、と云われたときには左に払った。そのたびに確実に悲鳴やどさりという物音、ごきりと何かが折れたり切れたりする音が聞こえてくる。だが、すがたは見えることはない。

もしかして、万一にも、そのすがたを見てしまったら、恐しいことが起こってしまうのではないか——もしかしてこのすべてはまったくカリューによる恐しいたばかりであるにほかならず、目がこの魔法からとかれて見たときには、床の上に彼のよく知っている、彼の盟友や大切な友たちが彼の剣にかかって倒れ伏していたらどうしたらいいのだろう——そんなおそれに突き動かされながら、しかしそれでも手をとどめることもできずにグインは戦い続けた。現実に、グインが戦うのをやめてしまえば、どうなるか、ということは、何回か彼のからだをかすった刃が、彼の腕に流させた血や、また突然かたわらのベッドの上に食い込んだらしい剣が作った、ベッドの上の敷き布に出来た深い傷でも明らかであった。兵士たちは、《目に見えない》という以外にはまったく普通の人間にことならず、そのからだはグインの剣で切り裂くことが出来、そしてその兵士たちの剣は充分にグインの血を流させることが出来たのだ。一種奇妙な恐慌状態にとらわれながら、それでもグインがどうしても戦い続けないわけにはゆかなかったのは、それゆえであった。

いったい、どのくらい、カリューの命じるがままに前後左右に剣をふりおろし、また気配と音で感じるままに剣をよけたり、ふりおろされる剣を受け止めるために剣を掲げたりしていたのか、グインにはわからなかった。カリューの指示がおそろしく適切であったのも確かだったが、それをきいた瞬間に反応する彼自身の素晴しい反射神経もまた、それなしでは、とうていこんな奇怪きわまりない戦いを切り抜けることは不可能だっただろう。

やがて、またさいごにどさり、という、肉体が床の上に倒れる音がした。そして、

「もう大丈夫、グイン、全員やっつけてしまったよ!」

というカリューの声がしたとき、グインは、激しい疲労感と脱力感にあわやそのままそこにくずおれてしまうところだった。この程度の戦いで疲労するようなグインの体力ではなかったはずなのだが、この、目にみえぬ兵士たちを相手の戦いはことのほかグインを疲弊させたようであった。

「すごい」

カリューはいつのまにかグインの真後ろにいて、そして感嘆の叫び声をあげた。

「貴方にはこの兵士たちが見えないんだね。残念だな。床の上が死体の山だ。どれも、

これも、あっと驚くしかない素晴しい切れ味で切り伏せられている。首がとび、胴体がちぎれかけ、腕がとんで血が川のように流れている。――どうして、見えないのか、わかる？」

「……」

グインは肩で息をしながら、何も答えなかった。

「それはね。この兵士たちが《ヨミの門》の向こうからやってきた、闇の人間たちだからなんだよ！　女王ウリュカはいつも、そうやって、目にみえぬ兵士たちを動かし、ハイラエの国をおさめている。この国を牛耳っているのは、ウリュカの本当の廷臣たちではない。それは、ウリュカが彼女自身のためにだけ、蛟神に頼んでいつなりと呼び出せるようにしてもらった、ヨミの国の魔道の産物たちなんだ」

「この兵士たちは……まことの人間ではない、ということか？」

ようやく多少息をととのえて、グインは聞いた。カリューは軽い笑い声をたてた。

「まことの、っていうのがどういう意味かわからないけれど。でもとにかくどんな意味にせよ、ここにはまことの人間などいやしないってことだけは、もう一度云っておかなくちゃあいけない。それでも、とにかくかれらは皆殺しにされ、牢獄の門は開いた。いますぐにここを出よう、グイン。でないとまた、牢獄の門が閉ざされ――さしむけた兵士たちが戻ってこないことに疑惑を感じた女王ウリュカが、すぐにも追手を――いまの何倍もの人数のヨミの兵士たちをさしむけてくるだろう」

「俺にはどうもまだよくわからないのだが」

カリューにうながされるままに、やむなく歩き出しながらグインはぶつぶつ云った。

「なぜ、きゃつらは目に見えぬのだ。何もかもわからぬことばかりだ。——ヨミの兵士どもだと。目に見えぬ兵士たちを動かしてこの国を治めている女王！　それはいったいどのようなものだ？　そもそもこの国そのものが——まぼろしならばまぼろし、夢ならば夢とそれなりの得心のしようもあろうものを、これはまるで、夢ともうつつとも——それともまた……」

「ものごとにはすべて、そうであるそれぞれの理由やよってきたるところがあるものなのだよ、豹頭のグイン」

まるで、かれのほうがグインよりも、何百年も年長ででもあるかのような大人びた口振りで、カリューはさとすように云った。

「そして、わからぬときには無理にわかろうとせぬほうがいいということもあったりするのだから、すべてはこのままにしておいたほうがいい。そのほうがいいんだよ、グイン」

「そのあたりにきっと何かきさまのまやかしがひそんでいるに違いないと俺の理性は告げている」

グインは答えた。

「だが、いまそれを追及しているいとまはないから、いまは勘弁してやろう。だがひとつだけ聞いておきたい。俺がいま切り伏せたあの目に見えぬ兵士どもは、いまたまたま、何かのあやかしで目に見えぬようにされているのか。それとも、その本来の居場所ではちゃんとひとのすがたかたちをした人間であるのか。それとも、あれはそのように俺が感じるよう、たくらまれた魔物どもにすぎぬのか」

「かれらはごくふつうの——ごくふつうのヨミの人間たちだよ、グイン。すがたかたちそのものは、この世のうつつの人間となんらかわりはない。その力もまた」

カリューは大人しく答えた。

「だが、かれらの血肉はこの世のものではない物質から出来ている。それはヨミの国のうつつの物質で出来ているので、それでこの鏡の国、はざまの世界では見えないのだよ。ぼくがあなたにあげた剣、あの剣は、そのはざまの世界の物質で作られているけれど、魔道のまじないによって、まことのうつつ、つまりあなたのいる世界の物質や血肉をも、またヨミの国のものや血肉をも切ることが出来るようになったはざまの剣なのだ。もっとも、それを作ったのははざまの刀鍛冶だから、はざまの世界の物質や人間は斬ることがかなわないだろうね。というか、そもそもはざまの世界のものというのは、本当の意味で生きているのかどうか、自分たちでもよくわからないのだよ。だから、切られて死ぬものなのかどうかもわからない。だからこそ、女王ウリュカはヨミの国から兵士たちを呼び出して手下として使っているのだから」

「なんだと。はざまの世界だと。それでは俺がいまいるのはそのはざまの世界とやらだというのか。それとも」

グインが言いかけたときだった。

ふいに、巨大な手が、目にみえぬ力でかれらのいる世界をそのままゆさぶった、というような激烈なショックがかれらをおそった。といってもカリューも同じ力にゆさぶられているのかどうかはわからなかったが。

「地震か？」

グインは叫んだ。ふいに目のまえからすべてのあかりがかき消えた。グインは、いまや、カリューと同じように目隠しをしたにひとしい状態となっていた。もう、目の前のカリューをさえも見ることはできぬ。

「違うよ」

カリューのいくぶん切迫した声が、暗闇の中から聞こえてきた。

「大変だ。女王ウリュカがもう気が付いて追手をかけようとしているんだ。ぼくの母上はもっと長いこと眠っているだろうとぼくはあてにしていたのに、きっとあなたのエネルギーが母上を目覚めさせて、ぼくが逃亡しようとしていることに気付かせてしまったんだ。大変、ここで母上に追いつかれたらいかに貴方といえどもどうすることもできない。走って、グイン、走るんだ。走ってこの暗がりをぬけるんだ。この闇そのものがウリュカの支配する世界、ウリュカの闇の宮殿そのものなんだよ！」

「なんだかわからんが」

グインは叫んだ。

「もう、何がなんでもかまわん。とにかくここから出なくてはならん。これがどんなに深い夢でも俺はそれから醒めて元の世界に戻ってやる。俺を先導しろ、小僧。俺はまるで目をえぐりぬかれてしまったように何ひとつ見えぬ」

「まっすぐ走るんだ、グイン。この世界は、もともとが鏡の裏側の世界なんだから、抜け出るためにもとにかくまっすぐに走るしかない。決して曲がってはいけない、それに、何が見えなくても、左右を見ては駄目だよ。そのまま、どんどんまっすぐゆくんだ、大丈夫、足元に大地がなくなったように感じられてもそのまま踏み出せばそこに必ず次の一歩分だけは大地があるから」

「ますます、謎々のようなことばかりほざきおる」

グインは唸った。だが、そうするうちにも、大地の鳴動が激しくなるばかりだと気付いて、とにかく走り出した。

文字どおり鼻をつままれてもわからぬような闇のなかで、まっすぐに足を踏み出してゆく、というのはひどく勇気のいることであった。その上、足元に大地がなくなったように感じられても——とカリューがいったとおり、しだいにグインには、自分のからだだけがこの何ひとつない闇のなかに、中空に浮かんでつるされてでもいるように感じられていて、その足を次々に繰り出してゆくというのは、たいへんな決断を必要とした。だが、グインは歯を食いしばって足を前にすすめた。走っている、というのには到底及ばないのろのろとした動きであったかもしれないが、それでも、ちょっとでも勇気を欠いた、あるいは決断力のない人間であったとしたらおそらく一歩も進めなかったことだろう。グインは懸命におのれを鼓舞して前へ、前へと泳ぐように進みつづけた。そのかれを動かしていたのは、これがたとえどのように深い夢魔の悪夢だとしても、必ずここから脱出しておのれの本来いるべき世界へ戻ってやるぞ、という、激しい執念、ただそれだけであった。

「もうちょっとだよ、グイン、もうちょっとで、闇宮殿を抜けるから」

カリューはいったいどこをどのようにしてついてきているのか、それとも先導しているのか、もうまったくあかりらしいものがなかったので、見ることはできなかったが、それでも、カリューがかたわらにいて、一緒に前にむかって進んでいる、という気配だけは、グインも感じることが出来た。それがなかったら、本当に、かれはもう力つきてそこに崩れ落ちてしまったかもしれない。闇のなかを何ひとつ道しるべも手さぐりにふれていい壁もなしに歩き続けるのは、おそろしく消耗する、おそろしく勇気と気力を必要とすることであった。

いったいどのくらいそうしていたのか、突然に、

「抜けた！」

とカリューが叫ぶのを、かれは耳にした。その刹那であった。ふいにかれの目に視力が戻ってきた。いきなりまばゆいあかりが目のなかに飛び込んできた――じっさいには、それは、薄暮ていどのあかりでしかなかったのだが、ずっと本当の漆黒の闇にとざされていた目には、ありえないほどにまばゆい、目もくらむような明るさに見えたのだった。思わずかれは目をとじ、何回もしばたたいて、それからようやく目をひらいた。目が少しづつあかりに馴れてくると、かれは見えるということの深甚な喜びを味わった――何もかもを、はっきりとその目で確かめることが出来るというのが、これほどに素晴しいことであったとは、という驚きに彼はとらわれた。

「ここは……」

「蛟が池のほとり！」

カリューはそこに立っていた。ふわりと、その白灰色の生絹《すずし》のトーガの上から、黒い重たいびろうどの、フードつきのマントを着ていたので、いっそう暗闇のなかでは見えなかったのだ、ということにグインは気付いた。そのフードをはねのけ、カリューはま

た、そのちいさな、端正な、だが邪悪なものをはらんだ顔をあらわにしていた。その目には、こんどは、ちょうど眼鏡のようなかたちに切り抜かれた黒い目隠しが細い紐ではりつけられていた。

カリューは片手をあげて、あたりを見ろというかのように指し示した。グインは驚愕にとらわれながらその見たこともない風景を見回した。それは、想像したこともないほど寂しい風景だった――日暮れかと思わせる、薄暗い、なんともいえぬほど寂しい灰色の空の下に、濃みどりと灰色の織りなすさまざまな色合いを描いて、巨大な、そのはても知れぬほど大きな沼がひろがっていた。湖水、といってもよかったのかもしれないが、うっそうと水の上にまで繁っている藻らしいものと、そして青みどろに染め上げられたような濁った水の色をみると、沼、というほうがふさわしく思われた。対岸は見えなかった――そのかわりに、沼のなかほどに、たくさんの木々がまとまって茂っているところが一個所あって、どうやらそこは小さな中の島のようなものであるらしかった。

生きとし生けるもののすがたひとつ、ここにはなかった。家々のあかりもなく、空をかける鳥のすがたも、鳴く虫も、またぽちゃんと水をはねかえす魚の影もないようだった。それはまるで死の国を思わせる風景だった。とてつもなく寂しく、時そのものさえもが止まってしまったように、墨絵のように淡い色合いで、沼の彼方にぼんやりとたそがれの空と雲とがひろがり、左右の遠くにはそれまた墨絵のような低い山々がひろがっていた。そこまで目を向けてみても、どこにも家ひとつ、ひとのすがたひとつなく、この世界はカリューとグインのほかには何ひとつ生あるものは存在していないのか、と疑われるほどに、すがたがないばかりでなく生命の気配も息吹もまたなかった。

植物だけは豊富に繁茂していたが、それもなんとなくどんよりとして、あやしげな植物だった。そのまま、そのさきを触手のようにのばして襲い掛かってきはしないかと疑われる巨大なツタがたくさん、からみあって木々にまとわりつき、ツタどうしがもつれあって巨大な木を構成している。風もなく、波もなく、みどろが沼はどんよりとよどんでこの永遠の黄昏の底に静まりかえっている。それは、なんだか、すべての希望を放棄したくなるかのような眺めであった。

「これが、蛟が池なのか」

グインは低く云った。だが、低い声であったはずなのに、何ひとつ音というもののしないその中では、妙におのれの声が巨大にいんいんとひびきわたった気がして首をすくめた。

「ここにその蛟神とやらが住まっているというのか。そしてお前はここにささげられるはずだったというのか」

「ぼくだけじゃない。この池と蛟神は何もかもを、ただひたすら飲み込み、飲み込んでしまう」

カリューが、ひそやかな声で答えた。カリューもまた、この圧倒的に陰鬱な光景に気圧されてでもいるかのようだった。

「うしろを振り返ってはいけないよ、グイン。ウリュカの闇宮殿が見えることは見えるけれど、それを振りかえると、闇宮殿にひきずりよせられ、またそこから出られなくなってしまう。どこをどう見回してもいいけれど、うしろだけは振り返らないようにね。

――そして、いま、ぼくが」

カリューはつと、沼べりに歩み寄って、どこからかごく小さな笛のようなものを取り出してそれを吹いた。音がした、ともみえなかったが、ふいに、沼のなかに、青みどろの泡がぼちぼちと立ち始め、それがしだいに大きな泡になっていった。グインはなんともいいようのない不思議な心持でそれを見つめていた。

「見て、龍馬が呼び寄せられてきた」

カリューは云った。沼のなかから、ぽかりと、青みどろの重たいよどみの永劫をわけて、あやしい生物がすがたをあらわした。

それは、この奇怪な世界にひきずりこまれてから、はじめてグインが目にしたカリュー以外の生命であった。闇の目にみえぬヨミの兵士たちは、それを切り伏せてさえ、『見えた』とは云えなかったのだから。それは、なんともいえぬ奇怪なしろものであった。

それはおそろしく巨大な河馬のようなものだったが、首から上には、精悍そうな龍頭がついていた。もっとも本当に龍の頭だったというのではなく、それにもっとも似てみえたというのにすぎないかもしれぬ。細い首の先に長い、馬面の顔がついており、その頭にはだが、するどい長い角が生えていたのだ。そして、首が細いくせに首から下の胴体は驚くほど平たく大きく、そしてそれはびっしりとなんと苔むし、藻がからみついていた。本来の色が何色かもわからぬくらい、それは全身に藻を生やしていたのだ。

「さあ、乗るんだよ、グイン。女王の龍馬を手なづけて呼びだしてしまった。これだけでもまたぼくはウリュカの怒りをかうんだろう。さあ、乗って、大丈夫、濡れるのが心配ならこれをこうして」

カリューはおのれのまとっていた黒びろうどのマントをぬぐと、それをぽいと放った。そのマントはそれ自体生命あるもののようにひらひらと、巨大な黒いエイのように飛んで、その不気味な、河馬の胴体に龍の頭がついているような怪物の幅広い背中に落ち、まとわりついた。それが落ちた瞬間、その怪物は龍の頭を上にむけて奇妙な吠え声のようなものを発したが、そのとたんに、カリューはその上に身軽に飛び乗って、その長細い首につかまった。

「さあ、乗って、グイン。大丈夫、この龍馬はとても大きいやつだから、二人で乗っても沈みやしないよ。それに、大丈夫、この蛟が池の水は汚いけれど、ふれただけで生き物を溶かしてしまう、ヨミが池のようなことはない。さあ、乗って、急いで。ほら、うしろからウリュカの軍勢が追いかけてくるから——ああ、うしろを振り返っては駄目だよ、グイン。気配だけで感じて」

云われるまでもなかった。うしろのほうから、最前から、グインは、何か黒い雲のようにわきたつ気配のようなものが、大量に追い立てるかのようにこちらに向かってくるのを感じて、落ち着かぬ様子になっていたのだ。もう、他にどうするすべもなかった。ままよとグインは沼のふちに近づいた——カリューが手をさしのべるのを見向きもせずに、思い切って彼は足をあげ、その怪物の平たい背中に乗り移った。

「強情だね。ぼくにさわられるのがそんなにイヤなの？　でも、龍馬の背にいるときには、こうしてつかまりあっていないわけにはゆかないよ。あきらめたほうがいい」

笑いを含んでカリューが云った。グインが乗り移った瞬間にこんどはさっきよりももっと大きく、龍馬が吠えたので、グインはあわてて手をのばし、カリューのしているように龍馬のぶきみな首につかまった。そのとき、彼は、その細長い首に、うろこがびっしりと生えていることに気付いた。

龍馬は、背中に巨大なグインと、それにカリューとに乗られて、何かが背中にいると気が付いたのかつかないのか、まるで背中の上のものを振り払いたいかのように身をかすかにふるわせた。それへ、カリューが叫んだ。

「さあ、早く、動き出すんだ。こののろま、早く蛟が池の対岸までぼくたちを連れてゆけ。でないと追いつかれてしまう。さあ、早くしろ」

龍馬はぶるぶるっと身をふるわせたきり、小さな浮き島のように沼の青緑の水の上に浮いている。本来ならグインほどの重みが背中にかかったのだから、もっと水中に沈んでよさそうなところだが、ふんばって水面に浮かんでいるらしい。

「グイン、さっきの剣のさきでこの馬鹿をちょっと刺してやって。そしたら驚いて動き出すから」

カリューが云った。

「そんな可哀想なことはできん……」

グインが抗議を申し立てかけたとき、ふいにうしろのほうから、黒いもやのようなものがどっとこちらに立ち上って襲い掛かってくるような気配があった。そちらをふりむくことは禁じられていたから、ただ気配で感じるしかなかったのだ。それでも感じられるほどに、はっきりとした追手の襲来を感じさせる気配だった。

グインは剣をぬいて、なるべくそっと龍馬の、おそらくは尻のあたりを突いた。

とたんに、龍馬が動き出した。

4

「ウワッ」

ひっくり返りそうになって、グインは叫び声をあげ、必死に龍馬の首につかまった。動き出したとたんに、奇妙な、龍の首の生えた浮き島のようなこの生物のからだががくんと沼の水のなかに沈みかけたのだ。グインの足に、沼の青緑のぶきみな水がひたひたとふれた。

「大丈夫、大丈夫だからグイン、落ち着いてつかまっていて。立っていると危ないから、座ったほうがいいよ。ちょっと水に濡れて、気持が悪いかもしれないけれど」

カリューが教えた。グインは唸りながら、龍馬の背に腰をおろした。龍馬はかなりの速度で、ぐいぐいと泳ぎはじめていた。まるで、それは巨大な太古の水竜の背に乗っているような感じであった——あるいは、動き出した小さな浮き島の上で右往左往している、といったらよかったのかもしれない。龍馬の背中は、その気になればグインでさえ寝ころんでのびのび出来るくらい平たく広く、そしてまんなかがちょっと盛り上がっているほかは、たてがみだの、そういうものは何もなかった。ただ、その背中もすべて藻におおわれていたから、いっそう浮き島めいていた。いまはその背中は、少なくともグインたちの乗っている部分はとりあえず、カリューの黒びろうどのマントに覆われていたのだが。

龍馬の動きは、泳ぐ、というよりも、水中をすべってゆく船に似ていた。それは速度があがるにつれてひどく左右に揺れたが、決して水中には沈まなかった。それでも、かなりはずみで深いところまで沈むときがあって、そういうときには座って龍馬の首につかまっているグインの膝のあたりまでも沼の青緑色の水が押し寄せてきたが、グインは歯を食いしばって、じっとその気持の悪い感触に耐えた。

「見てごらん、グイン」

カリューはかるく龍馬の首に手をそえたまま、立ったままでいたが、ふいに云った。

「いまならば平気だよ。騙そうとしているわけじゃないから、はざまの世界の蛟の女王ウリュカの闇宮殿をひと目見てごらん。いまならば、ぼくが結界を張っているから振返っても平気、闇の兵士たちが沼に入れないので、沼のほとりで途方にくれているさまも、女王ウリュカのすがたも見られるよ」

「………」

グインはちょっと考えたが、好奇心に負けて、かるく肩ごしにふりむいた。

グインの目にうつったのは、ぶきみなものだった。何にせよそれはグインがそのカリューのことばをきいて、見るであろうと予想していたような、そういうごくあたりまえな宮殿や女王や兵士たちのすがたではなかった。これまでの怪異のいきさつを考えれば、それが当たり前だったかもしれないが、グインは瞬間思わず息をのんだ。

グインの目に入った《ウリュカの闇宮殿》とは、何かかたちのあるものではなく、ただ、もやもやと黒い闇が、巨大な宮殿のかたちに漠然と切り取られてそこにわだかまっている、そういうものにしかすぎなかった。奇怪だったのは、それがただのシルエットではなく、あきらかに重みや厚みをそなえた、うつつの存在として目に入ることだった。しかもそれは影絵のように闇ばかりで作られていた。どこにも、出入り口も窓もない、全て真っ黒な宮殿のかたちの暗闇が、そこにあった。

そして、その沼のほとりで途方にくれている闇の兵士たち、というのもまた、同じくだった。そこにあったのはもやもやとした黒い巨大なかたまりのようなもので、そちらのほうは一人一人の人間にわかれてもおらず、ただこれまたばくぜんとした真っ黒なかたまりにしかすぎなかったが、なんとなく、そこからたくさんの手や、その手につかまれた剣のようにも見えなくもない黒い細長いものがたくさん生え出ていて、それがゆらゆらと揺れているように見えた。それはなかなかにぶきみな眺めだった。

「…………」

もう、カリューにそれらの怪異について何か問いただしてみても無駄なことはグインにはわかっていたので、グインはただ、黙ってそのぶきみなようすを見つめていた。だが、ふいにはっとかれは息を呑んだ。

「これは……」

その、巨大な宮殿と、巨大な《兵士達》であるところの闇のかたまりとのあいだに、何か、やはり巨大な——だが、なかばすけたように向こう側がその闇を通してのぞけるひとがたをした暗闇が立ち上がっていた。

だが、その暗闇は、《闇宮殿》だとカリューのいう宮殿のかたちの暗闇とも、兵士たちだというもやもやとしたかたまりとも明確に違っていた。それは、はっきりと、顔があり、からだがあり——おそろしく巨大な、全長はそれこそ十タールもありそうな、巨人のような女のすがたであった。

頭のうしろから、たかだかと襟がひろがり、そしてその襟の端から長いマントのすそが左右にひろがっていて、もしそれが半透明になっているのでなかったら、そのすがたが立ちはだかっているので闇宮殿はまったく見えなかっただろう。だが、それは、黒というよりは、灰色に近い、淡い墨絵で描かれた影のようで、そして顔はわからないのにその顔のあるあたりに、はっきりと二つ、紅く光っているものがあった——あきらかにそれはその女の双眸であり、そしてまた、それは明らかに、ものすごく腹を立てていた。

腹を立てていることが、その目の強烈な光からはっきりと感じ取れたのだ。その目と目のちょうどまんなかのちょっと上あたりに、青銀色に光っている縦長の、宝石のようにも見えるものがあった。顔はカマキリのように三角形にあごがとがっていて、そして、顔そのものも三角形をさかさまにしたように見えた。顔というよりは、なんとなく、盾か、それとも人形の首がそこにくっついているみたいで、妙に非人間的なシルエットだった。下にマントが長々とひろがっている、ということを割り引いても、その頭はあまりにも、人間のからだのバランスからいったら小さすぎたのだ。それはカリューの頭の小ささよりもさらに極端であった。

「あれが……」

思わずグインはつぶやいた。

「そう、あれが女王か……」

「あれが、女王ウリュカ、ぼくの母上」

カリューをみると、かれは妖しい笑みを浮かべていた。

「といって、ぼくを産み落としたといってもぼくを愛し子として欲しかったからというわけじゃあない。彼女はただ、種族を継続させる義務のために定期的に産卵するだけなんだ。そして残りのたいていのとき彼女は抱卵している――あちこちの世界から落ちてくる狂気のかけら、そして喪われた時のかなしみ――それらが彼女を妊娠させる。そうして、彼女はそれを卵として産み落とし……それを蛟神に捧げては、またあらたな卵を産む。彼女はもういったいどのくらいそのさだめを繰り返してきたんだろう。もう、永劫といっていいほどの長さにわたって、彼女は卵を産み、それを孵しては、それがなんらかの意味でこの世界に害をなしたり、ふさわしくないものだというのでそれを蛟神に捧げ、そしてあらたに今度こそという希望をもって抱卵したことだろう」

「なんとも奇怪な話だ」

グインはつぶやくようにいった。

「俺とても、こうして俺自身がここで目のあたりにしているのでなかったら、とうてい信じられなかっただろう。あれは、生きている人間の女なのか。それとも、影がたまま生命を得た妖怪なのか？　それならばそれで俺は黄昏の国の住人たちも知っていたはずだ。だがあれは——それとも違うように思われる。そうだ、俺は黄昏の国の女王も、また数々のあやしい妖怪変化たちも——死の都の永遠の生命をもつ不幸な女怪も、また死ぬことを忘れたミイラである死の国の帝王をも……また、氷雪のなかに閉じこめられて永遠を生きる伝説の女王をも知っていた。だが、そのどれよりも——いまこうして俺が見ているものは、はかなくて——実体がなくて、そして夢まぼろしが動き出したかに見えるのに、邪悪で、しかも……」

「邪悪ね」

何かひどく面白いことばをきいたかのようにカリューは笑い出した。

「邪悪。そう、そうかもしれない。だって、あれはまさしく、鏡の裏側から派生してきたものだからね。鏡というものは、いつもずっと、この世の生成以来、人間たちの邪悪な怨念やひそやかな怒りや哀しみや呪いや――そうしたものを吸い取ってきたものだからね。いつしかにそれがたまり、凝って鏡のうしろにはざまの世界を作り上げた。それはすなわち人間どもの怨念と愛憎が作り出した呪われた世界だ。だからぼくたちには実体がない。こうして、ぼくのようなものがたまにあらわれてしまうから、女王ウリュカは必死になってそれを抹殺しつづける仕事を続けようとするのだが、それでも、本来はこのはざまの世界には時もない、実体もない。それだから当然、うつつもない、ということになる。――ここでは時は止まっている。大丈夫だよ、グイン、貴方がもしもとの世界に戻れたとしたら、そこでは、貴方はたぶん、貴方がここに吸い込まれたときから一タルとはたっていなかったのだということに気付いてあらためて愕然とするに違いない。たとえそのあいだに、貴方がこの世界でどれほどの冒険を経ようともね！」

「それは有難いが、しかしその言葉を信じて安心してここに逗留する気にはなれん」

グインは呪わしげにつぶやいた。

「あの女王、というか女王の影法師は、怒りのあまり地団汰を踏んでいるように俺には見えるぞ。それに、その女王がそうやって地団汰を踏むたびごとに、どろどろと地鳴りのようにあの宮殿が揺れ、そしてあの影の兵士たちがおののいてあわてふためいていると俺には見える。――あれをあのままにしておいていいのか」

「大丈夫、影たちはどちらにせよ蛟が池には入ってこられないからね」

カリューは答えた。

「だから、ぼくは、どうしてもこの沼を渡って、あこがれのあの地へたどりつかなくてはいけないと思ったんだ」

「その、アルティナ――何だったかな、そのなんとかという村というのは、あの島のあたりなのか」

「あれはただの――あれはただの蛟神の神殿のあるこの池の中の島にすぎない」

いくぶんばかにしたようにカリューは答えた。

「そして、出来ることならばぼくたちはあの島には近づかないで一気にこの沼を越していってしまいたいんだけれど、たぶん龍馬は、これだけ大きなものを背中にのせていたら、そこまで一気に泳ぎわたることは出来ないだろうな。途中で一度、どうあっても龍馬を休ませてやらなくてはならないし、そのためにはぼくたちがこいつの背中からどいてやるほかはない。だから、あの島にのぼらざるを得ないし、そうなると、あの島にすまっている蛟神と顔をつきあわせないわけにはゆかない――あそここそ、本当はこの夜があけたら、ぼくが――十六歳になったぼくが捧げられる儀式が行われるはずになっていた、蛟神の神殿なのだから」

「待て。カリュー」

グインはいくぶん不快そうにいった。

「お前はこの世界には時もなければ、時は止まっている、といった。だが、それなのに、夜が明けたらだの、お前が十六歳になったら、だのというのは矛盾してはいないか？　どうもお前のいうことは信用できん——何が本当か、などということはもう、このさいどうでもよいが、お前のその、よくわからぬものいいだけは突き詰めてやりたくなってくる。ここでは時は存在しないのか、しているのか、どっちなのだ。時が存在しない、あるいは止まっているのだとすれば、どうしてお前は十六歳になることができたのだ」

「頭がいいね、豹頭のグイン」

あざけるようにカリューが答えた。

「だけれど、それでぼくを追いつめたつもりかもしれないけれど、そんなものは何にもなりはしない。だって、ぼくは時の——あなたの考えるようなうつつの時の流れにそって年をかさね、十六歳になったり、明日という日がくることになったわけではないんだもの。それは、貴方がここにくるまでここの存在を知らなかったのと同じこと。誰も見ていないところで時は流れているだろうか？　誰もきいていないところに音は存在しているだろうか？　誰も知らないところで生まれ、そして消えていったいのちは存在していたといっていいのだろうか、それともそうではないのだろうか？　くりかえしくりかえしうちよせる海の波は、どれかひとつだけを取り上げてこれがおのれであるということが出来るんだろうか？」

「おけ、猫目のカリュー」

するどくグインは云った。

「俺は沢山の黒魔道師どもともつきあってきて——あるいは戦ってきて、ひとつだけよく知っていることがある。それは、きゃつらがそういうふうにいきなり屁理屈を垂れはじめるときには、たいてい、それは、何かを隠そうとしたり、何か具合の悪いことがあったり——あるいは、何かをごまかそうとして韜晦《とうかい》しているときなのだ、ということだ。そして俺はそれには決してゆるがされはせん。——云うがいい。そんな哲学問答はどうだっていい。ここに時がないのなら、なぜお前は十六歳だとわかる？　お前の母がおのれの生んだ卵をどのようにしようと俺は知ったことではないが、お前はそれならば何者なのだ？　お前はなぜ死にたくないと思うようになった？　何もかもがおかしい。何かが狂っている——いや、むしろ、何かが隠されているというべきだろう。お前は何者だ？　俺が知りたいのはそのことだ。それをまず、吐いてしまえ。そうしたら、俺はそのまま、お前の望みどおりお前を……」

グインのことばは、途中でとぎれた。

「わあっ」

叫んだのは、カリューのほうだった。

「大変だ。見てはいけないよ、グイン。岸辺でウリュカ女王が呪詛の祈りを捧げたので、それにこたえて、蛟神が姿をあらわそうとしている。気を付けて、大波がくる。龍馬が怯えている。しっかり龍馬の首につかまって」

「これは大変だ」

グインは云った。そして、しっかりと両手で龍馬の首につかまった。からだにくらべれば細いとはいえ、立派な建物の柱ほどある首である。だがいま、その首は胴体ごと、大揺れに揺れはじめていた。

「ちょっと予定より早すぎた」

カリューが叫んだ。

「蛟が島にあがってから、用意をして蛟神を退治てもらおうと思っていたのに。このままでは、蛟神がもうあらわれてしまう。いくら貴方でも、その剣ひとつで蛟神を切り伏せることは……とても……」

「波が来る」

グインは叫んだ。波ひとつなく静かに、というよりもどろりと静まりかえっていた蛟が池のその沼面に、いきなり、あやしい、嵐の大海原を思わせるような大波がたてつづけに四方八方からおこりはじめていた。だが、その波には全然法則性というものがなく、しかもまた、その波は、海の波と違って、そのなかにたっぷりとぶきみな藻だの、青みどろだのをはらんでいた。それがぶつかってくると、グインは思わず顔をそむけて必死に龍馬の首にしがみついたが、それがいったん通り過ぎたあとのおのれを見下ろすと、肩といわず腕といわず足といわず、ぶきみな青みどろがびっしりとへばりついているのにぞっとした。だが、ただちに次の波がやってくるとその青みどろも、からだにはりついて自由を奪おうとするかのような長い藻もその波に洗い流されてゆく。だが、その波がすぎるとまた、その波のなかに含まれていた青みどろや藻がグインにへばりつくのだった。

それはなんともいえず気持が悪かった——顔といわず、頭といわず、それはおそいかかってきたが、グインは必死に腕で顔をおおって、なんとかして顔と頭をそのぶきみな青みどろにふれさせまいとした。それはほとんど直感的な反応であった。この青みどろと藻は何か、通常のごく普通のそういったものとはちがって、よくない、邪悪な何かをはらんでいる、という。

それもまたほとんど本能的に、グインはかたく目と口をとじ、波がくる直前に深く息を吸い込んでぴったりと息をとめ、なんとかしてこのぶきみな青みどろにみちた水を吸い込む危険をおかすまいとした。何か、それを体の中に飲み込んでしまうと相当によくないことが起こるのではないか、というような直感がしきりと彼に警告していたし、また、そうでなくてもこの沼の水はなんともかともいいようのない、不愉快きわまりないにおいを放っていて——それは龍馬の背に乗ってこの島の近くまでくるときにはそれほどでもなかったので、どうやらこの島の周辺そのものがもっとも強烈に悪臭を放っているようだったのだが——何があろうと絶対に飲んだり浴びたりを本当はしたくないところだったのだ。その悪臭は通常の沼の悪臭というだけではなく、何か、ぞっとするような、人間がもっとも嫌うもの——すなわち死臭だの、腐臭だの、といったものにつながるなんともいわれぬいやな感じのにおいをはらんでいた。

「ああっ」

カリューの叫び声をきいたとき、グインはまたしてもどっとかぶってきた大波をかろうじてやりすごして、次の波にそなえて深く息を吸い込んだところだった。

「あらわれる！　蛟神が、女王ウリュカの呪詛にみちた呼び声にこたえてあらわれる！　あらわれてしまう！」

カリューがいまどこでどうしているのか、まだ同じ龍馬の上に乗っているのか、それともなにやらけしからぬ魔道でも使って中空高く舞い上がって避難してでもいるのか、それさえも、おのれの必死にかまけてグインは見届けるひまがなかった。グインは必死になんとか片手をはなして、頭の上にどろりとおおいかぶさってきていた藻をひきちぎり、投げ捨て、さらにどんなによけても顔の上にまでかぶさってきていたどろりとした不気味な青みどろを手で払いのけてかなぐりすてた。ようやく視界が多少開けてきた。

グインの目にうつったのはしかし、さらにすさまじい信じがたい光景だった。

何か、恐しく巨大な怪物の頭部のようなものが、ぬっと、沼のまんなか——あの中の島のむこうから、あらわれ出ようとしていた。その島を通り越してあらわれてこようとしているように、その島を乗り越えようとしているかのように見えた。それは空中高く持ち上げられた、信じがたいほど巨大な蛇の鎌首のように見えた。

だが、それはただの大蛇ではなかった。おそろしく巨大な、その頭部だけでもグインの全身よりも大きいほどに巨大な三角形の毒蛇めいた蛇の頭部——

その、顔の両側についた目は赤く光っており、そして、その額の部分の真ん中に——ぶきみな青く光る《第三の目》が、まさにあのカリューの一瞬だけ開いてみせた《邪眼》を思わせる妖しさで、ぽっかりと開いてグインをねめつけていたのだ！

「ウ……」

グインはそれを見定めようとした刹那にまたしてもどーんとかぶさってきた汚らしい沼の波に、あわてて目と口をとじ、頭をさげてしのいだ。その波がようやく去っていったとき、しかし、龍馬のからだはゆらぎ、斜めになって沼の底に水没しかけていた。

「く——クソっ！」

めったに洩れぬ悪態がグインの口からもれた――この沼のなかに棲息しているはずだとはいえ、このたてつづけの波を乗り越えることは、この巨大な鈍重そうな龍馬にとってもやはり大変なことであったらしい。龍馬は疲れはてて、沼の底に沈んで波の攻撃をよけようとしはじめているようだった。それに気付いて、グインは一瞬、龍馬の首から手をはなしたものかどうか判断に迷った。

だが、このままでは龍馬もろとも沈んでしまわなくてはならない。しかし海の水や湖とさえ異なり、この沼は、ほんのちょっと水面下に入っただけでも、沼とは名ばかりの、密生した藻と青みどろに覆い尽くされた、水没した密林のようなありさまだ。それにうかつに足をとられでもしたら、水面にあがって呼吸するのさえ困難だろう。

グインがどうしたものかと一瞬迷ったその刹那だった。

ぐいと、何者かが、グインの足首――龍馬の背にまだ乗っていた足首をつかんでひいた。

カリューか、と思った。そのまま、だが、あたりを見るひまもなく、グインは沼の底にひきずりこまれていった。

（ウ…………ッ……）

グインは瞬間的に息を吸い込み、そして息をとめた。沼の水を飲み込むことは、そのまま口一杯の青みどろを吸い込んで窒息してしまうことにつながっている。グインは足首をつかんでいる何者かをあいてに、思い切りもう片方の足でそれを蹴りつけた。案外簡単にその手——それとも触手ははなれた。だが、グインがそれでかろうじて水面に浮かび上がり、激しく肺に空気を送り込み、なんとかしてとりあえず蛟が島といわれたあの中の島に泳ぎついて体勢を立て直そうと泳ぎはじめたとたん、こんどは両方の足に何かがしんなりとからみついて、ぐいと下にひいてきた。

(く……ッ!)

水中では剣をぬいて振り回すことも出来なかった。グインは、片足を思い切りふりまわしてつかんでくる触手を振り払い、そして自由になったほうの足でもう片足をつかんでいるものをまた蹴った。そうしながら、思い切って目を開いて水中で敵を見定めようとした。その目に、青みどろが舞い上がり、舞い落ちるどろどろと青緑色の沼の水中が見えたが、その下のほうから、何かとてつもないものがかすかに見えた。それは、無数といっていいくらい、うようよと深い沼の下のほうから伸び出している、青白いぬるぬるした、巨大なミミズか何かのような、ぞっとするような大きな先細りの輪のある環虫状の触手だった。その触手が、ゆらゆらと青緑の水中でゆらめきながら、ひょいとのびてきては、グインの足首をつかもうとしていたのだ。

(く——くそっ!)

グインは、必死に水をかき、水を蹴って水面に浮上した。水中であれにもし、全身をあのおぞましい触手にとらえられてしまったら、そのまま沼の底にひきこまれてゆくだけだろう。どうやらそのぶきみな触手のまんなかには、何かその本体のようなものがあるようだったが、そんなものを確かめたいとさえ思わなかった。同時にまた、グインの目は、恐しいものをとらえていた。その触手の下のほうに、いくつも、おそらくは同じようにしてとらわれ、水中に引き込まれてこの怪物に食われたとしか思われない、人間の死骸や、動物らしいものの死骸のようなもの――そしてそれの切れっ端のようなものだ。

グインはありったけの呪詛を胸のなかでぶつけるなり、水面に浮かび上がり、死にものぐるいで手をのばした。手が固い何かにふれた。それは岩のように思われた。グインはしゃにむにそれをひっつかんだ。

5

次の瞬間、彼は、そのつかんだものを手がかりに水を蹴り、足をなおもつかんで水底に引き込もうとする化物イトミミズの触手を蹴り飛ばしてそれに這い上がった。そして、爆発寸前だった肺に空気を送り込んで息をついた。新鮮な空気とはあまり云えそうもないぶきみなよどんだ空気だったが、それでもそれは生きてゆくための神の贈り物だった。彼はあえぎながら顔をぬぐい、なんとかしてあたりを見回し、おのれの状況をつかもうとした。

とたんに彼はあっと叫んだ。彼がひっつかんでよじのぼったのは、岩ではなかった。岩のように固かったが、なんとそれはどうやら、おそろしく巨大な亀の背中のウロコのひとつのようだった。そして、その亀の背中らしいものから、直接にあのぶきみな大蛇《ドルウ》の首が生えており——蛟神とカリューが呼んでいたものは、恐しく長い蛇のような首をもつ、おそろしく巨大な亀のような生物だったのだ！

しかも、それはゆさゆさと動きだそうとしていた。グインは悪夢の真っ只中のような気持で悟っていた――カリューとともに龍馬で目指していたその中の島こそまさに、《蛟神》の本体にほかならなかった。蛟神とは、信じがたいほど巨大な、存在するとはとうてい思われぬほど巨大な亀《ドルウ》だったのだ。彼は、いまや、蛟神の背中そのものによじのぼって沼底にひそむ怪物イトミミズからしばし逃れているのだった。

彼は声もなく唸った。彼がつかまっていたのはその巨大な亀の背中のでこぼこと隆起している岩のようなうろこのひとつだったが、うろこはさまざまな大きさでまさに島の岩そのもののように生えており、そのあいだには木々や草までが生い茂っていたので、ちょっと見にはとうていそれは生物の背中だなどとは思われなかった。だが、グインの見ているところからは、まさに、そのなかば沼の水に没している甲羅の下から生え出ている長い、大蛇そっくりの首がよく見えたのだ。それは、突然に龍馬とグインたちを見失ったことに腹を立てているらしく、長々と空中にふりあげられ、そして《蛟神》はその長い首をそりかえらせて、（ゔぁぉぉぉん）と奇怪な吠え声をほとばしらせた。

（なんてことだ――！）

グインは内心、ドールへの悪態をついた。そして、とりあえずその長い首の先についているぶきみな蛇の顔に見つからぬよう、極力巨大なウロコのかげに身をひそめながら、これからいったいどうしてこのとてつもない状態を切り抜け、安全な陸地に――そのようなものがあるとしてだが――たどりついたらいいのだろうかと必死に考えをめぐらせ

た。龍馬はどうなってしまったのだろうとあたりを見回したが、どこか間のぬけたその河馬のようなすがたはもうどこにも見えない。あるいは、この急激な襲撃に恐れをなして、そのまままた、沼の奥深くに沈んで逃げていってしまったのかもしれぬ。

カリューそのものもどこでどうしているのか、まったく見あたらなかった。だが、それは、グインはあまり気にならなかった。というよりも、カリュー自身がもしも助けが必要ならば、それは当然助けを求めてくるだろうし、そうでない、ということそのものが、このすべてが実はカリュー自身によって仕組まれたものではないのか、というひそかな、どうしてもぬぐえぬグインの疑いを裏付けていたのだ。グインは顔から気味の悪い藻や青みどろの名残を神経質に払いおとした。そのままにしているとなんだか顔から腐ってきはじめそうな気がするくらい、悪臭をはなつ、なんともいえない不愉快なしろものだった。

（くそ……）

もしもこれ全体が悪夢なのだとしても——夢魔が仕掛けてきた悪夢であるとしても、それにしてもまた超弩級とびきりの悪夢もあったものだ、というような思いが、グインの心をかすめた。グインは腰の剣を確かめ、それを抜いてみようとした。片手でなおも岩——いや、巨大亀のウロコにつかまったままだったので、片手だけの作業だったが、剣はなかなか抜けなかった。案じていたとおり、どうやら剣のつかにも、藻がからみついてしまっているようだ。だが、まだ激しく大地——いや、亀の背中は揺れ続けていたので、両手をはなしてしまうのは心もとなかった。亀は、明らかに、ひどく興奮して身を起こそうとしていたのに違いない。だが、その水に没して見えない部分がどのようになっているのか、グインにはわからなかったが、おそらくは相当な下のほうまで、それは沼の底のほうまでも続いていたのだろう。それが立ち上がろうとしているのが、沼全体にとてつもない大波をおこし、大変な騒動を引き起こしているようだった。そしてグインはいまや、その大騒動のみなもとの背中にまたがっているのだ。

（くそ……これは、どうしたものか……）

たいがいの窮地にはへこたれぬグインではあったが、このまままた沼のなかに身をおどらせて、臭い汚らしい、しかもあの肉食のおぞましい巨大なイトミミズの触手どもがむらがり寄ってくる水中を、ミミズどもを蹴散らしながら泳ぎわたって、まだ相当に距離のある対岸に無事にたどりつく自信はさすがになかった。しかし、もっと距離の近い、もときたほうの岸には、まだもやもやと黒い巨大な女の影が見える。まだ、女王ウリュカはそこに立ったまま、こちらのありさまをじっと見つめているようなのだ。

（そうか……）

ふいに、グインは悟っていた。

（蛟神に捧げられて生きながら引き裂かれて食われるとは……つまりはこの化物ガメの

餌にされる、ということなわけだな……)

水中におびただしくあった食われかけの人間たち、動物たちの死骸は、おそらく、この《蛟神》が自分でとらえてくらったものもあろうが、長いあいだに――その、この世界における時間の経過がどのようなものであるのかはグインにはまったくわからなかったが――その儀式によって女王なり、その手の者なりによって沼に投げ込まれ、蛟神に捧げられたいけにえのそれもたぶんたくさんあったに違いない。カリューはおそらく、その次なるいけにえにされようとしていたところだったのだろう。

(くそ、だが、それどころではない。なんとかしてここを切り抜けなくては、俺そのものが蛟神の餌にされてしまうかもしれぬ)

さいわいにして、巨大な《蛟神》の長い長い首は、いまのところ、まっすぐ前のほうにのばされ、しきりときょろきょろとあたりを見回している。それほど決してカンがよくも、動きが素早くもないようなのは、まだしも幸いだ。

だが、それにしてもとてつもない大きさでもあるし、首の長さもグインを何巻きもしてしまえそうなくらいあるので、もしもその背中にいる《餌》の存在に気付かれてしまったとしたら、ごく簡単にあの首がこちらめがけて襲い掛かってきそうだった。そうなったときにどのように戦ったらいいのか、こんな怪物相手にこのわずか一本の剣がどの程度の力を発揮するのか、はなはだ心もとなくもある。

ふいに、ぐらりと、つかまっていた足もとがゆらいで、グインははっとなった。巨亀は、何を思ったのか、いきなり、その巨軀をいよいよゆるゆると動かして、遠い対岸に向かって泳ぎ出していた。グインは思わずあたりを見回し、そしてあっと目を瞠った。ちょっと先の水中になかば身を没して、あの龍馬が鈍重な首をのばしていた。そうやって、ひらたい背中と細長い首が水中からあらわれているところをみると、それは、彼が乗っているこの巨亀《蛟神》をそのまま、もうちょっと小さく、すさまじさやぶきみさをも減らして作り上げたひながたでもあるようにも見えた。

龍馬は逃亡したのではなかった。いや、いまは、必死に《蛟神》から逃げていたのかもしれぬ。だが、その首のすぐうしろのところには、なんと、猫目のカリューのほっそりしたすがたがあった。足を龍馬の背中にふんばり、龍馬の細長い首につかまって、どうやらカリューは龍馬をしきりと前のほうへとかりたてているらしい。そして、《蛟神》はそれに興味をそそられ、それをとって食おうと、長い巨大な首をのばして、それを追って水中を泳ぎ出しはじめているのだった。もしかして、それはカリューがみずからをおとりにして、《蛟神》をひきよせてくれているのではないか、とグインはようやく思いあたった。

《蛟神》はだが、ゆるゆると龍馬のうしろを追いかけながら、その背中に何か邪魔者が乗っていることにはまったく気付かぬらしい。これだけの分厚い、岩としか思えぬうろこつきの甲羅に覆われているのであれば、無理もないかもしれぬ。その長い首はまっすぐにカリューと龍馬のほうにむけてさしのばされ、その巨大な口は食いたくてたまらぬかのようにぱくり、ぱくりと何回も空中で打ち合わされていた。島そのものが動きだした光景としかみえぬ巨体を引きずって、《蛟神》はのろのろと、沼の中を泳ぎ出しはじめた。

グインはあわててしっかりと岩に両手でつかまった。《蛟神》が動くにつれて、島のような甲羅はすごい勢いで左右に揺れ、そのたびに汚い緑色の波がどどん、どどんとグインの足元近くまでうちよせてきた。

グインは必死に《蛟神》の背中につかまりながら耐えた。《蛟神》は明らかにカリューと龍馬をとらえることに夢中になっているようだった。しだいに激しく水をかきながら、その巨大なからだは沼の水中にびっしりとしげった藻と青みどろとをかきわけて進んでゆく。カリューが一瞬、龍馬の背中からこちらをふりむいた気がしたとたんだった。

(いまだよ、グイン！　ぼくが蛟神の注意を惹きつけておくから、そのあいだに、蛟神の首のうしろをその剣で刺して！　そこが、きゃつのたったひとつの弱点なんだ)

頭のなかに、ふいにカリューの声が飛び込んできた。それが、あの魔道師たちがさかんに使っている心話と同様のものであるらしいと、わかるまでに一瞬かかった。

「なんだと……」

（こいつのウロコだらけの首のうしろに、ひとつだけ、ウロコのかけはがれているところがあるはずだ。そこを突き刺してくれたら、そこだけは剣が通るはず――そのほかのところはとうていはがねの剣なんか受け付けないけれど、そこならなんとかきゃつにいたでを与えられるはずなんだ）

「だが、それでこいつがもし致命傷を受けるなり、あるいは傷ついて暴れ出したら、その背中に乗っている俺はどうなるんだ！」

グインは思わず叫んだが、もうカリューの心話のいらえはなかった。グインは、困惑しながら、剣を抜こうとふたたび腰の剣の柄を引っ張った。多少乾いたらしく、藻がばらばらと剣の柄から落ちていったが、まだなおもたくさんの藻がからみついて剣を封じてしまっていた。グインはまた困惑したが、片手でかき落とせる限り藻をはらいおとそうとこころみた。そのあいだにも、《蛟神》はぐんぐんと泳ぎ続けている。もしも対岸から見ているものがいたとしたら、巨大な島が動き出し、ずるずると水中を移動してゆく、さぞかしおどろくべきぶきみな光景でもあっただろう。

（一枚だけ、はがれているウロコだと……）

長々とカリューたちにむかって突き出されている《蛟神》の首は、グインの両腕でもかかえきれないほどに太い。

そしてそれは、銀色――というよりもとは銀色であったらしいが、いまはその上に青みどろがこびりついてなかば青緑になってしまっている、一枚一枚がさしわたし半タールほどもあるような巨大なウロコでおおわれていた。そのウロコは重なりあって長い鎌首を覆っており、どこにも剣など歯のたちようもないかと思われた。どの一枚がそのウロコのはげた場所であるのか、なかなか見分けがつかぬ。おまけに、そのウロコの上にはところどころに藻が生い茂っているのだ。とうてい、ひとの力でなど切り伏せられようもないのではないかと思える怪物である。

(ここからでは……)

グインはあたりを見回した。まだ、岸辺はずっと遠い。さきほどよりは、《蛟神》がカリューという餌につられてだいぶん泳ぎ出したために、かなり近づいてはきた。だが、まだ、その分、ちょうど沼の真っ只中あたりに出たところだ。かえって、もときた岸も遠くなり、あのまぼろしのような黒い女王も、目にみえぬ黒い兵士たちも、そのうしろにそびえたつ目にみえぬ影の宮殿も、ずいぶんと遠くなってきている。いまからだと、そちらに泳ぎつくのも、彼方にかすかに見えている対岸に泳ぎつくのも、ほぼ同じくらいだろう。

相変わらず《蛟神》はぐいぐいと泳ぎ続けている。しだいに調子が出てきたらしく、また動き出したことで全身にからみついていた藻がしだいに落ちてきて、動きがとれるようになったのか、いまやかなりの速度で巨大な亀は水中を移動していた。

龍馬はどうやら身の危険を感じているようすで、必死に泳ぎ続けている。その背のカリューがひどく小さく見える。カリューのからだが右に左に揺れているのは、龍馬の動きにしたがってその背中が猛烈に揺れているのだろう。

（さあ、お願いだ、グィン、勇気を出して！　龍馬の速度がだんだん遅くなってきた。疲れてきたんだ。ここで《蛟神》に追いつかれてしまったらぼくも龍馬ごときゃつに喰われてしまう。お願いだから、はがれたウロコのところをねらって、はずさないで——ひと太刀でしとめて！　初太刀をはずしたらきっと、《蛟神》はすごく逆上して暴れ出すと思うし、そうなったらもう、ぼくも、あなたも……）

「だから、仕留めてしまったら、こいつは沈んでしまうんだろう！　そしたら俺にどうしろというのだ！」

グィンは思わず大声で怒鳴りそうになったが、あえて声をおさえた。万一にも《蛟神》がその声で背中にはりついている邪魔者の存在に気付き、その長い首がふりかえっては大変だと気が付いたのだ。かろうじて、藻をかき落としつづけたかいがあって、剣がわずかに動いた。グィンは片手で岩につかまり、もう片手でぐいぐいと剣を抜こうと柄を動かしつづける、という困難な作業を必死につづけた。そのとき、カリューの悲鳴のような心話が届いた。

（ああ、駄目だ！　龍馬が力つきてしまった。すごく遅く——ああ、止まってしまう！

龍馬が沈んでしまう。ぼくも、そちらに飛び移るよ、グイン、《蛟神》が龍馬を追って水中に沈んでいってしまったらぼくたちも沈んでしまう！　早く、早くして、グイン、早く《蛟神》を刺し殺して！）

（お前はそう気楽にいうが……）

グインは腹立たしく考えた。だが、そのとき、ようやくグインの腰の剣が動き、かろうじてそれがさやから抜けはじめてきた。

（よし！）

剣があっても抜けぬのではどうにもならぬ。ただちにその、はがれたウロコを狙うつもりはなかったが、ともかくも剣を抜きはなってやろうとグインがいっそう激しく剣をさやの中で動かしていたときだった。

「ぐがぁぁぁぁぁ」

奇妙な、超音波めいた音をたてて、巨大な首が、ふいに上からうねりながら水中に突っ込んだ。とたんにグインは《蛟神》の背中から沼に投げ出されそうになって、あわてて両手で岩の先端にしっかりとつかまった。激しくその《島》が前にむかってななめにゆらいだ。《蛟神》は、水中に沈んでいった龍馬めがけて、その長い蛇のような首を水中に突き入れたのだ。それと同時に、《蛟神》の甲羅のうしろのほうがもちあがり、《島》はまるでそのままひっくりかえってしまいそうに斜めにかしいだ。

「う——ワアアア！」

グインは激しくふりまわされ、声をあげながら、右に左にころがった。かろうじて、ふりおとされて水中に投げ出されることはまぬかれたが、岩につかまっている腕の力も尽きてきかけていた。そもそもしっかりとつかまっているといっても、巨大な岩の突端のようなものなのだ。それほどしっかりとつかまれる場所でもない。この上にさらにゆさぶられたらそのまま放り出されてしまうだろうという恐怖に、グインはうめきながら剣をつかみ、ゆさぶった。ふいに剣が腰の鞘からすぽりと抜けた。

（抜けた！）

その刹那。

いったん水中に没した《蛟神》の長い首が、いきなりまた、ぐいとうねりながら水中からあらわれてきた。それを見たとたん、グインは叫び声をあげた。その巨大な三角形の大蛇そっくりの首の先端、ぱくりと開いた口に、しっかりとくわえられていたのは、あわれな龍馬の食いちぎられた首から先だったのだ！

《蛟神》は満足したようにしきりと頭をふりまわし、口にくわえたその龍馬の首をふりまわした。そのたびに、赤黒いどろりとした血とおぼしきものが龍馬の首の切り口から流れ出て、どろり、どろりと沼の青黒い水の上にまき散らされた。カリューはどうなってしまったのだろうとグインは見回したが、カリューを見出すことは出来なかった。龍馬もろとも水中に沈んでしまったのだろうか。

その瞬間だった。

「あれだ！」

グインは、剣をつかみ直した。ほとんど反射的な動きで、その剣をさか手にしっかりと握り、三段跳びに《蛟神》の背中を駆け抜けた。龍馬の首を食いちぎろうと、頭をふりまわしている《蛟神》の長い首の、つけねの少し上あたりのところに、そこだけくっきりと色の違う、黒っぽいウロコ型の影のようなものがはっきりとあらわれていたのだ。

「そこだ！」

ほとんど、何も考えるいとまもなく、グインは、剣を刀子のようにかまえ、そのまま思い切り力をこめて、その《蛟神》の首のつけね、ウロコのはがれて肉のあらわれている部分めがけて投げつけた。巨大な剣は刀子さながらに軽々と飛び——

そして、狙いたがわずそのウロコ型の黒い部分にぐさりと突き立った。

瞬間、声にならぬ《蛟神》の苦悶と怒りのすさまじい咆哮のようなものが、この蛟が池全体を激しくゆるがしたように感じられた。すさまじい勢いで、沼の水が逆流した。《蛟神》の巨大なからだが沼をすべてかきまわしてしまうほどの勢いでのたうちはじめ——そして、かきまわされた青みどろの水が空から奔流となってほとばしり——

「ワアッ！」

その青みどろの水にグインはまともに直撃された。たちまち、彼は《蛟神》の背中からはねとばされた。あらがいようなどあるはずもない圧倒的な力であった。《蛟神》はすさまじい声にならぬ声で吠えたけりはじめた。その首にふかぶかとグインの投じた剣が突き刺さり、そこから、どろどろと、何かおそろしく汚い、茶色と赤と黒のいりまじったようなどろりとした血がほとばしり、沼の水をさらに汚らしい色に濁らせはじめていた。

グインのからだは、威勢よく宙にふっとばされた——それほどに、襲い掛かってきた水の勢いはすさまじかった。《蛟神》の巨大なからだが、水中に倒れ込み、そして、底のほうから一気に蛟が池の永劫の静寂をかきまわし、かき乱したのだ。声にならぬ悲鳴、いったい何者の悲鳴なのか、沼のなかで死の永遠をむさぼっていた、かつて《蛟神》のいけにえとして捧げられ、啖われたものたちの悲鳴なのかと思わせる絶叫が、あたりをゆるがした。グインはなんとかして、何かをつかもうとむなしく手をのばした。だがその手は何ひとつつかむことはできなかった。

(だから、云ったろうが……)

あらがうすべもなく、沼のなかにかれの巨体は落ちた。まるで《蛟神》の血にそのような毒性があって、それが蛟が池の水を沸騰させたとでもいうかのように、蛟が池の広大な水面のすべてにぶつぶつとぶきみな泡がたち、煮えたぎり、どろどろと地鳴りがおこり、何かが決定的に崩壊しはじめていた。沼のすべてが《蛟神》もろともに苦悶しているかのようだった。

（こんな——こんなところで、こんな……そんなことはありえない。こんな夢の中で俺が——そんなことは決して……）

グインは呻いた。逃れることもできず、その目といわず鼻といわず口といわず、ついにあのおぞましい蛟が池の青みどろの水、しかもそこにいまや龍馬や蛟神の血や、そして沼が飲み込んでいた腐敗しはてた死体のなれのはてまでもがいりまじったどろどろの溶岩のようなしろものが流れ込んできた。グインはむせた。なんとかして、その地獄の水を飲み込まぬようにしようとつとめたけれども、どうすることもできなかった。

彼は、そのまま、深く沈んでいった。意識を失いかける直前にかすかに見たのは、水中に、かっと目を見開いてグインをなんともいわれぬあやしい表情で見つめて手をひろげ、微笑んでいる、両目をかっと見開いたカリューの巨大な顔だった。その両目は金色で——つりあがり、そして、虹彩も白目も黒目も一切ない、黄金ひと色のあやしい邪眼そのものであった。そしてその額には、もうひとつの、青く光る大蛇のひとみとしか思われぬ第三の目が——

6

「グイン。グイン、しっかりして、起きて。意識を取り戻して。もう大丈夫、もうすべて終わったから」

誰かが、激しく彼を揺り起こしていた。グインは呻いた。目を開きたくなかった。――というより、目を開いて、またしても、おのれがまだその、醒めることのできぬ深い悪夢のなかにいるのだ、まだおのれの本来所属している、安心でよく知っている世界に戻っているわけではないのだ、ということを知りたくなかったのだ。だが、目を開かぬわけにはゆかなかった。

「すべて、貴方のおかげだよ。素晴しい。いや、すごい。蛟神はほろびた。もう、誰も蛟神に捧げられて引き裂かれ、生きながらとって食われることはなくなるんだ」

ひどく興奮した声で叫んでいるのは、間違いなく邪眼のカリューだった。グインは唸って、いやいや目を開いた。顔のすぐ上、思いもよらぬほどすぐ上に、カリューの顔があった――その目は、あの水中で見たまぼろしと同じように、かっとばかりに見開かれていたが、あの水中のはまぼろしだったのかと疑わせるように、その目はごく普通の、ごく美しいきれいな赤茶色の瞳をもつ、白目のある人間の目であった。むろん、額のまんなかに開く第三の目もまったくその痕跡もなく、相変わらずその額はもとどおりなめらかである。

グインはその顔をにらみつけ、そっと五体の感覚をさぐってみた。どこにも異常はなさそうだ、とわかって、そっと身を起こす。からだにはもう、藻もからみついておらず、青みどろのこびりついているようすもなかった。また、大量に飲み込んでしまったであろうはずの汚らしい沼の水の影響も、少なくともそうしているかぎりではまったく認められない。

(これは……)

むしろ、かれの手足は、真水できれいに洗い流したばかりであるかのように綺麗であった。手足ばかりではなく、頭も顔も、また身につけている衣類にも何も、汚れも濡れたようすもない。

彼はうろんそうにまわりを見回した。そこは、まったくいままで彼が奮闘していたあのおぞましい蛟が池のなかとは似ても似つかない——といって、あの暗い、影の宮殿ともまったく似ておらぬはじめて見るような場所だった。それは、ごく美しい風光明媚な湖のほとり、といった感じの岸辺で、かたわらには満々と美しい澄んだ青い水をたたえた湖がひろがっており、その彼方には緑の木々と、その彼方にさらに、黒みがかった緑のなだらかな山々が見えた。そして、彼をまるで見下ろしているかのように、まわりにはゆたかな緑の森がおいしげっており、下はゆたかな下生えが生えて、彼はその、緑の下生えの上に、黒びろうどのマントをひろげて寝かされていたのだった。

「ここは何処だ」

彼は不機嫌そうな声を出した。カリューはにっと奇妙になまめかしく笑った。

「ここは、蛟が池のほとりだよ」

「何をいう」

グインはむっとしてあたりをさらに見回した。小鳥の鳴き声がかすかにきこえる。どこかから、甘い花の香りもしてくる。さやさやと風が吹いてくる。それは、桃源郷を思わせるかのような、美しい、さわやかな光景である。いくぶん、本当の天国というにはどこか全体にちょっと暗い感じがしたけれども、それ以外では、好きにならずにはいられないような美しい光景であった。

「このどこがあのおぞましい、おどろおどろしい池だというのだ。どこも似ておらぬ」

「でも、そうなのだから仕方がない」

カリューはしゃあしゃあと云った。

「貴方のおかげで、朝がきたのだよ、グイン。だから、蛟が池がこうなったのは貴方の手柄なんだ。貴方がもののみごとに池の蛟神を仕留めてくれたから、だから、蛟が池は生き返ったんだよ。そう、蛟が池は生き返ったんだ」

「生き返った、だと」

「そう。これはもとはとても美しい湖だった。だけれども、いつのころからかあのばかでかい亀の化物が住み着き、そして池の中央に巣くって向こう岸へ渡ろうとするものをとってくらうようになった。——そのおかげで、誰も向こう岸へ行けなくなってしまったし、しかも、池にもともと棲んでいた魚怪やさまざまな妖怪変化、魑魅魍魎たちをどんどんくらってあの亀めはどんどんでかくなり、とうとう、島みたいに大きくなってしまった。おまけに、そのくらった妖怪、魚怪どもの霊力をも一緒にくらったおかげであれなりの力をもつようになり——もとはただの、たまたま長生きしたというだけの亀にすぎなかったのにだよ。——それで、ついには、蛟神などとしてまわりの力ない雑妖怪どもにあがめられるようなぶんざいになってしまったのだ。もともと、このあたりには、大した力をもったものは棲んでいなかったからね」

「……………」

「そして、あいつは、沼のなかの生き物をくらいつくすと、こんどはその周囲の岸辺の生物たちにいけにえを要求するようになったのだ。でなければ、首をのばして、岸のまわりのものたちの棲家を片っ端からくらいつくしてまわるぞ、といってね。——このあたりに棲んでいる連中はみんなかよわい、力のない小さな虫けらだの、とかげだの、陸にあがった魚だの、そういうものの雑霊にしかすぎなかったから、みんなおそれをなして、いうことをきくようになった。――それで、とうとう、あの蛟神を名乗る馬鹿亀が、ああして沼の真ん中に巣くい、日ごとあらたな生贄を要求する、それにこたえるためにウリュカ女王はせっせと産卵する、というようなことになったんだよ」

「……」

「だが、貴方のおかげでその呪いはついに打ち破られた。ぼくたち、かよわい者達ではまったくあいつに立ち向かうことは出来なかった。だから、本当にぼくたちは貴方に感謝している。ぼくも、それから、とうとうあの亀の呪いからときはなたれて自由になることのできた、あの無数の屍たちもね。……あいつらも、亀に喰われてしまったばかりに死ぬことも生きることも出来ず、沼のなかで腐ってゆくばかりだったのだ。その怨念と恐怖と苦しみのおかげで蛟が池の水は腐ってゆき、そしてその腐臭のおかげでさらにたくさんのいけにえがあそこにひきよせられ――でももうそれもおしまいだ。ぼくは、自由になった。ぼくはこれでどこへでもゆける」

「あの影の宮殿というのはどうなったのだ」

まだ半信半疑のままグインはたずねた。カリューはにっこりと妖しく微笑んだ。

「影の宮殿も、あれはもともとが亀の蛟神の脅迫に応じるために呼び出されたものだったから、むろん、沼の亡霊といっしょに消えてなくなってしまったよ。ヨミの兵士たちもようやくおのれのもともと属する世界に返ることができた。すべてはときはなたれたんだ。グイン、あの素晴らしく青い美しい空と、すみきった青い水を見てごらん。あれが同じあの沼だったと誰が信じることが出来よう」

「確かにな」

グインはぶっすりと云った。

「確かに美しい。確かに誰が信じることが出来るだろう。というよりも、信じるほうが愚かというものだ。よしんば百歩ゆずって、この美しい湖が本当にあのいかがわしい、最悪な臭い沼だったとしよう。だが、それが本当に、あの沼はこの湖が呪いによって姿をかえられていたものであったとしても――」

「しても？」

「にしても、この湖そのものがいかがわしくない、というわけではないと思うぞ。というより、この湖もまた、あの沼といかがわしいという点ではなんらかわるものではない。いや、むしろ、数段いかがわしいかもしれん。この湖のほうがあの沼よりもいっそうあやしい――この湖は、美しすぎる」

「なんと、気難しい人だな、グイン」

カリューはくすくすと耳障りな笑い声をたてた。

「さっきは汚すぎるといって嫌い、こんどは美しすぎるといってあやしむのかい？　湖が美しいのはちっともかまわないじゃないの？　湖には、いつだって、美しい湖の精が住んでいて、そして湖を美しく見せているものだよ。その精霊が美しければ美しいほど、湖もまた美しくなるのだ」

「お前の勝手な、そして妙ちくりんな理屈はもう聞き飽きた。うんざりだ。カリュー」

グインは決めつけた。そして、すっくと立ち上がった。

「だがもしかしてお前のいうことばにもほんのわずかな真理はある、ということにしよう。本当にこの湖はあの沼がすがたをかえたものかもしれないし、そうなったのは俺があのぶきみな亀の蛟神を退治たからだ、ということにしておこう。もしそうだとしたなら、俺はお前の要求した仕事を無事になしとげたことになる。だったら、俺は報酬を要求する権利がある。俺を、もとの世界に戻せ。戻せないというのなら、俺にも考えがあるぞ。カリュー」

「おお、怖い」

カリューはのんびりと見せかけながら云った。だがその目はちょっとするどく光っていた。

「どうしてそんなに急ぐのさ？　もう、同じことなんだから――あちらの世界で時がたっているわけじゃあないんだから、もうちょっとのんびりすればいいじゃないの？　それに、戻さないなんていっていないけれど、貴方はまだ、ぼくの頼んだ仕事を全部終わったわけじゃあない。ぼくが頼んだのは、蛟神を退治て、ぼくをアルティナ・ドゥ・ラーエの村に連れていってほしい、ということだよ。でもここはアルティナ・ドゥ・ラーエの村じゃあない。だから、貴方はまだなすべきことを半分しかしたわけじゃない。だから――何をするんだ。グイン」

「どうやら、この世界でも、俺の大切な黒小人の剣は有効であるらしい」

突然に、グインの手にはかすかに緑色に光る、かつて彼が黄昏の国の刀鍛冶スナフキンに貰った魔剣があらわれていた。驚いたようすもなくグインを見上げているカリューを、グインはスナフキンの剣をそののどもとにさしつけながらにらみつけた。

「そしてこの剣は、通常の、この世の物質法則に従っている物質は切れないが、妖魔の世界に属するものは切れる。だから、ききさまが妖魔なのだったら口のききかたに気を付けるがいい。俺はずっと云っていたとおり、腹をたてているし、最初から、腹をたてていたのだからな。きさまは俺を強引に鏡の回廊からこの世界に引きずり込んだ。俺にはそうされる理由もなければ義理もない。だが、もとに戻るために俺はきさまのいうことをきいて、俺には何の縁もゆかりもない蛟神とやらを退治てやった。あの亀の化物にだってそれなりの理屈もあれば、生きたいという気持もあったのだろうに、それを殺したというのは俺の身勝手だ。戻りたいという身勝手だ。だからそのうらみは俺にかかってくることになろうが、だが、それ以前に、俺を勝手にこの世界に連れ込んだのは貴様の責任だ。だから、亀の化物の蛟神が恨むとすれば本当はそれは猫目のカリュー、きさまであるべきだ。そして、きさまは本当にあの蛟神を退治ることだけが目的で俺をこの世界にひきずりこんだのか。どうなのだ。云ってみるがいい。そうではあるまい。何やら、俺の直感が、きさまにはもっとたくらむ何かがあると告げている。云ってみろ。カリュー」

「驚いたな！」

カリューが、ふふふふふ、と笑った。

「そこまで貴方って人はうたぐり深かったんだ！　そうして、そんなに——いろいろな変異がおこっても、いろいろ大変な冒険があっても、ちっともぼくに気を許したり、心を開いたり、馴れてさえいてくれなかったんだ。それはびっくりしてしまうな。これでも、ぼくはずいぶんとひとをひきずりよせるにはたけているつもりだったんだけれどもなあ！」

カリューはふいに、身をちょっとかたくしてグインを見上げた。

「何をするんだ。豹頭のグイン」

グインが、スナフキンの魔剣をゆっくりとふりかぶり、恐しい、冷たい殺気をほとばしらせたのだ。カリューは驚いたようすもなくグインを見上げたが、そのひとみが、しだいにとけて、黄金色一色の、ひとみも黒目も白目もないあの猫目に変じてゆくさまを、グインはじっとにらみつけていた。

「俺は最初から、きさまの中にこそ妖魔のにおいをかいでいた」

グインはきっぱりと云った。

「そして、あの亀やあの龍馬には、何の妖魔のかおりもしなかったことにもちゃんと気付いていたぞ。あの亀は、蛟神ではあるまい。あれは、蛟神の汚名をきせられたただの大蛇首亀だ。確かにあれだけ巨大なやつは珍しかろうし、あそこまで巨大ならいろいろと魔力をもつようになっていてもいっこうに不思議はないが、しかし、蛟神などと呼ばれるようなおそるべき力は、何も俺は感じなかった。第一蛟神ともあろうものが、俺の剣のひとつきだけで、あれほどまでに簡単に倒せるわけはない。あの亀こそは、ごくあたりまえの血肉をそなえた存在であり、そして、そうでないのは――」

スナフキンの剣が、やにわに、すさまじい勢いでくりだされた。

カリューは叫び声をあげて飛び退いた。いまやその目は黄金色に溶け、そしてその額にはゆっくりと、第三の目が開きかけようとしていた。

「何をするんだ。気でも狂ったのか。グイン」

「俺は正気だ、多分な。狂っているのはこの世界のほうだ――さもなければ、お前だ」

きびしく、グインは決めつけた。カリューはなおも驚いたふうを装った。

「なぜ、ぼくが――」

「きさまがまことの蛟神なのだ。違うか」

グインの声は、いまやいんいんと、ひとけもない湖のほとりにひびきわたるかとさえ思われた。

「きさまが俺にきかせた母親のいけにえにされる話や、あの闇の女王の話はすべてでたらめだ。いや、多少のまことはあるのかもしれぬが、おそらくそれはもう遠い昔に終わった伝説なのであり、そしてきさまこそが、まことの蛟神としてこの蛟が池に君臨している怪物なのだ。俺の直感がそう告げている――もしかして、そのことばどおりの意味ではなかったにしろ、このすべてをたくらみ、仕組んだのはお前だとな。その理由《わけ》をいえ、カリュー――俺にアルティナなんとやらの村に連れていってほしいなどという、いつわりの理由ではない、本当の、俺を拉致し、この世界に連れてきたまことの理由をだ！　でなければ、いますぐきさまを切る。この剣は妖魔にあうと息づく――俺の手のなかで、スナフキンの剣は痛いほどに息づいている。俺を誤魔化そうとしても無駄なことだぞ。カリュー」

「しょうもないことを――」

ふいに――

さいごのまぶたが開き、ぱっとその白い額のまんなかにまた、あのぶきみな第三の目があらわれた。

カリューはいまや、三つのあやしい目でグィンを見つめながら、真紅の唇をにんまりとほころばせていた。なおも、かれは、まだ一歩もひこうとさえしていなかった。

「そんなことにそんな大した理由なんかありやしない。ただ、ぼくは——この世界を生み出したものとして、この世界を、本当に存在させたかっただけだ。誰だって、おのれの世界を生み出すまでに妖力、通力を持つようになった妖魔ならそう思う。それはふしぎなことでもなんでもありゃしない——自分の力が生み出したかりそめの、まぼろしの世界をなんとかしてまことの世界にしたい、本当に存在するものにさせたいとなんて、誰だって思うに決まっているじゃないか、グィン？　そして、貴方にならそれが出来る。貴方だけにそれが出来る——貴方の持っているエネルギーをもとにすれば、どんな妖魔だっておのれの世界を、本当のまことの世界としてこの世界のなかに生み出すことができる。そして、その貴方がたまたま鏡と鏡のあわせ鏡のあいだに入っていたのに、それに手を出さない魔物がいると思うかい？　貴方は、どんな魔物にだって垂涎《すいぜん》の的のような存在なんだよ、グィン——そして、どんな魔物だって、貴方がいればこの世で最強の魔王となれる。誰だって、貴方を手にいれたら、入れることができたらと夢にみるんだ。ねえ、グィン」

妖しく唇を耳まで裂いて微笑みながら、カリューはその白い手をトーガから出してグインのほうにさしのべた。その手は、あの、グインの足首をつかんで沼の底深く引きずり込もうとした、巨大な青白いイトミミズの触手であった。

「ねえ、グイン——せっかくここに入ってきてしまったんだから、ぼくの願いをかなえておくれよ。ずっとぼくのものになっていてくれなんて望まない。それではぼくごときの魔力にとってはあまりにも負担が大きすぎる。だけど、ほんのちょっと、ぼくのために、その強大な、宇宙的なエネルギーをわけてくれさえしたら、ぼくにそれをしばらくでいいから自由に使わせてくれさえしたら、ぼくは小さなささやかな、でも絶対に誰にも壊すことのできない魔物の世界、魔の次元をひとつ作り上げることが出来るんだけれどなあ！　ねえ、いいじゃないの、貴方にとっては本当にささいなことでしかないんだから！　貴方の底なしのエネルギーはまたすぐ補塡されるだろうし、そしてそんなものをぼくに吸い取られたことさえ貴方は意識さえしないだろう。なぜって貴方のエネルギーはひっきりなしに星々の彼方から送られてくるんだから！　ねえ、だから、ぼくに、そのエネルギーを吸い取らせておくれよ！　ほんの一度か二度でいいんだ。それだけで充分すぎるほどなんだ。貴方がそばにいるというだけで、あんな大きな魔法が使えるほどの力を貴方はぼくに及ぼすことが出来たんだから。貴方は本当にすごい人だ。この世界に二人といない貴重な存在だ。——あの沼はなかなかすてきだったでしょう？　あの世界を本当にしたいんだ。この湖も美しいでしょう？　この世界が本当に存在したらいいと思わない？　いまはまだ何処にもない世界を、あなたのエネルギーと、ぼくの魔力があわされれば、この世に現前させることが出来る——それって、素晴しいことだとは思わない？」

「思わぬ」

　グインは怒鳴った。

「俺にはそのようなものには何の興味もない。さっさと、俺をもとの世界に戻せ。さもなければ、俺は貴様を切るぞ。この妖怪め」

「どうしても？」

　カリューは悲しそうな顔を作ってみせながらささやいた。

「どうしてもぼくのものになってくれないというの？　たった一度か二度でいいといっているのに？」

「くどい」

　グインが吐き捨てた。

　利那、カリューの形相が変わった。

　もう、カリューは、美しくも端正でもなかった。その頭は突然に、あのあやしい沼で蛇首亀の《蛟神》が最初にすがたをあらわしたときの、あの三角形の毒蛇の頭と化していた。その額に青く第三の目が輝き、邪悪な光を放っている。そして、その唇のあいだから、いまこそ解き放たれた、といわぬばかりに、そもそもの最初からグインがその存在を疑っていたもの——ペロペロと炎のようにうごめく、長い不気味な真紅の細い、先で二つに割れた舌があらわれ、そしてそれがチロチロと狂ったようにうごめいた。

「やはり、きさまが蛟神か！」

グインは怒鳴った。そして、スナフキンの剣をふりかざし、突進した。

カリューは青白いトーガをまるで脱皮するかのように脱ぎ捨てて、そのなかから中空高く舞い上がった。青白く、ぬめるように光る細長い蛇身が、ぬっと空中にあらわれ、そして、上のほうからグインにむかってカッと口を耳まで裂いて、真っ赤な口腔に毒々しい、毒をしたたらせた牙をむいたまま襲い掛かってきた。グインは叫んでとびのいた。かみ合わされたその蛇の口がカッと音をたてた。ふたたび、カリューはグインにむかって牙をむいて襲い掛かってきた。二度、三度。

「おのれ、化物！」

グインはヤーンの名をとなえた。スナフキンの剣に思い切り伸びよと命じると、スナフキンの剣は突然、槍のようにのびた。カリューはすかさずその剣にまきつこうとしたが、それがいのちとりになった。まきついた刹那、スナフキンの剣は青白い炎を放った

——カリューの口から、恐しい、とうてい人間には出せぬような絶叫がほとばしった。

しばらく、剣のまわりに巻き付いたまま、カリューの青白い蛇身はのたうち、剣をへし

折ろうとするかのようにもがいていた。それから、突然、すべての力を失って、それはぼとりと湖のはたの地面の上に落ちた。

「俺をもとの世界に――」

グインが叫ぼうとしたときだった。

ふいに、まわりの世界がぐずぐずと溶け崩れてゆきはじめた。グインは思わず膝をついた。スナフキンの剣は、いつもどおり、《仕事》を終えるなり勝手に吸い込まれるようにして、グインの右腕のなかに入っていってしまった。

「おい、カリュー――」

カリューであったものは、白い長い奇妙な紐のようにくたくたと湖のほとりに落ちていた。そして、まわりの世界は、湖も、そして森も、そして木々も空も、すべてがもやもやとかすみはじめ、溶けはじめていた。

そのときだった。グインは、おそろしくはっきりとした声が頭のなかにひびきわたるのをきいた。

「よくも、あたしの弟を殺したね。豹頭のグイン」

突き刺さるような、怒りと憎悪にふるえる声が、グインの頭を襲ってきた。同時に、黒い、髪の毛をきっちりと眉の上で切りそろえ、うしろ髪は首のうしろで切りそろえた、カリューにうりふたつの――だが、額の第三の目は真紅のルビーのいろ、見開かれた虹

彩のない双眸は白銀色に燃えさかっている、美しい、だが邪悪な、怒りに燃えた女の顔がグインの頭のなかでグインをにらみつけた。

「よくも殺したね。あたしの大事な弟、あたしの生き別れた可愛い弟を。弟はただあたしのところにたどりつこうと願っていただけだというのに」

その口がカッと開いた。

そこにもまた、毒のしたたる牙がみえた。グインは身構えようとした——だが、頭のなかの映像にむかって戦うすべはなかった。

「あたしの名を覚えておくがいい。あたしの名は、カリューの姉、サリュー」

その女は、憎悪と怒りにふるえる声でささやいた。

「覚えておくがいい。いまにかならず、あたしはもっと力をつけて、きさまを倒しにきさまの世界にいってやる。あたしたちは、何もしちゃいない。あたしたちはただ、生きたいと望んでいただけだったのに。むごいことを」

「俺はただ、きさまらが仕掛けてきたことに応じただけだ」

気強くグインは言い返した。

「俺を利用しようとするなら、それだけの覚悟はするがいい。俺をただ、利用しようとしたところで、俺はきさまら妖魅どもの思い通りに動かされることはない」

「おだまり。いつかあたしは弟のかたきをとるからね。可哀想なカリュー。覚えているがいい。豹頭のグィン」

映像は消えた。

ふいに、はかりしれぬ苦しさがグィンを襲った。だがそれは、襲ってきたときと同様、一瞬で消えた。そして——

＊

そして、かれは、あえぎながら目を開いた。

もはや、おのれが、おのれに属する——あるいはおのれが属する世界に戻っていることは、とっくにからだの感覚でわかっていた。まさしくそれが真実の世界であることも。

かれは、唸りながら身をおこそうとした。

「王さま」

優しい声が囁いた。

「ひどく、うなされておいでになりましたわ」

「ヴァルーサか」

グィンは喘いだ。

「水をくれ。よくない夢をみただけだ。だがそれももう——」

「お水はここに」

やわらかな、愛妾の唇がおおいかぶさってくる。そして、グインの喉が鳴る。

だが、グインは、そのままからみついてきたそうな女の柔肌をそのまま押しのけた。

たずねるようにヴァルーサが、常夜灯のうすくらがりのなかから、グインを見上げる。

それにかまいもせず、グインは立ち上がって、そして壁にかけよった。

「これか！」

するどく、壁にかかっている鏡をあらため、それから、その反対側をみる。そこには、夜のとばりが、気まぐれに鏡となした水晶の窓があった。

「今宵はカーテンを閉めずに寝たのであったな。あまりに月が美しいとお前が云ったので」

グインは云った。

「はい、王さま。——それが、何か、よくない夢をもたらしたのでしょうか？」

「待て」

グインは、ふと、奇妙なものを見つけて、はっとした。

それは、鏡の裏側に、ひからびて、小さくはりついていた、いつのころよりそこにあったとも知れぬ、小さな真っ白い、グインの指よりも細い小蛇の死骸であった。その額のまんなかには小さな青い目のような突起があった。

「こやつが、すべての元凶だったのか」

グインはつぶやいた。

「気の毒な――健気らしいことをしたものだ。だが、小蛇ごときにしてやられるようではケイロニアの王はつとまらぬ。――つまらぬ夢を見たものだと、悪く思わないでくれるがいい。カリュー」

「王さま――?」

いぶかしそうに女が小首をかしげる。グインは首をふった。

「何でもない。ここに来るがよい。月はまだ中空をまわったばかり、朝までには間があるようだ。もうひと眠りしよう。ただしカーテンはしめておくことにしよう。あわせ鏡に月の光がさすとき、思わぬ悪さをしようとたくらむものが、またそれを利用せぬでもないゆえな。さあ、ここに来い。夜はまだ長い」

第二話　闇の女王

一、青き闇の扉が開くこと

いったい、いつのことであったか。それは、東の空が深い紫色にかすむ、おぼろな妖しい春の夜の深い夢の続きであった。

(王さま。——王さま)

誰かが、自分を呼んでいる。

その、切迫した衝動にかられて、ケイロニアの豹頭王グインは奇妙な気がかりな夢からぱっとそのトパーズ色の目を開いた。かたわらには、最近第一の愛妾ヴァルーサが肌の一部をだけようやく包み隠すような、うすものの寝衣さえなかばはだけて、つつがない眠りをむさぼっている。

グインは、常夜灯だけが淡々しい光をやわらかく投げかけている、豪華だが華美ではない国王の寝室の中に目を走らせて、異常のないことを反射的に確認した。

つねに王の警護にはべっている小姓どもも、当直の騎士たちも、次の間にいる。何も、異常を発見したようすもない。ロウソクのあかりを吹き消してやすんだときと同じく、平和で静かな、ひそやかな春の闇であった。

（おかしい）

グインはうすあかりに馴れてきた目をかっと見開きながら考えた。

（あれは、ヴァルーサの声ではなかったのか。——夢のなかで、ヴァルーサに呼ばれたような、そんな気がして俺は夢路から呼び戻された、とばかり思っていたのだが）

だが、かたわらで、愛妾は無邪気な子どものようにちょっと口をあいてねむりこけている。つい先日、待望の懐妊が知らされたばかりで、その寝顔は幸福の絶頂のように見えた。もっともそれはひそかな悩みをかかえるグインにとっては、喜びであると同時に、誰にもなかなかに告げることの出来ぬひそやかな不安をもはらんでいたのだが——それはむろん、生まれてくる子どもがおのれの異形をどのていど受け継ぐことになるのか、という不安であったのだが。

その不安が、グインの眠りをさまたげたのか。グインは自問自答した。だが、そうではないようだった。いずれにもせよ、眠りの神ヒプノスはすっかり彼から遠ざかってしまっていた。

グインは身をおこし、かたわらのサイドテーブルに用意してある水さしから、水を銀杯に注いで、一口飲んだ。だが、それでまた眠ろうと目をとじてみても、いっこうに眠りが訪れようとせぬのに業を煮やして、とうとう起きあがり、今度は寝室の奥に作りつけてある戸棚から、一番愛している風味の強い香草酒の瓶を取り出して、もうひとつの銀杯に注ぎ、それをゆっくりと飲んだ。かぐわしい香草のかおりが鼻腔にひろがってくる。その南国ふうな異国めいた苦みをおびた甘さが、奇妙な不安をそそるむらさきいろの春の夜に、ふしぎと似つかわしいように感じられる。

(奇妙な夜だ。奇妙な……なんでだろう。なにごとも起こっておらぬのに、奇妙な胸騒ぎを感じてならぬ)

グインは、おのれの、ことのほか鋭敏な感覚を信じている。いたずらに不安にかられるのをよしとしはせぬが、おのれの直感が語りかけることばには、かれはいつでもきわめて従順なのだ。

(かつて——そうだ、いつのことかは忘れてしまったが、いつぞやもこんなことがあった。……あれはいつの春の夜のことであっただろう。あのときも、誰かがかたわらにいて——そして俺は、奇妙な、誰にも云われていないのにふしぎなほど切迫した不安を感じて目がさめた……そして)

グインは長い脚を床におろし、ベッドに腰をかけて、ゆっくりと強い香草酒を味わった。強烈な酒の味が、喉から胃を焼くようにおりてゆくと、ようやく多少人心地がついてくるような気がする。グインは、黒い足通し以外は何も寝衣を身につけずにそのまま眠るのが好きであった。もともと、足通しと革の剣帯とサンダルだけを身につけ、マントで寒さをしのぎながら、長いこと傭兵としてさすらってきたためか、それともそのたくましい全身を鎧っている筋肉がおびただしい熱を放散するためか、グインは、分厚い衣類を身にまとうのがあまり好きではない。

（おかしな夜だ……なんでこのように、何か異変がおこりかけている、という気がしてならぬだろう）

グインは香草酒の残りをぐいと一気に飲み干すと、ゆっくりと立ち上がり、銀杯をテーブルにおいた。

おのれのゆえない不安をいったんとりしずめてやらぬと、ふたたびの眠りが訪れてはくれぬ、という気がしたのだ。かれは寝台の下においてあった寝室用の上履きをつっかけ、特に警戒してというわけではないが、隙のない身ごなしで広い寝室を横切り、そっと次の間とのあいだの扉をあけた。

「陛下」

ただちにそこに詰めている不寝番の小姓から、はっとした声がかけられた。

「何か、御用でございましたか。お声をおかけ下されば……」

「いや、いい。ちょっと目がさめただけだ。いま、何どきだ」

「ほどもなくイリスの六点鐘になろうかと存じます」

夜明けは、さほど遠くはない。

「異変はないか」

「何ひとつございませぬ。黒曜宮は、平和に眠りに落ちております」

「わかった。いま少しの張り番を、頼む」

「心得ております。お休みなさいませ、陛下」

グインは、丁重に頭をさげる小姓にうなづきかけて、分厚い扉をしめた。

(気のせいか)

そして、ふりかえろうとしてはっとなる。——何にどう、はっとしたのか、最初のうちは、かれにもわからなかった。

(これ……は——)

かれのトパーズ色の目が爛々とひそかな光をたたえはじめる。何がどう変化したとはいえなかった——だが、室内の様子が、微妙にいまのかれが背中をむけて扉をあけ、声をかけ、扉をしめた一瞬のあいだに変化したことが、かれの鋭敏な感覚には、まざまざと感じ取られたのだ。

(これは何だ)

室内は、奇妙な——ひたひたとした、目にみえぬ濃厚な濃密な液体に満たされたような質量に変貌していた。

一見、どこにも、何ひとつ変わったところもない。天蓋つきの豪華な寝台も、部屋の奥の壁龕に掲げられた、ケイロニア皇帝アキレウス・ケイロニウスの厳かな肖像も、そしてそれを守るように立っているルアーとイラナの小さな神像も――大理石に金を打った豪華な小テーブルも、その上におかれた飲みかけの銀杯も香草酒の美しい切子の瓶も、すべてが一瞬前と同じままだ。

だが、それでいて――

すべてが、微妙に変化していた。

グインはひそかに唸った。――知らず知らずのうちに、鼻面にしわがより、上唇がめくれあがり、鋭い牙があらわれた。警戒する猛獣の顔に、かれはなっていた。

(なんだ……この感じは……)

どこかで、知っているだろうか――と思う。だが、どこがどうとやはりはっきりと断言することは出来ぬ。

グインは、警戒おこたりなく、ともあれベッドで眠っているヴァルーサのかたわらへ戻ろうとした。その、刹那であった。

目に見えぬ壁が、グインを阻んだ！

(…………！)

グインははっとなって、両手を突き出した。その手は何ひとつ具体的なものにふれることもなく、その目は何ひとつかれを阻むものを見ることもできぬ。それでいながら、かれの前には、何か、目にみえぬはっきりとした壁が立ちはだかっていた。

「ヴァルーサ！」

グインは叫んだ。

「ヴァルーサ！」

ヴァルーサが、ぼんやりと目をあけた。その顔に、グインを見分けた表情が浮かび、それから、けげんそうな表情にとってかわった。

「王さま……？　どうしたの？」

グインを呼びながら、ヴァルーサはそっと起きあがろうとした——懐妊が告げられたといっても、まだそれを知ったばかりだ。どこにも、そのような兆しは見あたらぬ。からだつきも、まったくかわらず締まるべきところがよく引き締まった踊り子の豊満でありながらほっそりとした美しい線を保っている。

その顔に、なんともいえぬ奇妙な表情がうかんだ。

「王さま——王さま！」

「ヴァルーサ！」

二人は、いったい何がおこったのか、かいもく見当がつかなかった。

ただ、ひたすら、互いに近寄ろうと——ヴァルーサもベッドから起きあがってグインのほうにやってこようとし、グインもまた、ゆだんなくベッドに近づこうとするのだが——

足の運びを引き留めるものは何もないのに、どういうわけか、いくら足を動かしても、一歩たりとも、互いに近づくということがかなわぬ。

「何、これ——」

ヴァルーサのおもてにうかんだ怪訝の色が、不安と怯えにかわってゆくのに、時間はかからなかった。

「ねえ、王さま、どうしたの？　ねえ、なんか変だよ——あたし、どうしたの？　王さまはどうしちゃったの？　どこに……どこにいるの？」

「俺が見えぬのか、ヴァルーサ？」

愕《おどろ》いて、グインは叫んだ。ヴァルーサは首をふった。

「見えるよ、そこにいるよ。だけど……ねえ、どうしたの、王さまに近づけない。おかしいよ、なんだか何かがおかし……」

ヴァルーサの声が途中でとぎれた。

グインはいまや、ありったけの力をふりしぼって、ヴァルーサのいる寝台のところにたどりつこうとからだを前に進めようとしていた。だが、どうすることもできなかった。

まるで、足は前に動いているのだが、床そのものがうしろへすべっていって、決して二人を近づけまいとしているかのように、ヴァルーサとグインとのあいだのほんの数タッドほどの距離が、どうにも詰めることが出来ぬのだ。

ヴァルーサの顔に怯えと、そしてしだいに恐怖の色が上ってくるのを、絶望的な気分でグインは見つめていた。それこそ、グインが、愛するものにもっともさせたくない表情であったのだ。

「王さま――王さまッ！」

ヴァルーサの声がかぼそく不安にかすれた。

「ヴァルーサ！　慌てるな。落ち着いてそこにいろ。お前はそのままそうしているのが一番いい、俺が――」

俺が、どうしよう、というのだろう。

グインは、くらくらとめまいのような感覚にとらわれた。これほど簡単に、おのれがしてやられて、何者かはわからぬが、明らかに決してそれほど善良とは思われぬ意図をもったものに、愛妾とのあいだのほんの数タッドの距離を阻まれているのだ、と思うだけで、はらわたが煮えた。

「ヴァルーサ！」

「王さま！」

またしても二人は甲斐なく呼び合った。ヴァルーサはもう一度ベッドからおりてなんとかグインのもとに駈け寄ろうとむなしくこころみ、グインはまた、金剛力をふりしぼって目の前にある《見えない壁》を突破しようとこころみた。だが、無駄であった。

「王さま……」

ヴァルーサの声が、心細くかすれた。

「いったい、どうなっちゃったの、これ……」

「落ち着け。お前はケイロニア王グインの妃なのだぞ！」

グインは鋭く云った。それは同時にまた、おのれ自身に言い聞かせることばでもあった。

（何かが起きている。ただごとならぬ何かが――）

（それとも――これはかつていくたびかあったことのあるような――悪夢のなかの出来事なのか？　それとも、うつつか？）

（このような話は聞いたことがない。――そうだ、それに……）

「小姓！」

グインは叫んだ。

「当直の者ども！　入ってこい。寝室に異変だ」

あるいは、おのれだけが、この見えざる壁にへだてられてヴァルーサのもとにたどりつけないでいるのかもしれぬ、と、グインは考えたのだ。

(他のものだったら、——あるいは……)

だが、何も、いらえはなかった。さきほどは、あれほど鋭敏に反応した不寝番の小姓であるのに、今度は、ただごとならぬグインの大声にも、ただのいらえをさえ返してこぬ。

「どうした……」

言いかけて、もどかしくグインはふたたびドアに駈け寄った。つい一瞬前に開いて

「何も異常はないか」と確かめた、次の間の扉をあける。

が、そのまま、あっと叫んでグインは棒立ちになった。

(これ——は——!)

(これは、違う……これは——何だ!)

異変が起こっている。

それも、ただごとならぬ異変がだ。

そのことを、ようやく、遅ればせに苦い思いをかみしめながら、グインは悟っていた。

開いた扉のむこうは、もはやまったくさきほどの次の間でなどありはしなかった。そこにひろがっていたのは、えたいの知れぬ、濃密な群青の闇、ただそれだけであった。

風雅なケイロニアの首都サイロン、黒曜宮の奥深い、国王のすまいのたたずまいなど、

あとかたもない。

グインはきっとなって振り返った。とたんに、思わずぎりぎりと歯を食いしばる。ヴァルーサをのせたまま、天蓋つきの寝台と——そしてグインの寝室とが、ふいに何十タッドか遠くへ後退したようであった。ヴァルーサが怯えた顔で、グインのほうにむかって手をさしのべ、必死に呼びかけようとしているそぶりが見える。

だが、もう、ヴァルーサの声さえ、聞こえてはこなかった。それどころか、見ている前でどんどん、寝台と寝室と、そしてヴァルーサとが、遠ざかってゆく。それは世にもふしぎな光景であった。

(おのれ——!)

グインは声なくうめき、そちらにむかって突進しようとした。だが、目にみえぬ壁がいきなり強烈にグインをはね返した。

「くそーッ!」

グインはやにわに拳をかため、思い切りその目に見えぬ壁を殴りつけようと腕をひいたが、ふと思い返して、足をあげてその見えぬ壁を蹴ってみた。足は、特に何の抵抗にもあわずにぐにゃりと、目に見えぬ壁に食い込んだように感じられた。だが、それでいて、その壁はまるで弾力にとんだ松やにか何かのかたまりがそこにあるように、ぐにゃりとへこみ、そしてグインを通そうとは一切しなかった。

グインはぎりぎりと歯をかみならした。そして、今度はヴァルーサのほうへ近づくことには見切りをつけて、次の間であったほうへ、用心しながら突進しようとした。だが、濃い群青の何も見えぬ闇を見たとき、その足をとめた。

（待て——落ち着け！）

おのれに言い聞かせる。そしてあたりを見回す。まるで、寝室がまんなかで一刀両断されてしまい、寝台のある向こう半分だけがはるかな遠いところへ追いやられてしまったように、寝室のこちら半分は、グインのいる場所としてちゃんとそのまま残っている。グインが飲んでいた酒をのせたテーブルも、ちゃんとそのままあった。グインは、銀杯をつかむと、いきなり、その銀杯をその次の間への入口から投げ込んだ。

が、声もなく唸る。——音ひとつたてることなく、その銀杯はすいとその群青の闇のなかに吸い込まれた。固い何かが床にたたきつけられるような音は一切聞こえてこなかった。銀杯は、青い闇に吸い取られてしまったのだ。

（これは……いよいよ、ただごとならぬ……）

グインは、そっと、（スナフキンの剣よ！）と唱えた。

とたんに、青白く光る、何よりも心強い魔剣がグインの右手の中にあらわれた。グインはほっとした——とりあえず、この怪異の真っ只中にあっても、自分が本当の丸腰なわけではないことはわかったのだ。ことに、怪異であればあるほど、スナフキンの剣が頼りになるだろう。

（ユーライカの瑠璃もある……）

腰の帯に手をあてると、そこから、力がわいてくるようないつもの感覚があった。少なくともこの異様な空間のなかでも、そうしたものは封じられてはいないらしいと知って、グインは少しだけほっとした。

だが、そのあいだに、ヴァルーサのほうは、こちらに手をさしのべたまま、どんどん遠ざかってゆきつつあった。もう、彼女をのせた寝台は、何タッドではなく、何百タッドも離れた場所に後退したかのように遠くなっており、ヴァルーサの怯えながらこちらに手をさしのべ、必死にグインを呼んでいるようすのすがたも、人形のように小さくなってしまっていた。それでもまだ、豊満な胸と肢体にまつわりつくうすものの色あいくらいはかすかに見える。

「ヴァルーサ！」

グインは絶叫した。だが、それから、当面そうやっているだけではどうにもこの事態を打開できぬ、と悟って、深く息をつき、なんとか気を静めようとこころみた。

（これは……ただごとならぬ。だがまた、これは世間通常の異変でもありえぬ。――これは……これは、やはり、魔道か――あやかしがかかわっているとしか……）

踊り子のヴァルーサがケイロニア王の愛妾となるに至るいきさつそのものが、すでにそのようなものをはらんでいたのだが、このところ、ケイロニアが、世界各国、時にはこの世界外からさえものあまたの強力な魔道師たちがつけねらうところとなっている、という状況を、グインはひそかに心痛している。

そのような攻撃には周期があるものなのか、はたまた、グイン自身のなかに、そうしたあやしい魔道のものたちを引き寄せる何かが周期的に高まる要素があるのか、かつてあれほど平和を誇ったサイロンの黒曜宮は、とかくこのところ、あやしい魔道による襲撃や、またいぶかしい気配があとをたたぬようになっているのだ。

これも、そのひとつなのだろうか——グインは、心を落ち着かせようと、深くゆっくりと息をしながら、ユーライカの瑠璃の上に手をのせて、考え続けた。

（それとも——以前誰やらがいっていたのを聞いたことがある。魔界や魔道界には、《会》というものがあり……その周期が近づくと、もろもろの《気》が高まるのだ、と……それによって、そして、すべてのものごとは——魔界、魔道界のみならず、この物質界、現実界もまた当然大きな影響を受けることになるのだ。そして、この俺——ケイロニアの豹頭王グインは、生来きわめて巨大な《気》すなわち精神のエネルギーを所有するが故に、その俺の《気》が《会》と相互に影響しあい、たいへん巨大な葛藤や融合などの影響を引き起こしうるのだ——大きな力をもち、そしてより巨大な力を求める魔道師ども、妖魅どもは、その俺の《気》に引き寄せられて、《会》が近づくたびに、俺

の周辺に吸い寄せられてくるのだ——と)

(ウム——そういっていたのは確か《ドールに追われる男》イェライシャだ。……イェライシャなら、あるいはこの異変の謎などは簡単至極に解いてくれよう。だが……)

だが、問題は、その魔道師イェライシャ、つねにケイロニア王グインにとってはかわらぬもっとも力強き味方であった《ドールに追われる男》イェライシャに、この異変を告げ、イェライシャを呼び寄せる手段もまた、思いあたらぬことだ。

(イェライシャ!)

グインは、無駄であろうとは思いつつも、思い切って、思念をこらしてイェライシャに届かぬだろうかと念じてみた。だが、やはり無駄であった。何ひとつ、どこからもいらえはなかった——というよりも、この奇妙な空間に閉じこめられてから、いつのまにか、グイン自身が発するもの以外、すべての音声というものが、この世界から消え失せてしまったかのようであった。

といって、グインが耳が聞こえなくなったりしたのではない、ということは、グインが叫べばその叫んだ声ははっきりとグインに届くことでもわかる。ただ、このグインが閉じこめられてしまったらしき世界には、ほかに音をたてるものがまったく存在していないのかもしれぬ。

(くそ……)

グインはひそかにまた毒づき、そして、もう一度、いまやはるか遠く、見えないくらいに小さくなってしまったヴァルーサのほうに向かおうとするよりはまだしも手掛りがあるかと、次の間への扉口のほうに向き直り――

そして、はっと身を固くした。

深い群青のあやしい色彩の闇がひろがっている、そのことには変わりはない。

だが、さっきのように、ねっとりと粘着質の青い闇が、ただそこにひろがっているだけではなかった。

そこには、さきほどには見分けられなかった、床のようなもの――それとも地面か、何かわからぬものが存在していた。そして、最前はただひたすらねっとりと、グインとヴァルーサのあいだをはばむ目に見えぬ樹脂状の壁と同様にひろがっていたように見えた扉の向こうに、青くふかい空間のひろがりが存在していることが、なんとなく感じ取れたのだ。

グインは、考えて、あたりを見回し、テーブルの上から、今度は切子の酒瓶の、美しい女神の像を切り出した栓を抜きとって、戸口から投げ込んでみた。

とたんに、がちゃんと音がして、その栓はむざんにも床にぶつかって砕け散ったようだった。それが、青い闇のなかにきらきらと散ったさまがはっきりとグインに見えた。

(くそ……)

グインは、一瞬考えた。

それから、もう一度、反対側の、あの目にみえぬ壁にむかって手を突きだしてみた。ただちに、壁は、グインをはねかえした。それだけではなかった。

(こやつ……近づいてきた！)

その《見えぬ壁》は、まるでグインとヴァルーサのあいだに割り込んでどんどん幅をひろげようとたくらんでいるかのように、いつのまにか、グイン自身をも、次の間の入口のほうへむけて追い込もうとしていたのだ。ヴァルーサが寝台に乗ったまま、室のあちら半分ごとどんどん遠ざかっていったのと同じように、ヴァルーサからみれば此方側《こちら》の半分は、どんどん次の間のほうへと遠ざかっていたのかもしれなかった。

グインはもう一度手を出してみた。見えぬ壁は、さきほどよりもさらに近づいてきているのがわかった。

(このままでは……)

壁は、じりじりとグインを圧殺しようとしているのだろうか。

もはや、選択肢はなかった。ためらっているいとまもない。グインは、素早く、次の間にむかう扉のかたわらにかけてあったガウンをとって羽織り、そしてテーブルの上にあった香草酒のびんをとった。何にしようと思ったわけではないが、ここを出てそちらに入ってゆくのがどのような妖魔のワナがひそんでいる場所とも限らぬ。なんとなく、何か少しでも持っていたかったのだ。足元は幸いにして、降りて飲み物をとりにいったときに寝室用の軽い履き物をつっかけていた。何もわからぬあやしい空間に入ってゆくのに、素足で踏み込むのはためらわれた。

あとはもう、スナフキンの剣とユーライカの瑠璃があるだけだった。グインは、そっとひそかにヤーンの聖句をとなえた。そして、思い切って青い闇の真っ只中へむかって足を踏み出した。なかば、見えぬ壁にはねかえされることを予期しながら。

二、日没の十分前と出会うこと

だが、何ひとつ、グインをさえぎるものはなかった。

グインは、いつも扉をあけて次の間に出てゆくときとまったく同じように、寝室を出て、となりの空間に足を踏み入れていた。だが、違うことがあった。それで、ややほっとしてグインがうしろをふりむき、かるく手をのばした瞬間、かの呪わしい見えぬ壁に手がふれた。それはもはや、青いぶきみな空間のあるかつて次の間だったところの入口まで、押し寄せてきていたのだ。

グインは声なく唸った。もう、寝室の側へも、戻るすべはなかった。見えぬ壁は寝室の入口を閉ざしてしまっていた。

グインはほぞをかためて、この変異にみちた空間を見回した。何ひとつなかった――ただ、群青色の、ある意味奇妙に美しくもある深い闇がひろがっているだけだ。床はあるが、それが床なのか地面なのか、天井も壁もないように見える。ただ、どこまでも床だけが続いているのだ。すぐ先のところに、グインが投げ込んだ瓶の栓が砕け散ってちらばっているのが、どこかから光が入っているのか、きらきらと光って見える。

（うむ……）

グインは唇をかみしめると、用心深く、そのガラスのかけらを踏まぬように道をよけて、そろりそろりと歩き出した。

本当の漆黒の闇ではなく、まるで海の底にでもいるかのようにあたり一面が青く輝いているふしぎな青い闇であるのが、なんともいえぬ奇妙な感じだった。水底を歩いているかのような錯覚をもおこさせた。

まったく壁も天井もなく、といって何か見晴らせるわけでもない、青い闇のなかを歩いてゆくのは、なんとなくひどく奇妙な不安をかきたてたが、しかしそこにとどまっていてもどうにもならぬことだけははっきりしていた。グインは、一歩一歩に細心の注意を払いながら歩き続けた。うしろに手をのばしてみてももう、あの見えぬ壁に手がふれることはなかった。ふりかえってみると、思いがけぬほど遠くに、小さな四角い入口が見えた——あっという間に、寝室の入口は、何百タッドもうしろになってしまったのだ。この青い闇のなかでは、空間そのものがねじまがってでもいるかのようだった。

グインはなおも、香草酒の瓶を左手にさげ、いつでも何か襲いかかってくるものがあれば対応できるよう右手をあけたまま、歩き続けた。彼のトパーズ色の目は油断なく光っていた。

どのくらい歩いたかわからなかった。ふいに、かれは足をとめた。

（これは……）

前に、ふいに、もうひとつ、扉が出現していた。

扉といっても、そもそもまわりに壁や天井がないのだから、それはなんとも奇妙な話だった。だが、それは扉だった——四角く切り取られた空間に突然、ぽかりと出現した扉だった。ちゃんと小さな茶色い木の把手もついているが、材質のほうはまったくほかの空間と同じ、青い闇なのだ。それはなんだかひどく奇妙な眺めだった。

グインはしばらく唸って考えていた。それから、直接手でふれぬよう、着ていた夜着の袖で手をくるむようにして、その扉の把手にふれた。

扉は驚くほど簡単に開いた。鍵もかかっていない、どころか、その扉はただひたすら、あけてもらうのを待ち焦がれてでもいたかのようだった。ぽかりと、四角く切り取られた空間があらわれた。その向こうも、青かった。

グインはそっとのぞいてみた。扉——というよりもその四角い入口がある以外には、何ひとつ、その扉の此方側と違ったことはないように思われた。

グインは低く唸ると、大股にその扉の向こうに足を踏み入れた。そこも同じく、壁も天井もない青い闇がひろがっており、床はほの青白く発光しているように思われた。

グインは、最初よりも少し大胆になって、その《部屋》——だか何だかはまったくわからなかったが――を歩いていった。おおむねかれが予想していた展開のとおり、またもうしばらく歩いてゆくと、そこにまたもうひとつの《扉》があった。今度はかれはあまりためらわずに、だが充分に警戒しながらその《扉》をあけた。そこにも、青白い闇がひろがっていた。

(揶揄《からか》われているのか――?)

グインは唇をひんまげたが、しかしもはや、グインには、先へ、先へと進んでゆく選択肢しか残されてはいなかった。ふりかえるとうしろでふっと抜けてきた扉は閉まってしまっていたが、それがこちらからだとどうなるのか、知りたいとは思わなかった。というよりも、もうもときたほうに戻ってゆくような無駄をする気にはまったくなれなかったのだ。うしろに戻っていっても、何も展開がないのははっきりしていたし、一見いかに馬鹿げているように見えても、こうして次々と扉をあけて先に進んでゆくのは、一応前進には違いなかったのだ。

もう一度、グインは、そこを横切って先へと進んでいった。またふたたび、まるでグインを本当に揶揄しているかのように三つ目の《扉》があった。今度の《扉》は、これまでと多少違っていた――その四角い《扉》だけ、青ではなく、ほの白く光っていたのだ。

グインは細心の注意を払ってそれを開いた。そして、ふいにあふれてきた光のまばゆさに目をまたたかせた。

今度入っていったさきは、同じように青い空間ではあったが、その青さはもはや群青とはいえなかった。白い光がずいぶんと入り込み、それは、きれいな夜明けの青、といったほうがいいような美しい色の空間になっていた。まるで、空のなかを歩いているようであった。それは確かに、美、という観点から考えたら、かなり美しい色合いの変化であったかもしれない。

そして、さらに、グインの目をひいた変化があった――今度のその、青い部屋のなかには、壁と、そして天井とが明らかにあったのだ。発光していてあまりはっきりとは見極められなかったが、かなり高いところで、天井が円天井のようになっており、そしてこれまた相当に離れていたのでわざわざ近づいていって確かめる気にはならなかったが、何十タッドか離れたあたりの両側に、明らかに壁とおぼしきものがあった。それゆえ、今度の場所は、がらんと広くて何ひとつ家具もない、だだっ広い、壁と天井が青白く発光している部屋、という印象であった。

グインは唸り、それからまた、こんどははっきりともう最初から見えていた、向こう側の扉に向かってかなりの速度で室を横切っていった。室といっても、本当に何もない上に、おまけにそれこそ黒曜宮のもっとも大きな広間でさえ二つも三つも入ってしまうくらい広かった。

なんとなく、深い、起きていて見る悪夢の底に引きずりこまれてしまったような思いが、グインをとらえていた。ことのなりゆきのすべてが、あまりにも奇妙で、目ざめていて見ているうつつのこととはとうてい思われなかった。だが、ヴァルーサが奇怪な空間に閉じこめられたまま、いわば空間に拉致されてしまったのは、どうグインが思いだしてみてもはっきりとグインが目ざめたあとのことだったし、おのれ自身も、また眠りに落ちて夢のなかをさまよっているような感じは少しもなかった。グインはおのれがはっきりと目覚めていると感じていたし、このすべてが、夢魔のしわざによる、ヒプノスの回廊のなかの悪夢などでは決してなく、現実の、うつつの中で何者か超常的な魔道の能力をもつ敵によって仕掛けられてきた挑戦である、ということをもはっきりと意識していたのである。そしてまた、ヴァルーサがその何者か知れぬ《敵》によって、おそらくはおのれ——グイン自身をおびきよせるための人質、ワナとして拉致されたのだ、ということも。

いまのグインにはただ、こうして歩き続けてゆくしかなかった。もしも敵が、グインに対して何らかのワナなり攻撃を仕掛けてこようとするのであれば、ただこうして夢魔の世界のようなところに閉じこめておくだけではない。いまに必ず、なんらかの接触をもとうとするか、なんらかの攻撃がやってくる。そうすれば何かがいまより明らかになる——その思いだけがグインを支えていた。

あまりにも不安がつのると、ユーライカの瑠璃をそっとなでると、そこからふしぎなパワーがわきだして、グインを力づけてくれるのだった。グインは歩き続け、さらに同様のだだっ広い部屋の扉をあけた。

いったいどのくらいのあいだ歩いていたのか、ここがどこで、この空間がどのような作りになっているのか、そんなこともむろんもうグインにはまったくわからなかった。ただ、ひたすら、どこからいつどのような攻撃がきてもかまわぬように油断なく神経と五感をとぎすましながら、グインは何もないあやしい空間を歩き続けた。

さらにいくつもの扉を抜け、そのたびにこんどは、少しづつ、ひろがる《室》の色合いが変化しはじめているようになっていた。群青を抜けた青い部屋のその先には、ほのかに紫色を帯びた美しい青紫の空間がひろがる部屋があった。そこを抜けると、さらに紫の色合いが深まり、まるで夜明け前の空のようであった。そして、それを抜けると、こんどは夕映えのように赤が混じり込んできはじめた。それは、もしもこんなさいでさえなければ、きわめて美しい——とさえいっていいかもしれぬ光景であった。一切ほかに何の家具も、また視界をさえぎるものもないだけに、空間のそれぞれが帯びている色合いがまたとないほど純粋に感じられ、呼吸する空気までもが、美しいヴァイオレットや夜明けの青、そして黄昏の赤みをおびた青に染まっているようだった。じっさいには色合いがあるのは壁や天井や床であったはずなのだが。

それにしてもその床や壁がいったいどのような材質でできているのか、ということもよくわからなかった。どれも基本的に光を帯びているので、おそらく何かの金属のようにも思われたが、床についてはそれほど固くも冷たくもないようだった。

グインは、少し疲れを感じて、赤紫の部屋で少し休んだ。ひと口、香草酒を口にあてがい、それを持ってきたとっさの機転に感謝しながら元気づけてくれる強い酒を味わっていたときだ。

「それ、ひと口飲ませておくれよ」

ふいに、部屋が口をきいた。

さっとグインは身構えて立ち上がった。くすくす、という奇妙な笑い声がきこえた。

「大丈夫、何も悪さはしないから。でもたまらないほどいいにおいだねえ、その酒は、何の酒？」

その声は、声としてひびいている、というよりは、例の魔道の《心話》のごとく、直接グインの脳に働きかけているようにも感じられた。グインは唸った。

「お前は誰だ」

「私は日没の十分《タルザン》前の世界だよ。日没の黄金に敬意を表して、それをひとたらし、床に垂らしてくれないか。そうしたら、お礼にあんたの知りたいことを教えてあげるよ」

グインは考えた。それから、黙って、香草酒のびんをかたむけ、ちょっとだけ床にしたたらせた。

　とたんに、部屋全体がびくびくっとふるえあがったかのように思われた――そうして、世にも奇妙なことがおこった。その、グインが床に強い香草酒をしたたらせた一点から、あっという間に、最初は床に、それからまわりの遠い壁や、さいごはふしぎな丸天井にまで、美しい真紅の輝きがひろがり、その日没前の深みのある赤紫であった部屋は、燃えるような真紅に色をかえてしまったのだ。

「ああ、うまい」

　部屋が囁くようにいった。

「これは素晴しい酒だ。こんなうまいのは、生まれてこのかた飲んだことがない」

「お前は一体――」

　グインは呻いた。

「お前は誰だ」

「私は私だよ。私は闇を支配するメイベル女王の命令によって、日没の十分前の世界として色をとどめておくように云われてそれでこうしているのだ」

「闇を支配するメイベル女王だと。それはいったい何者だ」

「メイベル女王は闇を支配する。メイベリーナ王女は天空を管理する。メイベルス王子はヨミの国を管理する」

よどみなく、真紅になった部屋が答えた。

「メイベル女王の一族が、天空と空間と、そして空と夜と闇とをつかさどっていることくらい、この世界の人だって知っているんだとばかり思っていたよ。あんたがよほどものを知らないのか？」

「そんなことを知っている者はこの世界にいないに違いない。メイベル女王というのはいったい何で、どこにいるのだ」

「そんなことは私は知らない。私はただの日没の十分前にすぎないからね。でも私は真夜中の十五分《タルザン》すぎをとどめるよう、命じられなくてよかった。あれは、嫌いなんだ。やたらと青くて暗いばっかりで、何にも見えやしない。——私は、日没の十分前のほうが好きだよ」

「なんだかわからないが、じゃあこの先にいったら、俺はいったい何処につけるのだ？」

「私のとなりにいるのは、確か夜明けの一ザン前だったと思うけれどな。あれもやっぱり暗いねえ」

「その先には」

「さあ、私は自分のことしか基本的には知らないし、やれといわれたからやっているだけなんだ。——やれというのは、ここにいて、こうしていろということなんだけれどもね」

「ここ、というのは何処だ」

「メイベル女王の腹ん中だよ」

ふざけたように、《日没の十分前》は答えた。

「そうして、メイベル女王の腹ん中はドールの地獄のように暗いんだよ。なにせ、闇の女王だからね。――だから、メイベル女王はしょっちゅう、私たちにこうやって色と光を与えて、あたりを明るくしておくように命じられるのだ」

「ここから出るにはどうしたらいいのだ？　メイベル女王の腹の中などにいたくはないのだが、俺は」

「そりゃあ無理ってものだ、だってここはメイベル女王の腹の中なんだからさ」

《日没の十分前》は云った。

「誰だか知らないが――私には、みてのとおり、目も耳も顔も何にもないからね。でも、においを感じることもできるし、色はむろん感じ分けることが出来るよ。でなかったら、となりのやつと区別がつかなくなってしまうだろう？――となりが《夜明けの半ザンのち》だったか、《夜明けの一ザン前》だったか知らないが、まあどっちにしてもまだ暗いわな。あいつらだと、きっとにおいを感じることもできないかもしれないねえ」

「どうだ、《日没の十分前》」

グインは申し出た。

「もうひと口、この素晴しい香草酒を飲みたくはないか？」

「なんだって。もっとくれるのかい。これは素晴しい。私はこの世に存在するようになってこのかた、何も楽しみがなくてね。こんな楽しみをひとたびもらえれば、それでこれからの長い長い永遠より長い百万ゴルゴルをこのことを思い出しては舌なめずりをしながら生きてゆけるというものだよ。ずっと《日没の十分前》をしながらね。もっともメイベル女王が、いつまでそう思っているかはわかったものじゃないが。女王はとても気まぐれなんだ。ほんの十ゴルゴルのあとには、私はおっそろしい《新月の真夜中》になれと命じられてめしいてしまっているかもしれない」

「じゃあ、この酒の素晴らしさを味わえるうちに、もうひと口やろう。だから、俺にここから出る方法と——それから、いったいこれはどういう世界なのか教えてくれ。そして出来ることなら、そのメイベル女王とその一族についてもっと教えてくれないか」

「メイベル女王はメイベル女王で、闇をつかさどっている、そして空と天空とヨミを一族で仕切っているから、われわれがこうやってお仕えしているんだ、っていうこと以外には何にも知らない。だけど、酒はもっと欲しいからなんとかして、あんたの知りたいことを教えてやらないと」

《日没の十分前》はなんとなく身もだえするように答えた。室が真っ赤に染まっていたのは一瞬のことで、もうそれははじっこから、色合いがさめはじめて、またもとの赤紫と青との入り交じったようなふしぎな美しい色合いに戻りかけていた。

「ああ、醒めてしまう」

悲しそうに《日没の十分前》は云った。

「素晴しい経験だったのに。何を教えてやれば、あんたはその素晴しい酒をもうひと口くれるんだ？」

「そのメイベル女王があんたたちをいろいろな時刻の空に化けさせて——それはいったいどのくらいまで続いているんだ？」

「この世にありとあらゆる時間と瞬間のある分だけだよ。まあそんなのはたいして面白かあないが、日没の十分前があれば、当然ながら日没の十一分前もある、十二分前もある、九分前もある。そして日没の十分後だってあるからね。——そして空はひとつとして同じじゃない。雨の日もあるし、新月のときもあるし——満月のときもある。ありとあらゆる時間と瞬間があるんだから、この部屋はどこまでもどこまでもどこまでも続いているさ」

「だが、それじゃあ、ここはいったいどのくらい広いんだ？」

「ここはちっとも広くないよ」

《日没の十分前》は答えた。

「ここはそれぞれ、ほんの色合いをとどめる紙切れ一枚ほどの薄さしかない。ああ、あんたはそれじゃ、『厚みのある国』からきなすったんだね。それじゃあめんくらうのも無理はない。私ももちろん、ここで生まれて育っているんだから、『厚みのある国』のことも、『ぜんぶの時がいちどきに上から見える国』のことも、聞いたこときりないが、それでも知っていることは知っている。ここは、本当に薄い薄い紙をかさねた世界なんだよ。だから、あんたがさまよいこんでいるのは本当はありとあらゆる空の色あいと瞬間をとどめた紙と紙のあいだ、と思えばいいんだ。むろん、小さなシラミ《カイカイムシ》にとっては、それは想像を絶するほど巨大な世界だと思うんだけれどもね。この世界は、たくさんの本当に微妙な色合いを重ねた紙がつらなるようにして、無数につながっているんだ」

「俺は、そこから出たいのだが。出て『厚みのある国』とやらに是非とも戻りたいのだ」

「それじゃあ、メイベリーナ王女に頼んでみたらどうだね」

《日没の十分前》は親切に云った。

「メイベル女王は忙しくて、とてもそんなことにかまってはおられないと思うよ。だってメイベル女王はまだこの世界を完成していないのだ。だって、闇というものは、光よりもさらにありとあらゆる色彩があるからね。本当に、たった一タルザンのあいだにも、無限大の色合いの変化が詰まっている——と女王はいうんだが、驚いたことに私たちにだって、そんなもの、この黒とあの黒といったいどこが違うのかなんて、とうていわかりゃしない。でもメイベル女王にはわかるらしいよ。でも十億種類もの暗闇なんて、集めてみたところでいったい何になるっていうんだろうね。私は日没の十分前で充分だよ」

「確かにそのとおりだ」

グインは同意した。

「お前はなかなか親切だし、それに自分にふさわしい仕事をしているようだな。俺には想像もつかない仕事のようだが。ともあれ、ではもう一口この酒を味わうがいい。そして、そのメイベリーナ王女というのはどこにいるのか、教えてくれないか」

「メイベリーナ王女はたぶん《真夜中の三タルザン前》か《丑三つ時》の部屋にいると思うんだけれども」

《日没の十分前》は云った。

「でも、メイベルス王子には気をつけることだよ。王子はとてもけんのんだからね。――それに、王子はメイベル女王が恐しい闇の怪物ディオフロマと許されぬまじわりをして生み出した闇の生命だときかされている。それで、その王子はすでになかば以上、ひとでもなければ、といって闇そのものでもない、闇でもあり、ひとでもあるような、そんな奇怪な生命体なのだそうだ。だから、普通の生きた生命では決して近づくことのできないヨミの国を管理することが出来るのだというからね。——メイベルス王子に出会ったらすぐに光のあるところへゆかないと、メイベルス王子の闇に吸い取られて、メイベルス王子の闇の一部になってしまうそうだよ。おお、恐しいことだ」

「よくわからないが、なんとなく参考になった——ような気がするな」

グインは云った。

「有難うよ、《日没の十分前》君。さあ、これは礼だ。存分に楽しんでくれ」

グインは、香草酒の瓶をかたむけて、二滴ほど、床になかみをしたたらせた。《日没の十分前》が歓喜の声をほとばしらせるのが感じられた。そしてまた、《日没の十分前》はぽーっと真っ赤に染まっていったかと思うと、こんどはたくさんあったからだろう、そのまま、真紅に色づいたまま、もとに戻らなかった。

「おい」

グインはそっと声をかけてみたが、もう《日没の十分前》のいらえはなかった。どうやら、香草酒に酔いしれて、《日没の十分前》は眠ってしまったらしい。

(なんという奇怪な話だ……)

グインはそっとつぶやいた。

(それにしても、《真夜中の三タルザン前》と《丑三つ時》というのは、いったいどこらあたりのことなんだろう? それさえもわからん。——それに第一、そもそものメ

イベリーナ王女とやらに会ったら何かわかるのかどうか、その王女が敵なのか味方なのか、それさえもわからぬ。——だが、そう云っていられる場合でもない。ともかくこれは、この奇々怪々な事件のなかで俺がようやく出会った最初の手掛りなのだ。だから、それを大切にして、とにかく先へ進んでゆくほかはない。——紙をかさねたような世界、だと？　シラミ《カイカイムシ》にとってはきわめて広い——だと。では俺はいま、そのわけのわからぬ世界でシラミ《カイカイムシ》のような存在になってしまっている、ということなのか？）

それはどうもあまり愉快な話ではなかったが、仕方なかった。グインは、どうやらぐっすりと眠りこんでしまったらしい《日没の十分前》と別れを告げることにして、奥の扉に歩み寄った。そして、彼は、扉をあけた。

三、扉をあけて丑三つ時を探すこと

もう、おおよそこの世界のからくりは飲み込めてきはじめていたとはいうものの、グインは油断なく、つねに新しい部屋に踏み込むときにはそこに何がひそんでいるかわからぬ、というつもりで気を引き締めていた。《日没の十分前》のとなりの室は《夜明けの一ザン前》と《日没の十分前》がいったとおり、ひどく暗く、そして、むしろ最初に入ってきたあの青い闇よりもさえ暗いくらいだった。それが「もっとも暗い時なのだ」と《日没の十分前》がいったとおりであった。

ほとんど手さぐりの状態でグインはその部屋を通り過ぎ、また扉をあけた。隣はさらに暗く、だが上のほうにきらきらと星々らしい輝きがまたたいていた。それはなかなか美しかったし、新趣向でもあったし、またその星のきらめきは思いがけないほどグインの心を慰めてくれたが、このさいは、必要なのは心の慰めなどではありはしなかった。

グインはまた、次の部屋の扉をあけた。しだいに様子が知れてきて、グインの足取りも、警戒しつつではあったが速くなってきていたので、部屋を突破してゆくのにかかる時間もどんどん短くなってきつつあった。さらにその先の部屋には思いがけぬものがあった——月《イリス》である。

青白く美しい上向きの半円形の月が、暗い空にかかっていた。おまけに、その室に入ってゆくと、このふしぎな世界に引き込まれてからはじめてきくようなものが聞こえてきた——かぼそい歌声である。その声は、女性の声のようで、どうやら、おのれの美しさをたたえて月が歌っているようであった。

「この部屋は何の部屋だ？」

グインはたずねてみた。びっくりしたように歌がやんだ。

「誰？」

月がきいた。グインは一人ひそかにうなづいた。

「俺はこの世界を旅する者だ。メイベリーナ王女に会いたい。メイベリーナ王女はどこにいる？」

「メイベリーナ王女だって」

室は——それとも月は、驚いたように答えた。

「それならたぶん《丑三つ時》の部屋にいると思うわ。あそこが一番お気に入りだから。どうしてかわかる？」

「わからない」

この室は女性なのか、と思いながらグインは答えた。

「お前は何だ？」

「私は《青白い半月の月の出》だわ。私は《丑三つ時》なんか大嫌い。暗いばっかりで、ちっとも楽しいことなんかありゃしない。でも王女はそこがお気に入りなの。どうしてかわかる？」

「いまもいったが、わからない」

「暗ければ暗いほど、自分が美しく見えると思っているからよ。馬鹿ね」

「そうだったのか」

「こんなこと、私が云ったって王女に云わないで頂戴。でないと私、《新月の真夜中》に落とされてしまうわ。私とてもこの白くて美しいイリスの王冠が気に入っているの」

「そんなことは決して王女には云わぬことにしよう。丑三つ時はこの先まだ長いのか？」

「あと三つ時の扉を抜けたらそこがもう丑三つ時だわ。でも気をつけてね。そこはメイベルス王子もお気に入りだから」

《青白い半月の月の出》は、その名を口にするのさえ恐しいかのように、なんとなくからだを――ということは部屋全体をふるわせた。

この情報はおおいにグインを元気づけたので、グインは丁重に礼をいい、そしてまた奥の扉をあけた。隣はそれこそ鼻をつままれてもわからぬほどの漆黒の闇だった。グインは這って歩きたくなるのをこらえて、やっとその漆黒の闇の部屋を通り抜けて、手さぐりで扉を探し、隣へ出た。隣は驚いたことに雨ふりだった。

「ここは雨降りの部屋か！」

グインが叫ぶと、ざあっと雨音が答えた。

「《夜半から降り出した夜の雨》だよ」

「それはなかなか心寂しいものがあるな」

グインはいよいよ次に《丑三つ時》と会えるのかとおのれをひきしめた。そして、雨の中をぬけて、つきあたりの扉に手をかけ、そして、あけた。

ふいに、ものうげな歌声が聞こえてきた――さっき、半月の部屋で聞こえてきたようなかぼそいつたない歌声ではなく、誰かがキタラを弾きながら、ものういがなまめかしい情熱的な歌を歌っているような、妙に職業的な感じのする歌声であった。そこに吟遊詩人がひそんでいても少しもおかしくはなかっただろう。

天井の上のほうは漠然と少しだけほの白くなってはいたが、下のほうはとても暗く、そして全体が青みがかった深いものうげな黒だった。そして、何かが室の奥にいた。

「メイベリーナ王女？」

グインは目をこらしながら囁いた。ただちにいらえがあった。

「わらわを呼ぶのはたれじゃ？」

「俺はメイベリーナ王女を捜していた。俺の名はグイン。ケイロニアの豹頭王」

「ああ」

室の下のほうがあまりに暗いので、そこに何がいるのか、はっきりとはわからなかった。しかし、今度は部屋が喋っているのではなくて、そこに明らかに《誰か》がいるのだ、ということははっきりしていた。うごめくものの気配もあったし、ほの白くちらりと闇の中にうごめくようすもかいま見えた。

「お母様が連れてきた男ね。とてもたくましいのね。お前は」

「あなたがメイベリーナ王女か」

「そう、わらわがメイベリーナ王女。闇の女王メイベルの娘」

「俺をここから出してくれぬか」

「それがわらわを探していたお前の用なの？　だったら、がっかりね」

「何故だ」

「逞しい男がなよやかな天空の支配者の娘を探してここまできたというのに、お前のいうことはそれだけしかないの？　『俺をここから出してくれぬか』」

あざけるように《メイベリーナ王女》は口真似をした。そして、くっくっと低く妙にものうげに笑う声が闇のなかにひびいた。

「では、どう云えばいいというのだ」

「わらわが欲しくはないの？」

からみつくような、ねっとりとした口調だった。

「どんな男もわらわを欲しがるはずよ。わらわはだって天空の女神なんですもの。――わらわを手にいれれば、天空の女神が手に入るのよ。そんなものを欲しくないという男がいて？　女でもかまわないのだけれど、わらわ」

「天空の女神にしてはずいぶんと暗いところにわだかまっているようだが」

グインは云った。

「どうして、もっと明るくしない？　お前が見えぬではないか。おのれの美を誇るならば、もっと明るくしてはどうだ」

「駄目よ。わらわの神秘な美はこのような薄明かりこそふさわしいの。わらわは真昼ではなく、深い闇とそして黄昏時の神秘の子なのだからね」

メイベリーナ王女は云った。そしてまたくすくすとやや しわがれた声で病的な笑い声をもらした。

「薄明かりというにはあまりにも暗すぎるような気がしないでもないのだが」

グインは答えた。が、そのとき、ふいに、彼は身をかたくした。突然、何者かが、足元に這い寄って、かれの足に手をかけたのだ。

彼は非常にカンが鋭かったので、彼の感覚を誤魔化して、気付かれないでそんなことをするのは事実上不可能な筈であった。だが、この相手はいともたやすくそれをしたのだ。彼はぎくっとしたのを悟られまいとした。だが、その手が妙に冷たく、そしてねっとりとしていること、そしてその手が、いかにもみだりがわしく彼のたくましいむきだしの太もも——しかも内ももにむかって這い上がろうとしていることを知って、その自制心もはじけ飛んだ。

「何をする。そんなところに触るな」

彼は叫んだ。メイベリーナ王女はくすくすと病的に笑った。

「大丈夫。わらわはとても上手いの。これまでに何千万人の男たちを昇天させてきたか知れないのよ。何しろ、天空の女神なのだからね。——そしてわらわを抱けばお前には天空の女神と交わったという、素晴しい一生の語りぐさが得られるのよ」

「そんなものは必要ない。こら、俺の足から手をはなせ」

「駄目よ。強い男」

じんわりとした手は、いまや、グインの膝の内側から、さらにその上をめがけて這い上がろうとしていた。グインは我にもあらず悲鳴をあげた——手でひきはがそうとしても、その手はまるで強力な接着剤ではりつけでもしたかのように、まったくはなれずに、しかもじわじわとうごめきながら恐しくみだらにグインの股間をめがけて這い上がろうとしていたのだ。

「まア。これは本当に滅多に見ないほど強い男ね。お母様が欲しがるわけだわ。——おまけになんていう筋肉、そしてなんていうからだをしているんでしょう。お前を受け入れたらわらわのあそこは張り裂けて天空までも昇天してしまいそうだわ。素晴しい、素晴しい男ね。さあ、おいでなさい。そしてわらわを抱くのよ。何もかも忘れて、丑三つ時の暗闇のなかで、至高の快楽の刻をともに過ごすのだわ。ここにいさえすれば、味気ない夜明けが二人をわかつこともなければ、明け方の野暮なカラス《ガーガー》が二人の濃密な愛の交歓をさまたげることもないんだわ。おお、なんと充実した果実でしょう。見て、ずっしりとこんなに熟れて実っている」

「なんという色情狂だ。天空の女神だと自称するのが本当なら」

狼狽してグインは怒鳴った。

「もしも本当に天空の女神だとしたら、このような暗がりに隠れて男をくらいつくそうなどとしてはおられぬはずだ。手を離さないか、俺はとうていそのような気にはなれぬ」

「どうして、いまこそ天空の女神はおのれのゆたかな受容にもっとも相応しい見事な収穫を見出したというのに。さあ、わらわの中においでなさい。わらわがお前をすっぽり飲み込んであげる」

「真っ平だ。飲み込まれてたまるか」

グインはいまや操を守るために必死で戦う乙女の心境であった。その手にはまだ、あの香草酒の瓶が握られていた。グインがおのれの股間にねっとりと這い上がってくるぶきみな粘膜のようなくちびるとはりつく手からおのれを守ろうともがいたはずみに、突然、その瓶が傾いて、なかみの香草酒がこぼれ落ちた。

「ういっ」

ふいに、部屋が叫んだ。

「これはまたなんていう素晴しい酒なんだ。生まれてこのかたこんな酒を飲んだのははじめてだ」

とたんに――

室は、素晴しい薔薇色に照らし出された。

利那、グインの口から、めったにはあげることのない恐しい恐怖の絶叫がほとばしっていた。明るくなった室のなかで、グインの膝にすがりつき、にじりよって、グインの股間に顔をうずめようとしていたのは、世にもおそるべきもの――それこそ百歳ではとうていい足りないだろうかという老婆であった。すべての歯がぬけおち、顔は深い皺にうずめつくされ、そして髪の毛までも上のほうはあまりの老齢になかば抜け落ちてしまった、見たこともないほど年老いた醜い老婆が、その歯のない口をすぼめてグインのそこに吸い付こうとしていた。信じられないほど長い、舌苔が真っ白におおいつくしている真っ赤な舌がその口からあらわれて、どうにもまちきれぬといったようすでべろりと口のまわりを舐め回した。そのしわだらけの老いぼれたからだには、白いセミの羽根のようなうすものがまつわりついていたが、それはまったくその下のからだを隠してはいなかったので、からだにも刻まれた二百年、三百年、もっとかもしれぬ年輪のあとも、そしてそのあまりにも年を経て無残な廃墟と化した裸身もまるみえだった。その下半身はしかも、こともあろうに不気味な白っぽい鱗におおいつくされていた。女は下半身が蛇であったのだ。

「わあっ」

グインは恐怖の叫び声をあげると、そのまま金剛力をふりしぼって女をふりはらい、奥の扉へと死にものぐるいで逃げた。女が奇声をはりあげてグインを追ってこようとする。

「お待ち。待つんだよ、強い男。ひさしぶりにわらわの食える強い男がきたんだから、くらいつくさずにおくものか。お待ち、待てというのに」

「助けてくれ」

グインの口から、生まれてこのかた口にしたこともないような叫びがほとばしった。

「助けてくれ。それだけはごめんだ」

扉をあけて隣にころがりこむなり、グインは、猛烈な勢いで扉をしめた。そして、背中でありったけの体重をかけて扉をおさえながら、しばらく肩で激しく息をしていた。うしろから、扉を激しく叩く音と、その振動がつたわってきて、グインをいっそう全身粟立たせ、恐怖におののかせた。これほど恐しい思いをしたことは、これまでの波乱と冒険にみちた生涯のなかにさえ、ひとたびもなかったのではないか、とさえ思われた。グインは恐怖のあまり、自分が次にころげこんだのがどんな部屋かさえもわからぬまま、しばらく夢中で全身で扉をおさえていた。しばらく、どんどん、どんどんという音とともに、「あけろ、あけろ」というメイベリーナ王女の声がしていて、それから、ふいにやんだ。

「王女は眠っちまったらしい」

くすくす笑う声がした。グインはまだ動悸もやまぬまま目をあげて、やっと自分がいる場所をみた。こんどの部屋は、明るく、そして上がぬけるように青く、壁は白くまばゆかった。

「大丈夫だよ、王女は決して俺のところへは入ってこないから。なにしろ俺は《白昼のもっとも高い夏の空》だからな。なにしろあの化物はあのすがたを明るい光の下にさらけ出されることを何よりも恐れているからな。あんた、運がよかったな。隣が《真夜中の二ザンすぎ》でもあってみろ。王女にのしかかられて、とことんしゃぶりつくされ、吸い尽くされてあの世ゆきだ。あの世かドールの黄泉か知らないがね。これまでにいったい、ここにうかうかとまぎれこんだ何人の不運な男や女が、そういう恐しいさいごを迎えたことか。もっとも、あの暗い部屋でしている分には、何かおかしいなと思っても、たいがい、見えやしないんだけどもね。まったく、あんたは運がいい」

「大変な化物もあったものだ」

グインはようやくからだのふるえがいささか落ち着いてきて、深い吐息をもらした。

「俺もいい加減たくさんの化物と戦ってきたが、あれほどの驚くべき化物と出会ったのははじめてのような気がする。なんと恐しい――いったいあの《王女》とやらは何万年生きているのだ?」

「王女はすなわち天空と同い年だからね」

《白昼のもっとも高い夏の空》は笑った。この室はさわやかな風が吹きすぎ、ここちよい緑のにおいが吹き付けてくるので、グインの動悸もしだいにおさまってきた。

「ああ、やれやれ、酷い目にあった!」

グインは吐息をもらした。

「大変なことだった。見ないままでとって食われるのと、自分をとって食おうとしていたものの正体を見てしまうのとどっちが恐しいのか知れたものじゃあない。《日没の十分前》もよくもまあ、あんな化物だということを教えないで王女に会えといったものだ」

「ああ、あいつはなにせ、日没の十分前だからいい加減なんだ」

《白昼のもっとも高い夏の空》は妙にさわやかな笑い声をたてた。

「それにあいつは何も知りゃしない。メイベリーナ王女なんて、天空をつかさどっているといったところで、すべてはメイベル女王から命じられたとおりにあちこちを拭いたり、ぬぐったり、綺麗にしたり、月を光らせたりしているだけなんだからね。まあいってみればあの婆あ王女はこの天空世界の掃除婆さんといったところなんだ。そんなものに、何を期待するね？　俺はあいつに磨いてほしいなんて思ったこともないよ。もっとも幸いにして俺はこのとおりとても明るいから、あの化物婆あは決してここにはやってこないがね。ここはいいぞ。メイベルス王子も闇の生命だからここはイヤがる。このまんなかにきたらどうなってしまうのか、いっぺんここに引きずり出して見てやりたいような気がするがね。しかしまあ、確かにわれわれはあの妖しい闇の女王一族のおかげで生きている存在には違いないんだから、そんなふうにかれらをそこなうようなことを願ってはいけないんだと思うが」

「この世界は完全に一方通行——というか、こっちにむかってゆくしかないのか？」

グインは尋ねてみた。《白昼のもっとも高い夏の空》はまたからからと笑い声をたてた。

「そうだよ。あんた、何も知らないな。どうして、いったん過ぎてしまった時に戻れる？　たとえそれが順序も何もばらばらに並んでいたとしたって、ひとつひとつは過ぎ去った時とその瞬間の記憶にほかならないのだからね。当然、もう二度とあともどりはできないよ。たゆたう時の流れはだが、一方では決してもとには戻らぬ時でもある。ひとたび過ぎ去った時はもう、二度とは同じ時をもつことはできない。どれほど同じように見える夕暮れでも黄昏時でも、真夜中でさえ、その色合いも風のにおいも、そして時のありようはもちろんすべて違う。だから、二度と『同じ時の部屋』はないんだよ。だから、もしもとどまりたい時を見出したら、そこにとどまるがいい。決して次の扉をあけてはいけないんだ。——扉をあけたらもう、時は流れていってしまうからね。この中を自在に行き来できるのは、だから、時と闇の女王メイベルの一族、眷族たちだけさ」

「そうなのか……」

「もっともメイベルス王子もメイベリーナ王女も光明るい白昼には来られない。メイベル女王も本当はあまり好きではないんだと思うね、明るいのは。だが、あちらは女王だから、そのときには、おのれの闇を持ち運んでくれればいいから、それほど王女たちのように怖がったりするわけじゃあないが。いやはや、しゃべりすぎてのどがかわいた」

「すまないが、さっきの部屋にせっかくの酒をおいてきてしまったな」

グインは云った。

「いろいろ教えてもらったのに、何もおかえしが出来なくてすまないが」

「なあに、かまわないよ。俺はとても親切なんだ。世界で一番最高の時間だと思っているし、世界で一番最高のところだと思っているからね。白昼のもっとも高い夏の空。——もっとも、隣の、俺の相棒ともいえる《夏のまだ明るい夕暮れ時》は、いつも、手前のほうが最高だと主張してやまないので、喧嘩になってしまう。だが、あいつはいいやつだよ。あんたももしこの世界にとどまらなくちゃならなくなったら、俺か、あいつを選ぶことさ。まかりまちがっても《丑三つ時》だけはやめることだな。メイベル王女もメイベルス王子も一番好きなんだから、あの呪われた幽霊どもの刻が」

「有難う。肝に銘じておこう」

グィンは丁寧に礼をいい、《白昼のもっとも高い夏の空》に別れをつげた。

「本当にゆくのかい」

《白昼のもっとも高い夏の空》は少し心外そうであった。

「どこまでページをめくっていったって、決してここより美しい時間には巡り会うことは出来ないよ。——もっとも《夏のまだ明るい夕暮れ時》はすなわち自分がそれだと称してやまないんだが。俺はそうは思わないね。どうだい、ここで暮らさないかい。俺は誰にでもそういってすすめることにしているんだ」

「有難う。でも俺は先に進まなくてはならないのだ」

グインは云って、扉をあけた。

頭のなかは、《白昼のもっとも高い夏の空》が教えてくれたさまざまな不思議なことで一杯であった。いったいこの世界はどういう構造になっているのか。そして、これらの不思議なものいう部屋たち、それぞれの瞬間だ、というこの部屋たちは本当はどういう存在であるのか。

いや、だが、それにもまして、グインの心を悩ませていたのは、（だが、では、なんだってそのような世界に俺は引き込まれたのか？）ということだった。ヴァルーサのことがいまだにひどく気になっていた。そして、また、そのあやしい闇の女王だというメイベル女王だの、あの恐しい——思いだしただけで震えのくるようなメイベリーナ王女だの、あまり遭遇したくない存在であるらしいメイベルス王子だの——そんな連中にうらみをかう覚えもなく、またそんな連中と何のかかわりも持っていなかった。

だが、この世界がかれらのものであるのだとしたら、グインとヴァルーサをこのあやしい世界に引きずり込んだのもまた、それらだということになる。

（だが、なんで……）

グインはあまりに熱心に考えこんでいたので、《白昼のもっとも高い夏の空》と世界で最高の時間、瞬間であることを競っているのだという、《夏のまだ明るい夕暮れ時》のなかに入り、そしてそこを歩き抜けていったことにさえ、ほとんど気付かないくらいだった。だがそれは、もしもグインがあたりを見回したとしたら、こよなく美しい場所だ、ということに気付いたであろう。それは、緑と、そして青と、オレンジと、そしてほのかな紺色と、そして黄金色をまき散らしたような、またとなく美しい場所であった。おまけに、遠くから、かすかに、あのメイベリーナ王女の恐しい歌とはまったく違う、誰かが遠く高く低く詠唱を唱えているかのようなけだるげな声がひびいていた。空には白いすきとおるような夕月がかかっていた。これほど美しいところは見たこともないくらいだったが、グインはまったくそれには目を奪われるゆとりもなかった。

部屋はやや不満そうであった――グインがそこを通り過ぎて、何の感想も持たずに扉に手をかけ、あけようとしたとき、部屋が「ブー！」と不満の声をもらすのがきこえてきた。

だが、グインはそれにも気もとめていられなかった。頭のなかは、ひたすら、しだいに明らかになってくればくるほどつのりゆく根源的な疑問と謎で一杯だったのだ。

グインは、《夏のまだ明るい夕暮れ時》に別れをつげることもせずに、無造作に扉をあけた。

ふいに、濃紺のあやしい闇と、そして人魂のようなあやしい青い鬼火がゆらゆら揺れる光景が飛び込んできた。グインははっとしたが、もうあともどりはできなかった。

そのままグインは扉をしめて隣の部屋へ入っていった。

それは、なんだかひどく不吉な感じのする部屋であった。空には真っ赤な巨大な満月が、しかも床ぎりぎりまで低いところに浮かんでおり、遠くから、狂おしい狼の遠吠えのようなものが聞こえてきた。どこかでひっきりなしに誰かが笑っており、濃紺の闇のなかには何処か妙に真紅が混ざり込んでいて不吉だった。

空にはときたま白い稲光が走っていた。そして、ホウ、ホウ、ホウ、と不吉な夜鳴きフクロウの鳴き声にまじって、小さな子どもか何かの泣き声のようなたぶん泣き妖精の声らしいものも聞こえてきた。

グインが思わず心をひきしめたときだった。

「とうとう、やってきたな?」

妖しい、低い囁きが、しかもグインの真後ろから聞こえたのだ!

四、影の王子メイベルスが出現すること

「な――っ！」

まだ、グインは、その小昏いあやしい部屋に足をふみいれたばかりだった。まだ、一歩か二歩しか歩き出しておらぬ。その彼と、扉のあいだに何かが割り込むすきまなど、ほとんどなかったはずだったのだ。

グインは、心ならずもぎょっとしてふりかえろうとした。が、

「振り向かぬほうが身のためだと思うぞ、豹の男よ」

というあやしい嘲笑をはらんだ囁きがきこえてきたので、思わず動きをとめた。

「何者だ」

「ぬしは、われを知らぬ。それゆえ、名乗ってみても無駄なことだろう。豹の男」

「知らぬゆえ、名乗らねばいっそうわからぬ。名乗れ。妖怪」

「ほう。なぜわれを妖怪だと思うのだ」

「妖気が伝わってくる」

　グインは背中から突然襲いかかられるのではないかと、からだを微妙にひきしめ、うしろからの間合いをはかりながらきっぱりと云った。

「いずれにせよただの存在ではない。そもそもこの世界そのものが俺からみれば、まことにいかがわしい、偽の、あやしい作り物の世界だ」

「確かに、三次元の世界からきたものにとってはそのように見えもしようが、だからといってそのように決めつけるのは如何なものかと思うぞ」

　うしろからの低い声は、相変わらず嘲笑をはらんでいる。

「三次元の世界から――」

「そうだ。確かそのように呼ばれているはず。――もっとも、だからといってこの世界をわれわれ自身がどこまで理解しているかといわれれば、それもまたおおいにあやしいと云わなくてはならぬだろうがな。そもそも、この世界の創造者であるメイベル女王でさえ、ものごとの仕組みをいったい理解できているのかどうかはあやしいところだ」

「この世界の創造者であるメイベル女王だと」

　グインは低く敵意にみちて唸った。

「その女王が俺をこのようなところに拉致したというのであれば、とっとと俺の前に姿をあらわし、本性を見せるがいい。俺はこのようなところで時間をつぶしているわけにはゆかぬ。俺は――俺はヴァルーサを助け出さなくてはならぬ」

「ヴァルーサ、ヴァルーサというのは何だ？」

声がかすかな嘲笑をふたたびはらんだ。

「おお、そうだったな。あの踊り子のことか。心配するな、あの女は《時の壁》にはさみこまれただけだ。運がよければそのまま永遠にさえも生きられようさ」

「何だと」

「運が悪ければ永遠にそのままということになる。つまり、どちらにしても、《時の壁》にはさまれてしまったからには、ぬしがここでいかにあがこうと、あの女は永久にもう、そのまま保存されている、ということだ」

「永久に、そのまま保存——だと」

グインは、つきあげる怒りについに我を忘れた。

ぎりぎりと牙をかみならしながら、ぱっとふりむいた。が、その口から、低い驚愕の声がもれた。

「お前——は——！」

「振り向いてしまったか。やれやれ」

ククククク——と低い忍び笑いがもれた。

グインの真後ろに立って声をかけていた、はっきりとぶきみな妖気をグインに伝えてきていた《存在》は、ひとではなかった。

といって、妖魅、妖怪のたぐいとも思われぬ。——というよりも、そこにいたのは、ただの、「グインそのものの影」でしかなかったのだ！

うしろから青白いあかりがさしこんでいるのは通り過ぎてきたとなりの扉からのものなのか。そのあかりが四角く切り取った光のなかに、漆黒の、しかもグインの豹頭とたくましく肩の発達し、腰のひきしまった逆三角形の上半身をもつ《影》がはっきりと浮かび上がっている。だが、その影には、重みと、そして明らかな、それ自体の生命があった。

「きさま——」

グインは目を爛々と燃やして低く云った。

「俺の影のなかに忍び込んだのか？」

「まあ、どう云ってもらってもよい。われは影だ。ものみなすべての影だ。——われを追い払うことはできぬ。ものに影が存在するかぎり、われは影から影をつたってどこへでもあらわれる。影が存在するかぎり、いくらでも巨大になる——われをうち負かすことは出来ぬぞ。影をもつ生物であるかぎりな。そしてその影はこんなこともしてのける」

むくむくと、その、《グインの影》が動き出した。

ふいに、おのれから分離して勝手な動きをはじめたおのれ自身の影にじわじわと迫ってこられて、グインはぱっと飛びすさった。だが、影は音もなく、さらにグインに肉迫してきた。それから、それは、ふいにひょいと遠ざかった。

「と、いうようなことだ。もうわかっただろう。わが名が知りたいか、知りたくば教えてもやろう。わが名は影の王子メイベルス。闇とヨミとをつかさどり、そして影の世界に生きる——影神ともひとびとはわれのことを呼ぶ」

「影の王子メイベルス——影神……」

グインは唸った。

「そう、われは影そのものだ。影をつかさどり、影のなかに存在する。——どうだ、おのれの影と対面する心地は？」

「影の化物だと……それが、なぜ、俺を知っている」

「誰であれおぬしのことは知っているさ、豹の男よ。ぬしを知らぬものは、この小昏い世界にはおらぬ。妖怪どもの念が凝って編み出す世界はいずれも、ぬしに深甚な興味を抱いている。そして、なかには、分不相応にぬしをおのれのものにしたいと望む世界さえもある。——いっておくが、母なるメイベル女王のしろしめすこの世界は違う。この世界には、もとからひろがりと、そして大きさとが充分にある。それゆえ、それはぬしのような巨大なエネルギーをさえ、充分に吸収できる——はずだ。われの役目は、ぬしを母なる女王のところに案内《あない》すること」

「何だと」

「ずっと待っておれば、いつかはぬしは確実にメイベル女王の住まう影の宮、闇の穴にたどり着くだろうが、それを待っているのはもどかしい。それゆえ、いますぐ行って、豹の男を闇の穴にいざなえ、と母なる女王から命じられた。それで、影の生命であるわれが、ぬしを連れにきた、というわけだ。——そもそもいまぬしがさまよっているこの《永遠の瞬間の世界》は、ひとによって、きわめて大きな差異があっての。こまやかに感覚が発達したものであればあるほど、こまごまと感じわけてそのときどきの世界のありようを受容することが出来るゆえに、この世界はどんどん増え、勝手に増殖してゆく。そもそもこの世界そのものが、そこにさまよいこんだ存在がどれほどのページをめくるかによってはじめて存在できるものなのだ。——ぬしは、そのおどろくべき見かけにもかかわらず、ずいぶんとこまやかな感性を持っているのだな。荒っぽい感覚の男であれば、昼と夜という、おおまかすぎる感覚しか持たぬゆえに、そのまえにこの永遠の世界がこまやかな変わり目のすがたをあらわすこともないのだよ」

「いったい、ここは何処なのだ？」

グインはうめくようにたずねた。

「そして、俺は何に巻き込まれているのだ？」

「ぬしは、メイベル女王の作り上げた闇と光のはざまの世界に落ちた。いや、というよりも、そこにひきずりこまれた、といってもよい。――それをしたのはしかし、われらではないよ。そのことだけは知っておいてもらわねばならぬ。ぬしが落ちてきたので、われらの世界にも非常な驚愕と動揺がまきおこった。われの美しい姉などは、ぬしのしように大きなショックをうけて眠り込んでしまった。あれが眠りこむと、どこかの世界で夜が明けなくなるかもしれぬし、ずっと雨が降り続くかもしれぬのだよ。そのこともちょっとは考えて行動してほしかったものだ」

「美しい姉、というのはあの……」

バケモノのことか、と言いかけて、グインはかろうじて口をおさえた。

闇がひとのすがたを取って動き出したぶきみな影の生物は、目も鼻も口もない真っ黒な影の頭をゆるやかにふってみせた。

「その上をいうな。あれでもわれにとっては大事の姉にほかならぬ。そして、あの姉は生まれたそもそものときからあのすがたをしていたし、われはまた生まれたときからこのように影の生命だったのだ。それは母なるメイベル女王が闇そのものであるディオフロマとまじわってわれを産み落とし、そしてはるかな彼方にある《永遠》を父親としてあの姉を産み落としたからそのようになったのだ。われらもかくありたくてかくあるわけではない。――だが。われらも生まれ落ちたからにはこのようにして存在してゆくほかはない。ぬしが、この世界を壊そうとすれば、われらもぬしを壊すほかはない」

「だが、俺は何ひとつおぬしらに悪いことをした記憶はないぞ」

グインは叫んだ。

「俺はいきなりこのようなわけのわからぬところに連れてこられた。そして、どんどんわけのわからぬところにさまよいこみ、次々と《日没の十分前》だの《夏の高い空》だのというえたいのしれぬ場所をさまよわなくてはならなかった。俺が邪魔なら頼むから俺をこの世界そのものから吐き出してくれたらよかろう。そうすれば、俺はどれだけかほっとしてもといた世界に帰れる。いや、それ以外俺には何の望みもない、このようなあやしい、わけのわからぬところをさまよっていたくなどないのだ」

「それは気の毒だ」

ククク――と影が笑った。

「なんとかしてやりたいものだが、それはわれの力のよく及ぶところではない。まあ、ともかくも、メイベル女王に会うのだな。メイベル女王がぬしをあらたなおのれの子どもの父親にふさわしくない、と認めれば、ぬしは無事にここから放出されるかもしれぬ。もっともそのかわり、あっさりとどこかの永遠の瞬間に放り込まれて、そこに永遠にとどまらされるだけの標本になるかもしれないがな」

それは、およそグインを元気づけることばとは云えなかった。

だが、グインは胸をなでさすってそれ以上何も云うまいとした――ともあれ、ここでこうやって次から次へとかれらのいうように《ページをめくる》状態を続けて次々と扉をあけていたら、たぶん、そのままいつまでもそこにとどまっているだけのことなのだ、とおぼろげに理解したからである。なんとかしてここから脱出するためには、そうやって扉をあけつづけているのはむしろ逆効果で、まったく異なる場所に出なくてはならぬのだ。

「わかった、俺をメイベル女王とやらのところに連れていってくれ」

グインは自ら進んで申し出た。「メイベル女王がぬしをあらたなおのれの子どもの父親に……」というメイベルス王子のことばが、妙に心にひっかかったが、ともかくこれ以上ここにいてもどうにもならぬ、ということだけはわかった。

「よかろう。それが、われのここにきた理由でもあってみればな」

影の怪物はうべなった。

「だが、そのためには、いったん、恐しい思いをしてもらわねばならぬ。——ぬしがまぎれこんでしまったこの《永遠の瞬間の世界》——ありとあらゆる時そのものがすべて階層となってたくわえられている世界は、いうなれば、横の世界でな。メイベル女王の存在する縦の世界へゆくためには、いったん、ぬしにもわれと同じく影と闇の側にひきこまれてもらうことが必要となる。案ずるな、命には別状もないし、そもそもここでは通常の、《厚みのある世界》における命、などというものは何の意味をもなさぬ。——

さあ、われと合体するのだ」

「何——だと……？」

グインはたじろいだ。目の前に、おのれのグロテスクなパロディのような、黒い豹頭をもつ影が、ぬっとたちはだかっていた。

「われとひとつになれ、といっているのだ。ぬしは何もしなくともよい、ただそこにそうして立っていればよい。われはぬしの影に入り込んだ。その影と一体になればよいのだ。さすれば、ぬしはすべての厚みを失い、ここから簡単に脱出できる。むろん、その影が効力をもっているのはわれがその影に入り込んでいるあいだだけだ。メイベル女王の前に出れば、われはすみやかにぬしの影から離脱する。すれば——」

ククククク、と影がなにやら陰険に笑った。

「ぬしはまあ、おおむね元通りさ。おおむね、な」

「おおむねだと」

グインは、ますます鼻にしわをよせた。

「待て。それは……それはイヤだ」

「イヤだといわれてもどうにもならぬ。メイベル女王のところにゆきたいのだろう。ここから出たいのだろう」

「それは——そうだが、しかし……」

どう考えても、このぶきみな、おのれの影のなかに《入り込んだ》という闇の生命体と《合体してひとつになる》などということをこころみる気持にはなれなかった。

「何もおそれることはないさ」

単調な、何の感情もこもっておらぬ声で、影が繰り返した。

「ここから出るためにはただひとつの方法しかない。さもなくば、永久にこの世界のすべての無数の瞬間のページからページへとさまよっているか？　それもそれで、悪くはないが——そのあいまにどこでかの姉と遭遇するかわからんぞ。おぬしもいつかは疲れ、力つきるだろう。さすれば、姉にとって食われ、すべての精を吸い尽くされてひからびるのも、それはそれで悪くない。そうしてどこかのページのはざまに、ひからびた栞となってはさまって永久の永劫の永遠をすごす、というのもな……」

「なんだか、お前たちのいうことばを聞いているとだんだん気がおかしくなってきそうだ」

グインはうめくような声をあげた。

「だからといって——それは確かにここにとどまることは出来ぬ話だが、だからといって……」

「ほんの一瞬、おのれを明け渡せばいいのだよ、豹の男」

影が含み笑った。どこかで、夜鳴きフクロウがホウ、と鳴いた。

「この世界は《妖魔と影たちだけが目覚める真夜中の二ザンすぎ》――われのもっともこよなく愛する夢魔の世界だ。美しかろう？　このような世界ばかりで、世界が覆い尽くされているのだったら、われもどれだけか快く楽しく生きられるのだろうにな。――どうしてこの世界には、白昼だの真昼だの、そして早朝だの明るい午前などというものがあるのだろうな。われも母も、この世からすべての光が失われてしまい、すべてが闇一色に包まれてしまえばよいものと切実に願っている。そのときこそ、われわれ闇の一族がすべてを制覇し、制圧し――すべての明るさと昼とが放逐される極楽境がやってくるのだろうにな」

「………」

グインは、もしもぶきみな生ある影が襲いかかってきたら、どのように対応しようかと考えつつ、じりじりと足を運んでいた。ほんの少しだけ、グインのなかにある考えが浮かんできつつあったのだ。

だが、影の王子は、何もかもわかっているぞ、といいたげに、くすりと笑った。

「どうしてもイヤならば、ちょっと手間はかかるが、まあよい。われについてくればいいさ。そのかわり、生身の人間のままで闇の――まことの闇とヨミの国におりてこようというのだ。少々恐しい思いはすると思うが、それは覚悟の前なのだろうな」

「………」

さきほどから――

何かが微妙にグインの脳をつつき、記憶をくすぐっていた。

(何だ……これは……)

(何かが……何かを思い出す……ヨミの国、闇の……闇の穴――影の宮……)

「さあ」

その、グインのかすかな疑惑をかきけすかのように、影の王子が囁いた。

「行くぞ。――闇の穴に飛び込むのだ。少しばかり怖いだろうが、なに、大したことはない。それとも、怖かったら、やはりわれと合体して安全に闇の世界に入るか？　それはいつなりと出来るぞ」

「いや、断る」

グインはまたしても鼻の上に皺をよせてあとずさりした。またしてもどこかで泣き妖精があやしい泣き声をたてている。

「われについてくるがよい。――これが見えるか？」

影の王子メイベルスが、その影の手をあげ、床の上を指さした。

真っ赤な月が影を落として、床の上にはぶきみなくらい黒々とした何かの影がくっきりと浮かび上がっていた。グインは黙ってうなづいた。

「この中に入ってゆくのだ」

こともなげに、影の王子は云った。

「影の中にはさらに闇の深い穴へ続く道がある。――影というものは、ただ単に光がさえぎられて出来る闇ではない。それは、光の反対側にある世界、光が作るものとまさに正反対のかたちで出来ている世界なのだ。わかるか。――つまり、光がさえぎられたかたちがすなわち影、その影そのものがもうひとつのこの世界のありようを提示している。さあ、ここに身を投じてみるがいい」

「ここ――に……とは……」

グインは思わずためらった。目の前にみえるのはただ、床に落ちている、なにものとも知れぬ黒い影そのものであった。そのなかに入れ、といわれたところで、とうてい、そこに何かがひらけているとは思われぬ。

グインそのものの影のかたちをとっていた、影の王子メイベルスが、ふいにその床の上のえたいのしれぬ影の上に身をすべらせた。

とたんに、もう、それはどこにも存在しなくなった――グインはあやしみながらおのれのうしろをふりかえってみて、そして唇をかみしめた。

（影がない）

自分自身に、影が存在していない、というのは、なんだかおそろしく奇妙な感じのするものであった。同時にそれは、当然ありうべきものがない、という、ふしぎな、ぞくぞくするような不安をグインにかきたてた。

(俺の影は——あの影の王子ともどもに、このぶきみな闇のなかに吸い込まれていってしまったのか)

「何をしている」

影の一部がむくむくともちあがり、そして、そこに、かすかに光る目のように見えなくもないものが、こちらをにらみすえた。

「月の位置がかわれば影の国への入口はとざされてしまうのだぞ。さあ、早くここにくるがいい、豹の男。大丈夫だ。影の国の女王メイベルに会いたいのだろう。連れていってやる。何も案ずることはない——さあ、早く」

「………」

グインは、また歯を食いしばった。

真っ暗な未知の世界に、右も左もわからぬままで身を投じることには、これそのものももしかしたら何かの大きなワナかもしれぬ、という、非常な恐怖心と不安とをともなっていた。むしろ、それを払いのけることこそに、ありったけの力をふるいおこさねばならなかった。

だが、このままこうしていてもどうにもならぬことはよくわかった。そしてまた、この状況、というものが、どうやらこの先に待っているその闇の女王メイベル、と称するえたいの知れぬ存在がカギを握っているらしい、ということもだ。

グインは唸った。それから低くヤーンの聖句をとなえるなり、思い切って、そのぶきみな影に近づいた。

(この中に、入れといわれても……)

ふいに、影が、むくりと伸びだしてきた。

黒い影の手が、グインの手をつかんだ。ふいに全身がぞくぞくと、極端にまでたかめられた悪寒におそわれるような、おそろしく気持の悪い感覚が、グインの背筋を粟立たせた。そのまま、しかし、その影の手はやわらかくグインをとらえて引きずり込みはじめた。

(えい)

グインはつぶやいた。

(ままよ。——どうにでもなれ。いまより悪くはなりっこない)

ぐい、と——

からだが、闇のなかに引きずり込まれてゆく。

なんともいえぬぶきみな感触がいまや全身に広がろうとしていた。グインは呻いた。

目の前のただの影としか見えていなかったものが、グインをその中に深々と飲み込んでゆこうとしている。グインのからだが黒い影に包まれた。グインはイヤな顔をしながら、

自分のからだが半分以上影の暗さに包まれてしまったのを見つめていた。それから、一気に目をとじて、その闇に身をまかせた。

(クククククク――!)

なにものかが、歓喜の叫びにも似たものをあげるのが、どこからともなくきこえた。闇グインの頭を、生ある闇が覆い尽くした。もう目も見えず、耳もきこえなかった。闇と影――あるいはその双方がグインを包み込み、そして、かれは、自分がどこかにふわふわと――おそろしくゆっくりと落下してゆくのか、それとも上昇してゆくのかよくわからないような感覚に包み込まれたまま、ぐいぐいと動き出しているのを感じた。いったい何がどう、どちらにむかって動いているのか、それもわからない。ただ、潮流のような流れがあって、それがかれのからだを動かしている感じがした。

はかりしれぬ苦しさがかれをおそった――それは苦しさ、というよりも、全身をおそうたまらぬ気持ち悪さ、不快感であった。もう二度とイヤだ、と思うほどの、むずむずといたたまれぬような、全身の皮膚がうらがえり、からだが芯の芯から裏返されてすっかりさかさまになってしまい、内臓がおもてにあらわになり、からだの表面が内部にとじこめられてしまうような、なんともいわれぬ妙なイヤな感覚。

まるでむきだしにされた内臓をこすりあげられ、つつかれ、かきまわされているような、おそろしく不快で不安をつのらせられる感覚があり、それから、目や鼻や口がからだの皮の内側に塗り込められて息も出来なくなってしまう、ものすごい窒息感があった。絶叫したい、と思ったがもう声も出せなかった。騙されたのか、これがさいごか、とかすかに思ったが、それも何の実感をもともなっていなかった。

ふいに、すとん、とからだが落ちた。

グインは、目を開いた。

五、《闇の穴》をさかのぼり闇の女王メイベルと対決すること

グインは目を開いた。

だが、何も見えなかった。

からだじゅうを裏返されてひっかきまわされ、めちゃくちゃにされているような、あのなんともいえぬおぞましい感覚、そしてこのまま目も鼻も口も塗り込められてゆく、というあのすさまじい窒息感覚はもうどこにもなかった。だが、そのかわり、すべての視覚が奪われてしまったかのようだった。

これほどまでに完全な《闇》というものを、グインはいまだかつて想像したこともなかった。目をとじていてさえ、じっさいにはまぶたの皮膚をとおしてわずかな外の明るさが差し込んでいたのであること——深い夜のなかで眠りについていてさえ、かすかな光がどこかから必ずさしていたのだ、ということを、ようやくグインは理解した。

「本当に一切の光というものをもたぬ闇」というものが、これほどまでに、すさまじいものである、ということを、グインははじめて知ったのだ。いままでにも何回か、確か

にそういうものを知っていたはずだった。比較的最近にもなんらかのかたちで、そのような闇のなかを不安にかられながら歩き続けたことが確かにあったはずだ、とグインは思った。

だが、それとさえ、この《闇》の圧倒的な、あまりにも圧倒的な重たさと質感、そして一切の光のなさは比べ物にならなかった。これほどに深く重い闇に遭遇したことは、グインは生まれてはじめてだ、と断言してもよかった。

「ここ――は……」

グインはほとんどおずおずと声をあげた――そして、視覚がそれほどまでに完全にとざされていても、聴覚のほうはどうやら無事であるらしい、ということに、ただごとならぬ安堵の思いを味わった。

「誰か――いるのか……ここはどこだ」

いらえはない。

「影の王子！　影の王子メイベルスよ！」

ふたたびいらえはなかった。グインは、おのれの状態をなんとかして探ろうとしたが、おのれが立っているのか、横になっているのか、どこにどのような状態でおのれのからだをおいているのか、そもそもおのれのからだのどこまでが闇で、どこからが本当におのれのからだなのか、それさえもわからなかった。

かれは手をあげて、おのれのからだにふれようとしてみた。なんとか、おのれの手や胸がまだ、外の闇とのあいだに仕切りを持って存在していることを、触覚で確かめることは出来た。だが、それを、視覚で確認することはまったく出来なかったし、触覚にしても、ふれたところだけしかその感覚はなくて、ふれておらぬところはどこまでがおのれのからだなのか、おのれのからだが存在しているのかわからなかった——しかも、いったんふれたところも、ふれた手をはなしたとたんに、もとのように圧倒的な闇に飲み込まれていった。

(なんという……)

グインは、なんとか、おのれの正気を保っておこうと、落ち着こうと深く息を吸い込んだ。だが、おのれのからだの内側そのものも、どこまでがこの闇になってしまっているのかわからないくらいだった。

「そのように、うろたえることはない。豹の男グイン」

ふいに——

その闇のいずくとも知れぬあたりから、いんいんと声がひびいて、グインははっとなった。むろん、その声の出どころを確認する方法はまったくなかった。

この闇はあまりにも妙な質感がありすぎ、距離感も空間の感覚もまったく感じ取れなかった。まるで、ねっとりと重たいこの闇すべてがひとつの粘着性の物質でつながっているみたいだった。

「誰だ」

グインは声を励まして言い返した。

「わらわは闇の女王メイベル」

いんいんとひびく声がどこからともなく答えた。

「お前はわらわに会いたいと念じていたはず。それゆえ、わらわの愛する息子メイベルスが、お前をここにいざなった。そうであろう。――お前はわらわに会いたかったそうな」

「俺はここから出たいのだ。ただそれだけだ」

グインは、いったいどこにどのような存在がいて、それが声を返してくるのだろうと、全身全霊の感覚で探ろうとしながら云った。闇が、あやしい声で笑った。

「わらわを探しても無駄なことだ。わらわはすなわちこの《闇の穴》そのもの――この中に満ち満ちている闇こそが、わらわそのものなのだからの。――そしてわが子メイベルスはここから派生していったもの。すなわち、いまはわが子もこの中に包まれ、わらわとひとつになっている。そうであろう、メイベルス」

「はい、母上」

もうひとつの――聞き覚えのある声が答えた。

「そう、わが子とわれはいまやひとつ。だがむろん、影から影をつたい、闇から闇を曳いて、わが子はどこへなりとも出かけてゆく。闇のあるところ、影のあるところ、わが子のゆかれぬところ、出現できぬところはない。――わらわはもう長いあいだずっとこの《闇の穴》を影の宮として過ごしてきているがゆえに、わが子が、わらわにかわってすべての用をつとめてくれておるのじゃ」

「この世界のあやしいからくりはどうでもよい」

グインは云った。

「俺をこの世界から出していただきたい。貴女がこの世界の創造者であり、女王であるというのなら、俺をここにいざなったのも貴女であるはずだ。なぜ、そのようなことをされた。俺には俺の世界があり、貴女には貴女の世界があるはずだ」

「いかにも」

メイベル女王――それとも生命ある闇が答えた。

「わらわはこの世界に暮らしている。この世界よりほかの世界を知らぬ。――そして、偶々《たまたま》この世界に《落ちて》くるものたちはときたまいるが、それらはもはや二度ともといた世界に戻ってゆけることはない。なぜなら、この世界は、『後戻りできぬ世界』であるからじゃ」

「だが、来ることが出来たからには必ず戻ることも、出ることもまた出来るはずだ」

グインは強い口調で云った。

「俺は戻らねばならぬ。このような悪夢のさなかに迷い込んだまま、うろつきまわっているわけにはゆかぬのだ。俺を自由にしてくれ、闇の女王よ。もしもそのかわりに俺にかなうことで報酬を差し上げることが出来るのなら、それはいくらでも支払おう。俺は戻らなくてはならぬ。俺はこの世界の住人ではないのだ」

「ひとたび、この闇の穴に吸収されたものは、もはやすべてがこの世界の住人にほかならぬのだ、獣人よ」

あやしいさざなみのような声でメイベル女王が笑った。すると、その闇——グインを塗り込めているすべての闇がいっせいにそのさざなみのような嘲笑を伝えあってさざめいた。

「わらわももともとはこのようなすがたかたちをしていたわけではなかった。闇の怪物ディオフロマとまじわり、そしてその闇をからだの内に取り込むことにより、わらわはしだいにこの闇そのものへと、わらわ自身も進化をとげていった。そしていまとなっては、この闇の穴そのものがすなわちわらわ。闇の子宮となりはてて、すべての訪れてくるものを飲み込み、受け入れ、そして生み出す——わらわはこの闇の世界のおおいなる母胎そのものにほかならぬ。お前はいま、わらわのいとし児の胎児そのものとなって、わらわの胎内におるのじゃ。わらわはお前を吸収し、そしてお前が弱ければこの闇がすべてお前を吸い込んでとかし、お前はわらわの一部となる。だが、お前がわらわをはらませるほど強くたけだけしい《牡》であってみれば、お前がはらませたわらわ――《闇》とお前とのあいだにこんどはなにものが生まれ出るか――そしてそれは、どこにどのように産み落とされて、この世界をどのようにゆさぶるか。これはまことに興味あることじゃ。このように強烈なパワーがこの胎内にやってきたのは、ディオフロマと交わって以来のこと。おお、由々しい、由々しい。メイベルスはよい子じゃ。このようにおのれの弟か妹を生み出させようと、わらわのもとに子種を連れてきたのだからの」

「何だと」

グインは怒鳴った。

「騙したのか。影の王子メイベルス」

「われは何もたばかってなどおらぬ」

かすかなぶきみな笑い声がグインに答えた。

「われはただ、ぬしの望みのままに、ぬしをわが母なる闇の女王メイベルの胎内へと連れていっただけのことだ。ぬしは生まれ出るのと逆の手順を通ってこの闇の胎内にやってきた。もはやここから生まれ出ることはかなわぬ。――生まれ出るときには、ぬしはあらたな闇の生命を得ていることだろう。それは、われの弟か妹となり、あらたにこの世界につけ加えられる闇の一族の新たな栄光となるのだ。喜ばしいことではないか」

そして、また——あの、ククククク……というひそやかな笑い声。

「くそ……」

グインは、どうしても醒めることのできぬ深い、あまりにも深い悪夢の底の底にひきこまれ、墜ちてしまったおのれを悟った。

なんとかして、この闇のなかから出なくてはならぬ。——そうは思っていても、全身がねっとりとぬりこめられ、もはや闇とおのれとの区別もつかぬようになりつつあるこの何ひとつ見えぬ世界のなかで、いったいどうやってここを脱出してよいのか、どうにもうつべき手だてが見つからなかった。グインはひそかに歯がみしながら、おのれを落ち着かせようとした。

「そう、もう、何も考えわずらうことはないのだ、獣人よ——豹の男よ。お前は強く、そしてたけだけしい——お前のように強くたけだけしい《牡》がこの闇の穴にやってきたのはひさかたぶりのことじゃ。——そのまま何も考えず、夢も見ずに眠るがよい。……そうすれば、そなたのからだは少しづつこの闇に溶け入り、やがては溶けだしてわらわとひとつになり——わらわに吸収され、吸い込まれ、そしてついにはわらわとひとつになってゆく——そして、その血肉はこの闇のなかに受け入れられ、わらわの胎内で、そなたの持っていた精気や力や驚くべきパワー、そして運命が凝ってあらたな闇の生命を生み出すべき長い、長い時を経て——そして、やがて、そなたのその種子がわらわの胎内に実を結び、あらたな闇の存在として生まれ出る。――おお、そなたとわらわの子の名前を、考えておいてやらねばならぬな。……わらわは、かつてそのようにしてこの世界を生み出したのだ。この世界そのものをはらみ、生み出したのもまた、わらわだったのだ。それゆえ、この世界は、どこにいようとわらわの胎内そのもの――わらわはひとたびはらんで生み出したわが子を見捨てることは決してない。それは、いとしいとしいわが子じゃもの。そして、それはいつまでもわらわとともにあり、闇に支配され、闇と天空と光と、そして時とが織りなす無限の永劫のさなかにまどろみ、うつうつと時をとどめて――」

圧倒的な眠気――

このまま目をとじて、そのあたたかくここちよい闇のなかに身をまかせてしまいたい、という圧倒的な欲求が、おそろしいあらがいがたい力でグインを襲った。

その欲求はあまりに圧倒的だったので、あらがうどころか、イヤだと思うことさえ考えられぬくらいだった。もう、おのれのからだと、まわりのあたたかく濃密なねっとりとした闇とがどこで切り替わっているのかも、その両者の区別も付かなかった。さきほどどうしてあんなにも苦しいと思ったり、この闇を不安に思ったのか、それさえも不思議なほどであった。うとうとここに、この闇に身をゆだねさえすればよかったのだ――なんとたわいもないことだったのだろう。

その誘惑はあまりにも甘美で、そして妖しかった。おのれがそもそも《グイン》という名であったことも、そしてまた、どのような運命をもって世界に出現し、どのような波乱をたどってきて、どこのどのような国でどのような地位にいるのか、というようなことも、何もかもがおぼろげにうすれてゆき、どうでもよくなるくらい。

(なんだ……そうだったのか……)

このような快楽に逆らおう、あらがおうと思うなど、なんとおのれはおろかだったのだろうか――なにゆえに、そのような、益もない、やくたいもない抵抗を繰り返そうとしていたのだろう。

自分はまさに《ここ》にたどりつくためにこそ、長い長い旅を重ねてきたのだ。

そして、ついにたどりついた――

なんと、甘美にして、そしてうっとりとするほどにここちよいことだろう。これが、求めていたものなのだった。グインは、陶然と押し寄せてくる圧倒的な(身を委ねたいという欲求)に、おのれをまかせ、明け渡し、そしてやすらかな眠りにいざなわれてゆく瞬間の半覚醒をここちよく味わった。この次に目がさめれば何もかもよくなっているだろう――だがいまはもう何も考えることはない。こんなにも疲れていて、そしてよく戦い、戦い、そして歩き抜いてきたのだ。

だがもう、そんなことも終わった。このまままどろみ、そしてやすらかに目をとじてゆけばいいのだ。それですべてが終わる——ここにはたたかいおわった戦士の求めるすべてのもの、休息とやすらぎと、そして永遠の眠りと満足と——母のあたたかく暗くしっとりとした胎内とだけがある……

（ああ）

グインは呻くような声をかすかにおのれが漏らしているのをきいた。

（ああ……ああ——）

（そうよ……お休み……）

闇の女王の声が、かぎりなくやわらかく、そしてしめりけをおびて、包み込むようにグインの耳に忍び込んできた。

（もう、すべてこれでよいのよ——何もかもよいようになるわ。母様が何もかもよくしておいてあげましょう。……もう、何もおそれることはないのよ。まあ、なんてたくさん疲れて、傷をおって、傷だらけになって——なんと大変だったことでしょう。なんと可哀想だったことでしょう。なんて可哀想、可愛想な私の坊や、でももういいのよ……お休みなさい。もう何もかもよくなったのだから……さあ、おやすみ……そして、何もかも母様におまかせしてしまいなさい。そのようにかたくなにからだをかたくしていないで……ゆっくりと手足をのばして、この闇のしとねにとけこませて……そうすればどんなに気持いいことか……ほうら、母様が子守唄を歌ってあげましょうね……坊やの欲しかったのはそれでしょう、それだけなのでしょう? 大きな坊や、とても大変な思いをしてきたから、たくさん、たくさんおやすみしなくてはね……そうよ、それでいいのよ……さあ、おやすみ……目をとじて、すべてをゆだねて——そう、それでいいの……そう、そう……)

(ああ……ああ——ああ……)

グインは、おのれが限りなく小さな胎児——いや、一個の精子そのものとさえ化して、長い湿った胎道を通ってついにふるさとにたどりついた、というような安堵感にとらえられた。

いや、もう、《グイン》とは誰なのか、それさえもわからなかった。やわらかくしっとりとした圧倒的な闇に包み込まれて、おのれの名も、存在も、存在と存在とをへだてる仕切も、すべては無意味であった。かれは、かすかにほほえみながら、さいごのまどろみのなかにうとうとと落ちてゆこうとするおのれをかすかに意識した。すべての意識を手放すのは、ぞっとするほどにここちよく、これほどの快感が存在していたのかと思うようで——そして、包み込むようなささやきはいよいよやさしく、かれをいやしつづけ、呼び続け——

(そうよ、それでいいの……そうよ——さあ、坊や……よい子ね——よい子だわ……母様のなかにおいで……もういちどひとつになりましょう——生まれる前の暗がりはこんなにもここちよいのだから……そして、坊やはもう生まれ出ることなどしなくてよいのよ……そうよ、そうなのよ……）

（王さま！）

ふいに――

なにものかが、金切り声をあげた。

「やめろ」

グインは呻いた。

「やめてくれ。せっかく……もう――すべてがよくなって……眠りにつくところなんだから……邪魔しないでくれ……邪魔を……」

（王さま！　駄目！　駄目だったら！　眠ってしまったら、この魔女に取って食われて溶かされてこの気持悪い闇のバケモノに仲間入りさせられてしまうのよ！）

猛烈な絶叫――ぎりぎりと脳に突き刺さってくるかのような叫び。

「お前は……誰だ、なんで邪魔をする……」

（私のこともわからないの！　私はユーライカよ！　いつも王さまを守っている、ユーライカの瑠璃よ！　眠っては駄目、王さま、これは魔女の魔力なのよ！）

「俺は……俺……」

（目をさまして、お願い！　王妃ヴァルーサはどうなるの！　ヴァルーサのお腹に宿ったはじめてのあなたの息子はどうなるの！）

（息子）

ふいに、グインは、なにものかに殴られたように目をかっと見開いた。

見開いても、闇しか見えはしなかったのだが。

（息子、だと）

（そうよ、あなたの大切なもの、はじめてあなたが本当に得ることのできるあなたの血肉をわけたもの、ヴァルーサが生むグイン王の王子！　ケイロニアの日継《ひつぎ》の皇子《みこ》、その子の父をこんな闇の化物などに食わせてしまっていいの！　その子はいま、母ヴァルーサ妃の胎内にあって、あなたの助けを待っているのよ！）

（ヴァルーサが生むグイン王の——王子——）

驚愕に、まるで、ぐらぐらと闇の世界が揺れ始めたかのようだった。

グインは大声をあげた——おのれが大声を出したことさえ意識していなかった。

「グイン王の王子、グインの息子だと！」

（そうよ！　お願い、スナフキンの剣を呼んで！　こんな化物など、貴方のその強大な力の前には本当は何の力も持っていないのよ！　この世界そのものが何の力も持っていないのよ！　貴方がそれを知らされていないだけ、この世界など——）

「スナフキンの剣よ！」

じた。

「やめ……やめろ！」

誰かが悲鳴をあげるのがきこえた。

ふいに、青白く燃え上がるような松明が、おのれの手のなかに出現していた。そのあまりのまばゆさに、グインは、ふいに取り戻した視力を直撃されて、くらくらと目をとじた。

「ま——眩しい」

誰かの恐しい悲鳴が聞こえる。グインはいきなり、炎そのものと化しているスナフキンの剣を思い切り水平に振った。すさまじい絶叫——それはさながらこの《闇の穴》全体が叫んだとさえ感じられる激震を、この闇にひきおこした。

「アアアアア！　アアアアアアアア！」

「やめて——やめて、やめて、やめて！　切らないで、死んで、死んでしまう！」

どろどろと——

すべてが溶け出して流れはじめていた。

どろどろと重みのある闇が、みるみるうちに、ずるり、ずるりとどこかにむかって——スナフキンの剣が切り裂いたやぶれめから外へと流れ出していた。そのむこうに何かが見えた——ちらりと見えた、それこそがもしかして《永遠》そのものだったのだろうか。

無数の空が、青い空が、暗い空が、輝く夜明けが、夕映えが、雨の朝が、輝かしい夏の朝が、しっとりと優しい夕方が、真夜中が、すべての時間が、一気にそのやぶれめからむこうに見えた。そして、そのさなかに落ちてゆこうとしている限りなく年ふりた老婆――下半身が蛇のすがたをした醜い老婆のすがたも。

「何をするか！」

怒りと激痛と、そして嗔恚《しんに》に半狂乱になった絶叫がひびいた。グインはいまや炎そのものと化しているスナフキンの魔剣をつかんだまま、そちらをふりかえった。ぶきみな黒い影がずるずると、同じような黒い影のなかから、立ち上がるところだった――それは恐しく大きかった。

だがグインはもはや何ひとつ考えてはいなかった。スナフキンの剣をかまえ、そのまま、それを一気に切り払った。

「私の――私の子供たちが！　私の胎内が、私の世界が！」

すさまじい地響きのような悲鳴が聞こえ――

そして、すべてが崩壊していった。

一瞬、上下も左右もすべてなくなってふりまわされるような感覚がグインをとらえた。世界ごと、渦巻きのなかにいるか、泡立て器でかきまわされるクリームになったみたいだった。それから、ふいにどしんとかれのからだは固い、だが確かな地面の上に落下した。

「よくも――よくもやったな！　呪われた豹の男め、よくも！」

恐しい悲鳴。

グインの視力はいったん一気に流れ込んできたまぶしい明るさに何も見えなくなり、それからふいに戻ってきた。グインは、驚愕しながら、スナフキンの魔剣を片手にかまえたまま、おのれが奇妙な場所に立っていることを確認した。

それは、妙な四角い茶色のせまいうすっぺらい空間だった。グインは、あたりを見回した。前にも、片方の横にも、うしろにも、茶色の扉があった。そして、上と下と右側は、あいていた。そのかたちになんとなく、グインは見覚えがあった。自分がいったいどこに閉じこめられているのか、驚愕とともにグインは知った。

「これは――本だ！」

グインの口から、我知らず叫び声がもれた。

「これは――本の中だ！」

「よく、解ったのネ」

ぶきみな声が答えた。

グインは、炎から、普通の剣のかたちを取り戻したスナフキンの剣を取り直した。本の向こう側がすけていた。そして、そこに、とてつもなく巨大な顔があった――いや、小さくなっていたのは、グインのほうだったのだ。その窓の向こうに、黒い前髪をきれいに切りそろえた髪の毛がぴったりと小さな頭を包み込み、そして白い逆三角形の顎のとがった顔に、額のまんなかにあやしいルビー色に燃える《第三の目》をもつ——うらみにもえた顔があった。

「カリュー！」

グインの口から、知らず知らず、思いもよらなかった叫びがほとばしった。

「きさまは、カリュー！　蛟が池の蛟人だな！」

六、大団円——悪夢の真相がときあかされ、まことの敵がすがたをあらわすこと

「覚えていたのかい」

本の向こうの顔——それは本来は小さな顔だったのだが、いまはおそろしく大きく見えた——が毒々しく云った。

「お前が殺した罪もない可愛想な者のことを」

「きさま、カリュー！　そうだったのか。覚えているとも、きさまはいつぞやの晩に俺が迂闊にも鏡と鏡の鏡あわせの魔術がかかるような刻限にあわせ鏡のあいだに入ってしまったとき、それを利用して俺をあやしい《はざまの世界》とやらに引き込んだあの小さなトカゲだ、そうだろう！」

「ご生憎様だわね、豹頭のグイン」

真紅の唇がひるがえり、毒々しい声がもれた。

「可愛想な可愛いあたしの弟のカリューはもう、お前がとっくにむざんにも殺してしまったんだよ。何ひとつ悪いことなんかしていなかったのに。ただ、お前を自由に出来る

というチャンスに愚かにも目がくらんでしまって、ワナをしかけた、というだけだったのに。——どうして、もっと力が欲しいとすべての妖魔が思うとおりのことを思ったのがいけないというの？　あのときあたしが誓ったのを聞いただろう。あたしは必ず力をつけて、お前を倒しに戻ってくるんだと。あたしはサリュー、カリューはあたしの大事なたったひとりの弟だったのだよ。悪党め」

「それは気の毒だったが、俺に手出しをするからにはそれ相応の報いがあるだろうという覚悟だけはしておいてもらわねばならぬ」

厳しくグインは言い返した。

「妖魔どもとても、そうして何かを力づくで手に入れようとし、そして力及ばぬときにはそのままついえ去る——それだけの覚悟は必須であるはずだぞ」

「そんな理屈で、弟を殺された姉の気持ちがなだめられると思うのか。グイン」

サリューは毒々しく云った。その真紅のくちびるが開くと、ぺろりと赤い長い細い、先が二つに割れた蛇の舌があらわれて、ひらひらした。

「だからあたしはお前にワナを仕掛けてやった。もうちょっとでお前はそれにすっかり引っかかるところだったのに、ちくしょう、お前の持っているその護符のやつが余計なことを。それさえなければ、お前はもう一生、この本のなかに閉じこめられて、どこにいったかもまったくあの頭の悪い部下どもにも知られぬまま、お前の書庫のなかに古い古いこの革表紙の本のなかにはさみこまれているところだったのにね。それがあたしの最高の復讐だったのに。本当に残念なことだ。あのユーライカめ、覚えているがいい。そのおぞましい剣もね。そのうちに、本当にこんどはお前をやっつけてやるわ。その裏切り者の妖魔どももろとも」

「本の中」

グインは唸った。

「やはりそうだったのか。一ページづつめくられて——はさみこまれて、などという話が何かそのようなことかと思っていた。——古い本のなかにだと。それがきさまの使った今度のおぞましい魔道だったのか」

「そんな人間どもみたいなばかげたものじゃない。あたしたち妖魅のなかには、土地神だの地妖、土妖、獣だの木々だののほかにも、さまざまな古い道具だのありとあらゆる人ならざるものが年古りて生命を得るようになったものも多い。——ことに悪魔祈禱書のたぐいには、ぶきみな許されぬ使途を重ねて何百年とたつうちに、ついに呼び出される妖魔たちの魔力が少しづつ残っていって、それ自体の闇の生命をもつようになったものが多いんだよ。あたしはそういう、《闇の本》のひとつの力をかりただけだわ。お前のような、悪魔のようなやつを封じ込めるためには、あたしのような小さなものの魔力ではとうてい足りないんだもの。——でもいいざまね、なんとかして《闇の本》の魔力は打ち破ってしまったようだけれど、あたしのかけた呪いの術はまだとけず、本のなかから出られない。こうなっては、ケイロニアの豹頭王もかたなしだわ。——あたしから見るとお前はもう、ただのぺっちゃんこな本の挿し絵にしか見えないのよ。動いていて返事をするばかげた挿し絵だけれどもね！　ああ、おかしいこと、あたしがこの本をそのまま暖炉の炎の中にでも投げ込んでしまえば、お前はもうそのまま本ごと、ここにとじこめられたままめらめらと燃えてしまうんだ。なんて気持がいいんだろう。やっとあたしの復讐は果たされたんだわ。カリュー、きいていて？　あたしたちは小さな力もないほんとにちっぽけなトカゲだけれど、それでも一念が凝ればこんな大それたことだってなしとげることが出来るのよ。ご覧、あたしがお前の仇をみごと討ち果たすところをドールの黄泉からみて、溜飲をさげるがいい。さあ、やるよ——この本を暖炉に投げ込んでやろう」

グインは、ふいに、おのれがからだごと、ぐいと持ち上げられるように感じてはっとした。

サリューはいまや、文字通りの巨人と化していた。そして、その手に、グインは、檻ででもあるかのように、革表紙の本のなかにとじこめられたまま持ち上げられて、持ち運ばれているのだった。

「出せ」

グインは大声をあげた。

「この馬鹿げた本の中から出せ。すべてはそもそもきさまの弟の野望のせいではないか。逆恨みにもほどがある。——弟を思う気持ちは妖魔とても同じなのかと、それは気の毒に思わぬでもないが、とどのつまりは逆恨みだ。そのせいで、何もかかわりのない別の妖魔の世界をひとつ滅ぼしたというのなら、そのほうがよほど気の毒ではないか」

「《闇の一族》のメイベル女王だののこと？　やっぱりあんなただの古い本の化けた妖魔程度じゃあ、あんたのような化物をちゃんととりこにすることなんてとても無理だったんだわ」

サリューは毒づいた。

「あの末路も自業自得というものよ。まるで自分が何かを支配してるみたいにいっていたけど、一冊の本のなかだけの話じゃないの。——さあ、覚悟はいいね、豹頭のグイン。まだ暖炉が燃え上がらない。もっと強い火じゃあないと、お前は悪魔だから、いつどういう奸計を使ってそこからさえ抜け出してしまわないものでもない。さあ、もっと火よ燃えろ。燃えるのよ、燃え上がれ。そして弟の仇のこの男を早く燃やしてしまっておくれ。本のページみたいに、あっさりと灰にしておくれ、めらめらとね」

「あなたは——誰！」

ふいに——

悲鳴まじりの声がひびいた。

ドアが開いて、そこに、うすもの一枚をまとったヴァルーサが立っていた。驚愕に目を見開いて。

「ヴァルーサ！」

グインは叫ぼうとした。だが、おのれの声があいてには届いておらぬことを知った。

(ヴァルーサ！ お前もあのぶきみな世界に閉じこめられていたわけではなかったのか！)

「誰かきて、衛兵、衛兵！ くせものよ！」

ヴァルーサは叫んだ。

「畜生！」

サリューが叫ぶなり、いきなり、ヴァルーサに本ごと殴りかかろうとした。ヴァルーサはとたんに、しなやかな長い、踊りで鍛えた足で思い切り、サリューの腹に蹴りを入れた。サリューはふっとんだ。とたんに本が床の上におち、ぱらりと開いた。

「ああ！」

ヴァルーサの叫びをグインは聞いた。

「王さま！ 王さま、どこにいってたのよ！」

「どけ、ヴァルーサ！」

愛妾をうしろに庇うなり、グインはスナフキンの剣をサリューの上から容赦なくふりおろした。ものすごい悲鳴とともに、一瞬にして目の前から、サリューのすがたが消え失せた。

「き、き――消えちゃった!」

ヴァルーサが悲鳴をあげるのが聞こえた。

「落ち着け! 大丈夫か」

グインはヴァルーサを抱き寄せた。おのれが、深い闇のさなかでもなく、ここがどことも知れぬ永劫の悪夢の時の止まった世界のなかでもない、本当にいるべき場所にいて、あるべきすがたかたちに戻り、そして愛するものをその腕に抱いている、ということが、信じられなかったし、ありうべくもないほどにも、歓喜に満ちて感じられた。

「ああ――あたしはなんともないけど、王さま、いったいどこに……どこにいってたの……」

「その話はあとだ」

グインは云った。そして、床の上から、落ちていた革表紙の古い、おそろしく古そうな本を取り上げた。

一瞬ためらったのち、それをすぐに、暖炉に投げ込んでしまう。本は、しばらく身悶えしているかにみえたが、やがてぱらぱらと開いたページの一枚一枚に炎がもえつき、そして、革表紙をさいごに残して燃え上がっていった。そのなかに、一瞬、グインは、《すべての永遠の瞬間》のきらめきをみて、胸のいたむ思いをひそかに味わった。

「気の毒なことをした」

そっと、グインは燃え上がる炎を見やりながらつぶやいた。そして、あたりを調べた。

「ここにいたな。カリューの姉のサリューといったか」

庭に逃げ出そうとしたのだろうか。カーテンの下のところに、かなり大きな、恐しく色鮮やかな一匹のトカゲが、半分に斬られて死んでいた。グインは複雑な思いでそれを見下ろした。

「俺が知っている以上にこの世には、たまたま魔力を得て妖魔となっている小さな存在がたくさんある、ということなのだな」

グインはそっとつぶやいた。

「静かに、おのれらだけの世界で満足して暮らしていればいいものを——なぜ、そのように俺にちょっかいを出してこようとするのだ。——だが後悔はせぬ。俺は守るべきものを守らなくてはならぬのだからな。またもし、なにものかがこうして俺を襲ってきたとしても、俺は同じことをする——俺は守るべきものをあくまでも守ろうとするだけのことだ」

「何をいってるの、王さま——?」

不安そうにヴァルーサは聞いた。

「いったい、どうしてしまったの？——何があったの？　なんだかとても変な晩だね！　いったい、どうして……王さま、しばらく、どこにいってたの。みんな大騒ぎしていたんだよ。そうだ、小姓たちに、王さまがいたよって云わなくちゃ。でもどこにいたの？　みんな必死に探していたのに……」

「どうやら、俺はあの本のなかに閉じこめられていたらしい」

グインはにがにがしい思いで云った。そして、暖炉のなかでくすぶっている革表紙に古い金箔の文字がかすかにみえる本を指さした。

「ほ、本のなかに……閉じこめられて……？　そんなことあるの？」

「あったのだろうな。それよりもヴァルーサ、お前はどうなっていたのだ。俺はお前を助けなくてはというので必死にあの本のなかを歩き回っていたらしいのだが」

「あたしは……何もかわったことなかったよ。夜中に目をさましたら王さまが起きてて……部屋の向こう側で、お酒でも飲んでるようだったから、どうしたの、王さまって声をかけたら——いきなり、王さまが消えちゃったの。あたしは一生懸命手をのばしたんだけど、王さまがどんどん——まるでどんどん小さくなってどこかに吸い込まれてゆくみたいにみえて、それからいなくなっちゃった。焦ったよう——あわててお小姓たちや騎士たちを呼んで、大慌てで探していたところだったんだけど、どうしても見つからないから、疲れて泣きながらちょっと寝ていたところだったんだ。――明日の朝になったら魔道師たちを呼んできて、大々的に捜索いたしますから、って騎士たちが云ったからさあ」

「そうであったのか……」

グインは憮然としてつぶやいた。それから、そっとヴァルーサの長い髪の毛をなでた。

「何にせよ、お前が無事でよかった。俺はお前の身の上だけを案じていたのだ。……何もかわりがなかったのならよかった」

（そうよ、あなたの大切なもの、はじめてあなたが本当に得ることのできるあなたの血肉をわけたもの、ヴァルーサが生むグイン王の王子！ケイロニアの日継の皇子）

ユーライカが叫んだことばが、まざまざとグインの脳裏によみがえってきて、思わずグインの全身をふるわさせた。それは、歓喜なのか、それともほとんど恐怖でさえあるのかわからなかったが。

（俺の子――俺の息子、ヴァルーサが生むグイン王の王子……）

ほとんど恐怖にみちたまなざしで、グインは、ヴァルーサのまだ平らかなひきしまった腹部を眺めた。

（もし、その子が――その子もこのような異形だったとしたら……俺は、誰よりもいとしいであろうわが子にこの世でもっともむごい運命を与えるためにだけ、誕生させてしまうことになるのではないのか――？）

（それよりもさらに恐しいのは……生まれ出たときに、いったい、その子がどのような存在であるのかを見ることで……俺自身がそもそもなにものであったのかが明らかになってしまうとしたら……）

（その子がもしも、人の子の顔を持っていたとしたら――俺のこの豹頭は……俺のこの異形はやはり、なにものかの魔術によるもので……）

「王さま――？」

不安そうにヴァルーサがのぞきこむ。その目が不安と愛情にきらきら光っている。単純だがゆるぎない愛情――そして、すこやかな情愛。最初に知り合ったときから、決してゆらぐことのない、いちずですこやかな愛情、それこそはグインの信じられる何よりのものだった。

（いまは……何も考えまい。――運命の神が俺をどのようにまたしても試練の中に弄んでやろうとたくらんでいるにしても……俺には、愛する者が、守るべきものが――ものたちがいる……）

「大丈夫だ。ヴァルーサ」

ケイロニア王は優しく莞爾として云った。

「もう、すべては終わった。下らぬちっぽけな妖魔どもが悪だくみをしかけてきただけだ。——どうもこのところサイロンの守りが甘くなっているのか、そうしたちっぽけな妖魔どもが出没することが多くなっているように思われてならぬ。ひとつ、大々的に魔道師たちにはかり、またランゴバルド侯ハゾスにもはかって、サイロンと、そして黒曜宮の守りをかためるべく、結界を張ってもらい、浄めの儀式をもし直してもらうことにしよう。——こののちも、油断はならぬ。お前が、懐妊したのだからな。——ケイロニアはついに世継の皇子を得ることになる。いまよりもいっそう、俺には、お前たちの安全をはかる義務がある。父として、ケイロニア王として、お前たちを愛する者としてだ」

「お前たち——って、あたしと、ここにいるやつのことかい?」

恥ずかしそうに、ヴァルーサがたいらな腹をなでた。

「もうちょっとしたら、もっとあったかい格好をしなくちゃ駄目かなあ。あんまりたくさん着るの、好きじゃないんだけど……でも、あんたにもいつも迷惑かけてるかもしれないし。——でも、どうして、皇子、皇子って——女の子かもしれないじゃないのさ?」

「皇子なのだろうと思うぞ」

グインは笑った。すべての迷いの雲が晴れたように、莞爾とした歓喜がかれをひたひたと浸してきつつあった。

「ユーライカは間違ったことがない。——いや、こちらの話だ。お前は何も心配するな。すこやかなよい子を生むことさえ考えておればよい。俺に子が生まれる——俺の人生も変わるだろう。妖魔どもにも、その俺の喜びが伝わればよいのだがな——だがもう何も邪魔はさせぬさ。さあ、もうやすまなくてはな。からだにさわるぞ。大事なからだだからな」

第三話　ユリディスの鏡

1

「陛下！」

あわただしく叫びながら、ランゴバルド侯ハゾスが駆け込んでくるより早く、すでにケイロニアの豹頭王グインはベッドから飛び起きていた。

「おやすみのところをお邪魔いたしまして、おそれいります。たったいま、宮廷医師団が陛下をお呼びするようにと、私のところに参りまして」

「ヴァルーサか！　生まれたのか？　予定では、まだ当分だと云っていたようだったが」

「まだ、お生まれは先のようでございますが」

ランゴバルド侯ハゾスは急いで膝をつき、このようなさいではあったが丁重に臣下の礼をした。グインはじれったげに、ベッドのかたわらの椅子にかけてあったガウンをひったくって、逞しい肩にひっかけた。

「なら、何かあったのか。あれが、俺に会いたいとでもいっているのか」

ケイロニア皇帝家の習わしとして、皇帝家の身分高い女性——あるいは、ヴァルーサのように、皇帝、王族の子供を出産する女性は、別棟の小さい建物をあらたにそのつど建てられ、そこを専用の産殿《うぶや》として、産み月を迎えたときから、年輩の女官たちのなかから選ばれた、限られた世話役以外、他のものたちとは一切まじわらぬ日々を送ることになる。

むろん、男性は一切、産殿には近づくことが出来ぬ。それはたとえ、その妊婦の夫、生まれてくる子どもの父親であろうとも、ケイロニア皇帝その人であろうとも同じことであった。ケイロニアの風習、というよりもケイロニア皇帝家の風習により、出産の近い妊婦には、男性のもつ波動そのものが毒や刺激をあたえる、として、すべての妊婦の世話は女官たちだけがおこなうことになっているのだ。それは、生まれてくる子どもになんらかの被害が及ばぬように、という警戒であると同時に、妊婦の心を安らがせ、安産で出産をすませさせるためには、荒々しくたけだけしいケイロニアの男性は近寄らぬほうがよい、ということでもあったのであろう。

同時にまた、生まれてくる子どもが身分の高い人の子供である場合、赤児を取り替えられたり、あるいは害を加えられたり、ということをおそれて、その、選ばれた世話役の女性も、その産殿の隣の室で寝泊まりをし、産み月の一ヶ月のあいだ、出産が終わって母子が落ち着くまでは、外界と交わることを禁じられる。したがって、その一ヶ月のあいだは、身分によって二人から十人くらいまでのその世話役の女性たちも、産婦とともに、産殿にいわば閉じこめられた生活を送るのだ。

食事は外から運ばれるが、世話役によって厳重に管理され、毒味されて、また、過去の習慣によって食事の内容もかなりきびしくさだめられている。食べては妊婦のからだや胎児にとって毒だとされているもの、刺激が強すぎるもの、何か出産に悪い影響を与えそうなものはすべてかたく禁じられ、栄養はきちんと考えられているものの、制限された食物だけをとって、かなり不自由な生活を送らなくてはならぬ。

今回の産婦であるグイン王の愛妾ヴァルーサは、まじない小路の踊り子上がりという、卑しい身分である。その出身のせいもあろうがことのほかに性格も自由奔放といってよい。それゆえ、そういう不自由な生活のなかで、どのように窮屈な思いをしているか、ということも、グインにとっては心配そのものであったが、それにもまして、だが、そうしたいろいろな事情ゆえに、今回のこの出産については、周囲も王自身も、とかくの気苦労がたえなかった。

ひとつには、そのヴァルーサが卑しい踊り子の出身だ、ということがある。いまや世界最強の大国であるケイロニア皇帝アキレウスのもっとも信頼する義理の息子である、ケイロニア王グインには、アキレウス帝の皇女シルヴィア姫とのあいだには、結局子供は得られぬままであった。

だが大帝の直系の血をひく子としては、シルヴィア皇女の姉、オクタヴィア皇女に、幼いマリニア皇女がすでにいる。それが男児でさえあれば何の問題もなかったところだが、あいにくとマリニア姫は女児で、その上に、耳が生まれつき不自由だ、という宿命を背負っている。他の子供が得られぬときには、たとえそうであろうとも、そのマリニアが最終的にはケイロニアの女帝としてたたざるを得ないということになろうが、アキレウス帝は、まだ、グインの血をひく男児を得られるのではないか、ということにおおいなる期待をかけていた。

「わしは、出来ることなら、耳の不自由なおとなしいマリニアに、ケイロニアの女帝となる、などというきびしい運命はたどらせたくないのだよ、グイン」

帝は、誰よりも信頼し愛する——いまとなっては実の娘であったシルヴィアよりもはるかにおのれの息子とたのむグインに、はからずもそう洩らしたものであった。

「ただでさえ、このような大国をおさめてゆくというのはただごとならぬ試練でしかない。わしはマリニアには、とにかく幸せな平和な平凡な、女性の幸福に包まれた一生をしか送ってほしくないのだ。女傑になど、なってほしくはない——ことに見るところではあの子は、どうやらごく気質もやさしく温和しいようだ。ますます、いざというときには戦いの先頭にさえたたねばならぬような、皇帝などという身分にはなってほしくない。それに、わしはお前の息子であれば、文句なく、ケイロニアをたくすに足ると思っているよ。たとえ実際の血はつながっていなかったとしたところでそれが何だろう。お前はわしにとっては、誰よりもわしの息子にふさわしい英傑だ。――その、お前の血をひいた子孫であれば、そしてお前が教育するのであってみれば、それこそ、大ケイロニアを背負ってたつ、という重大すぎる任務にもよくたえていってくれよう。――なるべく沢山の子供をもうけてくれ、グイン。生ませる女は何人いてもかまわぬ。健康で、すこやかな考えをもった女なら、どこの国のどのような身分の女でもかまわぬ。わしはもう、何十代も続いてきた皇帝家の血、などというものよりも、はるかに、『健全で、すこやか』ということのほうが価値ではないか、としか考えてはおらぬのだよ」

「そのお考えはまことに――獅子心皇帝ならではの英断かと……」

グインはそういらえたが、だが、じっさいには、それほどまでに、おおらかには考えているわけにはゆかなかった。

(だが――)

(だが、俺は……豹頭だ……)

その思いは、つねに、グインの心に――最初にヴァルーサの懐妊を知らされた瞬間からいままで、かたときもはなれることなくのしかかっている。

（子供――俺の血をわけた子供）

（だが、その子は……いったい……どんな様子をしているのだろうか……）

子供の母たるヴァルーサには、何の異変もない。だが、父であるグインは、おのれの異形をつねにただごとならず心にかけている。

（もしも――豹頭の子供が産まれてくるのだったら――）

その子が、はたしてどのような運命をたどるのか。それを考えれば、たとえグインでなかったとしても、いてもたってもおられなくなろうというものだ。だが、もし、豹頭でなく、ごくふつうの人間のすがたかたちを持った子が生まれてきた場合にも、やはり、グインは、おのれがどのように考えてよいか、その事実をどう受け取ればよいのか、まったくわからなくて錯乱してしまうのではないか、と思われてならぬのだった。

（男の子であれば、まだよい――俺ももはや、ケイロニア王として――豹頭の異形ながらも、寛大で心の広いケイロニアの国民には受け入れられている。その俺の血をひいたというこれほど明らかな証拠もないのである以上、豹頭の男の子が生まれても、まだ、それは少なくもケイロニアでだけは受け入れてもらえるやもしれぬ。――だが、もし万一にも――もし万一にも、豹頭で、しかも女の子であった場合――いったい、その女の子の一生は、どのようなことになってゆくのだろうか……）

豹頭の女性を愛して妻としたい、と思う男性があらわれるや否や、それについてはグインもとうてい希望を持つことが出来ぬ。それだけではない。おのれが、あまりにもひとと何から何まで異なる異形の外見をもつ、と知ったとき、その子が自分と同じ絶望と恐怖と孤立感と孤独を味わうのだ、と思えば、グインは、いっそヴァルーサに、そのはらんだ子供は子供自身のためにこそ、水に流せ、と叫びだしたいほどの恐怖にかられるのだ。だが、一方では、むろん、おのれの血をひく子供なのだ。いとおしい、と思わぬことなど、あろうわけもない。

（この俺に、子が出来るなど、考えたこともなかっただけに……）

もっとも、ヴァルーサの懐妊の知らせにとまどったのは、まさにグイン当人であったであろう。

だが、ヴァルーサは心身ともにすこやかな女性で、その妊娠期間は、何回か、あやしい危機には襲われながらも、妊婦や胎児の健康にはなにごともなくすこやかに過ぎていった。そして、いまや、とうとう出産を迎えようとしている。

（その上に、だが……）

おのれのいだいているその不安のほかに、もうひとつの不安がグインのなかにはつねにひそんでいた。

まるで、ヴァルーサが妊娠したのを待っていたかのように、たてつづいて、サイロンの黒曜宮には、奇妙な怪異の襲来がはじまっていた。それは、あるいはグインにとっては、ただの深いいっときの悪夢にすぎなかったのか、とも思われたものもあったし、そうではなく、そのなかにとらわれていた一瞬には、もしかしてもう二度とふたたび、彼の子をはらんでいる愛妾のもとに戻ることはかなわぬのか、とさえ思わせるようなおぞましくぶきみな危機に思われたものもあった。だが、いずれにもせよ、怪異がケイロニアの都サイロンに大きく近づいてきている、ということは疑いを入れなかった。

（そうか……もとをただせば……）

ヴァルーサ、というこの踊り子あがりの愛妾と、そもそもグインが出会ったのも、北の都サイロンに黒疫の病が席捲し、そのもとをたずねるために、グインが単身、サイロンのまじない小路へと潜入した、その不思議な冒険のおりのことであった。

（クモ使いアラクネーのところから悲鳴をあげて逃げ出してきた、殺されようとしていた女——それが、ヴァルーサであった……）

それが不思議のえにしとなり、ついには、まじない小路の踊り子が、黒曜宮に仕え、そしてとうとうケイロニア王グインの愛妾となるにいたった。そのかげには、グインと、アキレウスの息女シルヴィアとの、短く不幸な結婚生活、という事情があったにせよ、ヴァルーサがグインの前にあらわれたのもまた、かのサイロンを騒がせた《七人の魔道師》事件の折のことであるのだ。

（ヴァルーサ——あの女には、何か、そのようなさだめがついてまわっているのだろうか……）

ヴァルーサ自身には、いかなる異常も異変のきざしもかかわってはおらずとも、ヴァルーサがグインの前にあらわれた年、というのはグインにとっては、おそるべき数人の黒魔道師どもにサイロンが揺るがされた、おぞましくも奇怪きわまりない事件と切っても切り離せない年であった。そして、そのヴァルーサが懐妊した、とあるいまになって、かの七人の魔道師たちほどはとうてい大物とは云われぬのであろうが、たてつづいて、不気味な小さな魔物、妖魔たちが、こともあろうに黒曜宮の、国王の寝所までも忍び込んで、グインの眠りをおびやかす、というようなことが続いている。

（それが――気にかかってならぬ。……ウム、確かに――ヴァルーサを愛妾とする前にも、さまざまな妖魅も、魔物も、魔道師も、ひっきりなしに《悪さ》を仕掛けてはきたものだ。だが、それは――あえていうならば、もっと、危機を感じさせぬものでしかなかった……）

むろんそれが、ヴァルーサと直接に何か関係があるとは思わぬ。

ただ、グインには、思いあぐねて久々にまじない小路を訪れ、信頼する魔道師《世捨て人のルカ》に、わが子についての占いを請うたときに、魔道師ルカがぽつりともらしたひとことが、いまだに心にひっかかっていた。

「ヴァルーサどのはべつだん、御本人が魔物たち、魑魅魍魎を引き寄せる何かの資質を持っているとか、あるいは陛下に凶運をもたらすであろうなんらかの星まわりを持っているなどということはまったくございませぬ。その意味では、安心なさって、ヴァルーサどのとの蜜月を楽しんでおられてよろしゅうございます。むしろヴァルーサどのの星まわりを拝見しますと、陛下のためには大幸運、つねに陛下を守ってくれるという星まわりをお持ちの筈でございますゆえ。しかしながら、率直に申し上げて陛下、陛下のお気にされておられる怪異の数々には、間違いなく、ヴァルーサどのの存在が関与しております」

「なんという、ルカ。なぜ、ヴァルーサの存在が」

「それは、ヴァルーサどのだから、ということではございませぬ。——愛する者を得た勇者は、既にしてその本来の力の半分に弱められた勇者である、とアレクサンドロスの箴言《しんげん》の書にも申しております。このとおり、愛する家族があり、家族への愛にとらわれている、ということは、陛下のような世界の英雄にとってさえ、この上もない弱味となります。弱味のある英雄こそ、まことによく、黒い波動を引き寄せてやまぬもの。ことに陛下はもともとそのお力、パワーがなみはずれてすぐれたもの、この宇宙のもっとも大なるパワーを発するものとして、黒魔道師、黒魔、悪の妖魔、魑魅魍魎どもを引き寄せてやまぬことがおありであります。しかしながら陛下のお力があまりに大なるがゆえ、それらの悪鬼、魔道師どもはとうてい陛下に近づくことさえ得ませぬ。——しかしいま、陛下はケイロニア王となられてはじめて、天下におのれの弱味と公認される存在をお持ちになりました。……失礼ながら王妃陛下は陛下にとりましては、むしろ弱味というよりは害毒であられました。それを餌にしたところで、悪どもが思いどおりの成果をあげることが出来ましたかどうか。――しかし、いまは、陛下はヴァルーサどのといたって甘やかなお幸せな仲でおられます。しかもお子までも得られ、まさに家庭のお幸せの絶頂と申し上げてもよろしいかと――が、このようなときにこそ、悪のパワーどもはむらがり寄って参るのでございます」

「ふむぅ……」

グインは低く唸った。

世捨て人のルカは、長い白髪まじりの髪の毛の下に隠された目をきらっと光らせた。

「そしてまた、陛下がその御愛妾とお子様とをいつくしまれればいつくしまれるほど、ダークパワーのものどもは、それを人質にとれば陛下ほどのおかたをも思いのままにあやつれる、と夢中になりましょう。それゆえ、いっそう次から次へとこのところ、妖魅どもがむらがり寄って参りますのは、そのような事情であろうと思われます。決して、ヴァルーサどのが、陛下にそのような悪運を持ってきたり――あるいは、ヴァルーサどの御自身の星まわりに、そのような凶運がつきまとっている――あるいはまた、ヴァルーサどの御自身が、なんらか、それらの妖魅にかかわりをもっている、などということではございませぬゆえ、何卒ご安心なされて下さいませ」

「そうか」

「折角、陛下ほどのお偉いおかたが、おんみずから、このようなまじない小路の、やつがれごとき無名の世捨て人のいぶせき陋屋《ろうおく》に貴きおみ足をお運び下さったのでございますから、お礼かたがた、世捨て人のルカより、ひとつだけ、予言をさせていただきとうございます」

「それは有難い。おぬしは俺が最初にケイロンにやってきたとき、最初に俺を王よと呼び、そして、吉祥の予言をくれた唯一の予言者であった。それゆえ俺はこよなくおぬしのことばを信頼している、世捨て人のルカ。よきことであれ、あしきことであれ、何であれ思いのとおり、あるいは卦に出たとおりにいうてみてくれい」

「そのようにおおせられるは陛下のお心強きゆえ。世の常のものたちは、とかくあしき卦は聞きたがらず、よき卦のみ、聞きだそうと狂奔して、かえって、あしき卦をおのれの警戒や準備に役立てることを知らぬものでありますのに」

ルカはうやうやしく答えた。

「それでは、おそらく陛下がもっともご案じなされておられましょう、こたびのご懐妊、ご出産についての予言を進ぜましょう。これはしかし、まじない小路ならばどの占い師も、それぞれの得手とする星まわりなり、あるいはなんらかの予兆なりを読みとってまったく同じ卦をたてるであろうことで、特にこのルカでなくとも簡単に申し上げることの出来る話ではございますが。しかしながら、そうであるだけ、かえってそれは真実たりうるかと存じます。——まず、ヴァルーサさまのお産でございますが」

「む……」

「軽くお済みになられ、母子ともに健康でおられましょう。そして、このたびお生まれになるお子は男児」

「……」

グインは、するどくトパーズ色の目を光らせてルカを見た。

ルカは低く頭をさげたまま、グインの目を見返さなかった。おのれのなかに満ちてくる予言を確認するように、ルカは目をとじていたのだった。

「そして陛下がいまこの上もなく御心配になられていることどもは、王子ご誕生ののちにはすべてゆえなき憂いと忘れ去られましょう。王子はおすこやかにして御聡明、かつ非常におおいなる使命を持ったおかたとして、すくすくと育たれ、わがケイロニアにあらたな時代をひらかれましょう。——王子が成人なされるあかつきには、東にも西にも、そしてまた北にもあらたな星々が輝きいだし、そのなかには黒く不吉なる闇の星もあれば、ひときわ輝き強きあかつきの星もございます。そしてまた、そのなかにあって、陛下の見出された星はきよらかにしてすこやかな輝きをはなち、北の大国ケイロニアにあらたなあしたの栄光を約束いたしましょう。――さりながら、ただひとつ気がかりは」

「……」

「この栄光は、ご一家のお幸せをずっと約束する星と輝いているかどうかは、いまだ、なんとも。――おかしなものでございます。時を同じくして生まれ出るということは、同じ星まわりを共有するということであるゆえか。――このあらたな星々は、いずれも、母なる大地とのえにしがきわめて薄くておられます。それが、この世捨て人のじじいにもなかなかに気になるところでございますが……」

「なんと……」

「しかしながら、これはまだなんとも。――そのうちに、またあらたな星がかかってくれば、むろん、星まわりもそれによって変貌いたしますゆえ。つまりは、ご成長とともに、おのれ御自身で王子たちが運命を切り開いてゆかれる、ということも、十二分に可能であるということでございますから、ここでこのじじいがあまり縁起のよろしくない予言をいたしましたからといって、いたずらに御心配になることはございませぬ。――ただ、いま輝きだそうとしているいくつかの星々は、いずれも、大地につかぬ卦が出ておりますこと――そのかわりに、天空ときわめてえにしふかき卦が出ておりますこと、わたくしには、これしか申し上げられませぬが」

「それは、どういうことだ?」

「さあ。そこまでは、わたくしにはなんとも申し上げかねますが……」

「まあよい」

グインは吠えるように云った。

「おぬしはつねに俺にとっては瑞兆《ずいちょう》だった。それゆえ、このたび、そうして出産がすこやかで、俺の懸念が晴れるだろうと占ってくれただけでも俺は満足だ。それを心の支えにして、ヴァルーサの出産を待つことにしよう。世話になったな、ルカ、そのことばは、俺におおいに役にたってくれたぞ」

――グインは、その、まじない小路での短いやりとりを、まざまざと思い出していた。

事実、ルカのそのことばだけが、その後、グインがさんざんに思いまどい、心乱れ、悩みに沈むときに、支えになってくれたのだ。ヴァルーサの長い妊娠期間中にも、また、そのなかのとかくあやしげな妖魔のきざしがおこりがちな日々のなかであっても。

だが、いま――

「何があったというのだ。ランゴバルド侯ハゾス」

「このようなことを、申し上げるのは、まことに――まことに不本意ではございますが。陛下」

「くだくだ云うな。要件をひとことで申せ」

「で、では申し上げさせていただきます。世にも奇怪なことが起こったようでございまする」

「奇怪なこと──だと」

「はい。宮廷医師団の申すとおりに申し上げさせていただきます。……お子様が、消え失せましてございます！」

「何だと」

グインは、吠えた。

ハゾスの聡明な、端正な顔が青ざめ、引きつっているのを、グインはトパーズ色の目でねめつけた。

「それは、どういうことだ。子供が消えた？　ヴァルーサは？」

「それが、ヴァルーサどのは、眠っておられるのか、それとも意識がなくておられるのかわかりませぬが──いかように呼びかけても返答なく──ということで……」

「子供が消えたとは、どういうことだ。ハゾス。ヴァルーサの腹が切り開かれて胎児が取り出されたとでもいうのか」

「さようなことではございませぬ。ヴァルーサどのは無事の御様子でございます。ただ、ただ、その、おなかが……」

「どうした」

「たいらになってしまわれました！」

　云うなり、不安そうに、ハゾスはグインを見上げた。

「このような緊急の、非常の事態でございますから、かの出産の禁忌を破るもいたしかたなしと医師団も申しております。また、宮廷の式部官も同意見でございました。陛下。何卒、いますぐ、ヴァルーサどののおられる産殿へと……おいでを願わしゅう……」

「わかった」

　グインは叫んだ。そして、小姓を呼んだ。

「俺の服を」

「かしこまりました！」

　急いで小姓が持ってきたびろうどのガウンに袖を通し、グインは前をとめるのもあわただしく、寝間を飛びだした。

　もう、ひと月に近いあいだ、ヴァルーサがその床に寄り添うこともなくなっている。ヴァルーサはその産殿で、他の誰とも会えぬ日々を送っているのだ。むろん、子供の父といえどもまして男性は、一切産殿には、近づくことさえも禁じられている。

「わたくしは、産殿には、足を踏み入れることははばかりなれば……」

　あわただしく、広大な黒曜宮をかけぬけて、広い回廊を通り、それから別棟へわたり、さらに回廊を通って、一番奥にしつらえられているひっそりとした産殿が見えてくると、ハゾスはあわてて叫んだ。

「こちらにて、お待ちいたしております。どうぞ、この先は、陛下おひとかたにて」

「わかった」

言い捨てて、そのまま、グインは、禁忌の産殿に足を踏み入れたのであった。

産殿は見たかぎりでは特に異変のおこったことを示すきざしもなく、ひっそりと静まりかえっていた。あるいは、医師団が、この異変を余人に知られることをおそれて、そのように命じているのかもしれぬ。

2

グインはガウンの上に羽織ったマントをひるがえして、薄暗い廊下をあわただしく奥へ奥へと入っていった。まだ、夜は深い。ハゾスが駆け込んできたのは、真夜中をまわったくらいの刻限だったのだ。もっとも、魔のものたちが近づきやすい刻限だ——と、グインは走るように歩きながら考えていた。

いつも、黒曜宮のなかに、魔のものたち、ダーク・サイドの昏い力が忍びより、襲いかかってくるのはその、真夜中すぎの刻限であるのだ。むろん黒曜宮には、占い師たち、宮廷仕えの魔道師たちの、黒魔や夢魔や、その他さまざまなあしき魔たちから宮殿と尊きあたりを守るための結界が張り巡らしてあり、かれらは交替で、夜が落ちるときにすこやかな夜を迎え、魔を防ぐための祈りをささげ、まじないをとなえ、結界を張り直すことを業務にしている。朝の光のなかでは、魔のものたちもあまり力をふるうことは出来ぬ。

だが、それにもかかわらず、このしばらくのあいだ、とかく、黒曜宮——ことに、グイン当人は、いくたびも繰り返してそうした魔のものたちの襲来にあっていた。それは、いま、黒曜宮が頼んでいる程度の魔道師たちでは、それよりも強力な魔の力が寄ってきた場合には、とうていそれをはらいのけることはかなわぬ、という事実を示していることでもある。

（あの、七人の魔道師の事件のときには、まことにとてつもない大物の黒魔道師ばかりがこのサイロンをねらって集結してきたのだから、しかたなかったとはいえ……だ……）

それにしても、少しく、怪異が続きすぎるようだ。

それが、グインには気になっていた。むろん、それ以前に、ヴァルーサとその子供の運命がもっとも心にかかっているのは当然のことだ。

「陛下！」

産殿の奥まった扉の前で、かなり年輩の、白髪をていねいに黒いヴェールに包み込み、濃灰色のお仕着せを身につけ、白い前掛けをした乳母《めのと》が待っていて、グインを見るなりひたと平伏した。

「どうした、異変だそうだな」

「さようでございます。このさきはもとより男子禁制、ことに生まれてくるお子の父君はお入りになることは本来は厳禁とされておりますが、このさいはそのようなことも申してはおられますまい。どうぞ、お通り下さいまし。そして、おきさきさまのごようすをご覧になって差し上げてくださいまし。これはもう、わたくしどもの手におえるような事態ではございませぬ」

「………」

グインは、乳母の動転しきった年老いた顔を見下ろした。

そのまま、大股に、乳母のあけてくれた扉をあけて中に入ってゆく。産室の扉は二重になっていて、そのなかはかなり薄暗く、ちいさなロウソクのあかりがいくつかともされているだけだった。

「暗いな」

「はい、御産婦さまのお気持をやわらげ、ゆっくりとやすまれるよう、ケイロニア皇帝家のしきたりにより、ここではいつもこのようになっておりまする」

「特別な場合だと云っただろう。あかりをもて。これでは暗くてかなわぬ」

「か、か――かしこまりました」

乳母が、女官に低く灯しを命じるのが聞こえた。グインは、暗い室の一番奥に置かれていた、かなり大きな、天蓋のついた寝台に歩み寄った。

「ヴァルーサ」

低く声をかけてみる。寝台の上に、だれかが横たわっているが、天蓋の奥はなお暗く、ヴァルーサのすがたははっきりとは見えなかった。

「お灯しを持ってまいりました」

「俺によこせ」

無造作に、ためらう女官の手から奪い取って、久々にみる愛妾のすがたを、ぐいと手燭で照らし出したグインは、ぎらりとトパーズ色の目を光らせた。

「ヴァルーサ……」

低い声が思わず漏れる。久々に見た踊り子あがりの愛妾は、一見、どこにも異変はないかのようであった。

いや、むしろ、ごくすこやかに、深いねむりについているとしか見えぬ。胸の上まで掛け布をかけ、そのゆたかな胸はゆっくりとやすらかに上下している。その寝顔はあどけなく、やすらかで、そして日頃結い上げている髪の毛はほどいて長々と枕の上にひろがっていた。その口からも、規則正しい寝息が洩れていることを、グインは手をかざして確かめた。

それから、手をのばして、ぐいと掛け布をはいでみる。

そして、思わず、低くグインは唸った。

「む……」

ハゾスの、いったとおりであった。

ヴァルーサは白い、ゆったりとした寝衣をまとって、目をとじて寝台によこたわっている。衿が大きく、ひろく開いているので、ゆたかな胸が半分ほどもあらわれて、その胸のふくらみが息づいているさまは、なまめかしいというよりは、むしろすこやかで母性的であった。

だが、その胸の下の部分——腹部のふくらみはどこにもない。

ヴァルーサが産殿に入ったのは臨月を迎えたあとだが、その入る直前でももう、その腹はものみごとにまるまるとふくらみ、そのなかにいる胎児がしきりと動いて腹を蹴飛ばすのだ、と嬉しそうに苦情をいっていたものだ。そのふくらみ具合はグインには鮮明に記憶に残されている。思わず、手をのばして探ってみる。たいらな、ひきしまった、妊娠する前と同じ踊り子の腹部が手にふれる。

「許せ」

グインは乳母に云うなり、手をのばして、ヴァルーサの寝衣を引き上げた。筋肉質のすらりと長くのびた脚と、そして白い小さな下着をまとっただけの下半身があらわれる。裸にしてみても、その腹部は何の変化もなくたいらに、妊娠前と同じなめらかさを見せているばかりだった。

「これは……」

グインは戸惑って、かたわらに平伏している乳母を見下ろした。

「これは、どういうことだ？　いつごろから、このようになった？」

「は——はい。豹頭王陛下、はい……」

「はいではわからぬ。何もおじけることはない。見たところではべつだん出産をすませた、とも見えぬが、いつまで、ヴァルーサには異常なかったのだ？　きのうは何の異変があったとの知らせもなかったな」

「は、はい。きのうおやすみになりましたときも、けさお目ざめになられましたときも、確かに、おきさきさまには、何の……何の変化もおありにはなりませなんだ……」

「けさ目がさめたときも。——ちょっと待て。これ、ヴァルーサ。ヴァルーサ」

グインは、手燭を女官に渡し、急に薄暗くなった寝台の上に身を乗り出して、両手でヴァルーサの肩をつかんだ。ゆすってよいものか、悪いものか、いまひとつ確信が持てなかったので、そっと揺り動かしてみた。

ヴァルーサのいらえはない。やすらかな寝息がただ、淡々と続いているだけだ。それを確かめ、こんどは、思い切って大きくその頭がぐらぐらするまで、かかえあげるようにして揺り起こし、その耳もとで、その名を呼んでみる。

同じことであった。ヴァルーサは目をさます気配もなく、昏々と寝入っている。もともとからだを動かす商売の女で、すこやかに、寝付きもよく、よく眠るたちではあるが、それでも、こうして揺り起こされ、耳のはたで呼び覚まされても目をさまさぬのは明らかに異常であった。

だが、ヴァルーサの寝顔はやすらかで、その寝息は、そうやって揺り動かされても、まったく乱れもない。かえって、そのたいらかさのなかに、奇妙な異変のきざしを感じて、グインはそっとヴァルーサのからだをまた下におろし、掛け布を胸まで引き上げてやった。

「よもや、知らぬ間に赤児を出産していた、などということではないのだろうな、乳母《めのと》」

「めっそうもない！」

乳母はおろおろと両手をもみしぼって叫ぶ。

「そのようなことがございましたら、なんでこのわたくしが見逃すことがございましょうや！　こう見えましてもわたくしは、産婆としてもうはや三十年、何千人という、しかもそのなかば以上は位のたかいかたばかりの赤さまを取り上げて参ったものでございます。もっとも腕がよい、安心だと評判を頂戴しておりますがゆえに、このたびのおめでたにも、このアルグレめにかたじけなくも黒曜宮より、お声がかかりましてございます。出産とは、そうそうなみやたいていで出来ることではございませぬ。もしも、わたくしの知らぬ間に赤さまがお生まれになってしまっておりましたなら、ご出血もございましょう、お母上様も弱っておられましょうし、なによりも、赤さまがおいでになる筈！　なんとそうではございますまいか、陛下！」

「まことにそれはそのとおりだが」

グインは、また女官の手から手燭をとりあげ、室のあちこちをわけもなく照らしてみた。

だが、もとよりその暗い室の隅に赤児がころがって泣き叫んでなどいようわけもない。室はどこもかしこもきちんと清潔に清掃され、それに産屋であるからだろう、余分な調度はほとんどなく、必要な、寝台と、ちょっとしたものを入れる小簞笥や、かたわらの低いテーブルと椅子などのほかには、何も視線をさえぎる家具とてもなかった。そのどこにも、いかなる汚れも見えぬ。

「けさ目ざめたときには、なにごともなかったと——では、その後はどうして過ごしていたのだ？　今日一日について述べてみよ、アルグレ乳母」

「かしこまりました。と申しましても、もう産み日もお近いことゆえ、もう奥方様はほとんどこの一日二日、いつ陣痛が参ってもよろしいよう、寝たきりですごしておられましたので——だいぶんご退屈のようでございましたが、『いよいよ生まれるとなったら、

おなかが大きくなって、ちゃんと体力をたくわえて、そうして、な

退屈などしている暇もないんでしょうからね、あたしは、ちゃんとお食事も召し上がり、そうして、な
かなくっちゃあ駄目ね』とおおせになり、ちゃんとお食事も召し上がり、そうして、な
るべく眠ろう、眠ろうとなさっておられました。わたくしも、いろいろとお産にそなえ
てのお話などを毎日少しづつご教授申し上げておりますので、今日の分のお話を申し上
げ、それから、いったん引き取らせていただいて、いよいよお産は明日かあさってかと
いうあんばいでございましたので、もろもろの用意を確かめ——そうして、夜のお食事
もいつもどおり差し上げましたが、『さすがになんだか今日はあまり食べたくないよう
な気がするけれど、でもそれはお産が近いということなんだから、ちゃんと食べておか
なくてはだめね』と申されまして、頑張って召し上がりまして、そうしてかなり早いう
ちにおやすみになられました——と申しましても、この産殿のなかでは、あかりとても
入らぬように作ってございますので、時のうつろいを示すものは、ただ、遠くからきこ
える、黒曜宮の時の鐘しかないのでございますが。『ああ、本当に退屈な一ヶ月だった
わ。でも退屈していられるのももうきょうかあすまでなのね。この子もあまり動かなく
なった』とお腹をなでておっしゃっておられまして、『では、休むわね』とおやすみに
……」
「待て。その、『この子もあまり動かなくなった』というのはどういうことだ。子供に
なにか、異変がおきたということか？」

「いえ、いよいよお生まれが近くなられますと、それまでにさんざんお母様のお腹を内側から蹴飛ばしたり、さかんに動いておいでになった赤さまも、いったん静まられるのが、世のつねのなりゆきでございますから、それは何もおかしなことではございませぬ。むしろ、それをきいて、わたしども産婆は、おお、いよいよかと思うのでございます。それに、だいぶん、このところ、お子が下がっておいでになったようでございましたので、さてこそいよいよじゃなと思ってご用意おこたりなくいたしておりましたので……」

「それで、休むといって寝台に入った。それで、どうだったのだ」

「これだけ産み日が近くおなりになりますと、なかなかによく眠れなかったり、あるいは破水されたり、思いのほか早く陣痛がきてしまわれたりということもございますから、この数日はこのばばが、夜中にもずっとかたわらでお伽をさせていただき、何回か、御産婦さまのごようすを見ることにいたしております。――それで、さきほども、わたくしが、最初にのぞきこんだときには、なにごともなくおきさきさまは眠っておられました。たいへんすこやかな御様子じゃ、結構、結構、と存じまして、わたくしも、その横の、この床のところにおいた敷物の上で、毛布をかぶってまるまっておりましたが、決まりの刻限になりましたので、また起きて、そっと天蓋をひらきましたところが」

「ヴァルーサの腹がたいらになっていたと申すのか」

「さ、さようでございます。お許し下さいませ、国王さま」

アルグレ乳母はおののいて額を床にすりつけた。

「決して目をはなしていたわけではございませぬ。職務怠慢にして、なにものかがこの室に忍び入ってきたなどということもございませぬ。――それでしたら、まずこのわたくしが、切られるなり、気絶させられるなりしておりましたろうし、この産殿には、決して他のものは近寄せませぬ。将来、ケイロニアの日継の皇子となられるやもしれぬ大切なるお子のことゆえ、産殿の周りにも、あまねく衛兵をめぐらして、なにものも近寄せぬように警備厳しくいたしておるはずでございます。それゆえ、最初は、なにやら妙だと思いましたが、何が妙であるのかもようわからず……二度、三度、見直してみて、はて、お寝息もすこやかだし、お顔もやすらかに眠っておられるし――何がおかしいのだろうと考えて、ふいに、お腹がおたいらになってしまわれている！　と気付きましたときの、ばばの驚きというものは……もう……もう……」

「そうであろう。だがまあ、いまはそれを聞いていてもせんかたもない。それよりも、先を申せ。それで、お前は、あちこち、ヴァルーサのからだもあらためてみたのか」

「それはもう……」

乳母は老いたがっちりしたからだをふるわせた。

「このようなばかげたこと、見たことも聞いたこともございませぬ。このアルグレ、産婆として、三十年以上もつとめさせていただいて参りましたが、このようなことは……本当に生まれてはじめてでございます。驚いて、おなかをさぐり、お股のあいだも、お床のすみずみも——どこからどこまで手さぐりで調べつくし、女官どもを呼び、あかしをともさせて室のすみずみまでも——しかし、どこにも何も異変もございませぬ。これはいよいよただごとならぬと、いざというときにしか鳴らしてはならぬことになっておりますゝ宮廷医師団のお部屋に通じる非常の鐘を鳴らさせていただいたところ、なにごとかと、当直のメルクリウス医師どのがおいでになっていただけました。産殿のなかに入られるのは、医師といえども男子は禁制でございますので、このわたくしが入口までいってこととしだいをお話いたしますと、先生は、そのようなばかげたことがあるものか、とおおせになります。それでも男子禁制ゆえ、それではというので、ただおひとかたの女医のマルスナ先生においでいただき、中にお入りいただいて調べていただいたところ、ヴァルーサさまにはいかなる異常もおありにならぬ、おからだも異変もなく、出血もおありにならぬ、ただ、おなかだけがたいらになられ、しかもさっきまでそのおなかに入っておられたはずの赤児はどこにもいないようだ——さもなくば、赤児が紙のように薄くなってしまっているとしか思われぬとの、おどろくべきおことば……とうとう、あまりのことにたまりかね、マルスナ先生にお許しをいただいて、御近習より、宮廷に詰めておられた宰相ランゴバルド侯ハゾスさまにお話をいただきましたところ……ハゾス侯もそんな馬鹿げたことがあるものかといたく驚かれ、早速おいでになり——あれこれと取り調べられましたが、その揚句、これはまことに一大事と、『自分はただちに陛下に申し上げてくるゆえ、それまでは、決して誰もここから出さず、入れず、また、なにかあったと宮殿内のほかのものには一切けどられてはならぬぞ』と固く申し渡して、それでただちに……陛下のみもとにおもむかれ……わたくしに出来ますお話は、そこまででございます」

「む……」

グインはもう一度、じっと、横たわったままやすらかな寝息をたてているヴァルーサを見つめた。

それから、手をのばし、かるくぱちぱちとヴァルーサの頰を叩いた。かたわらにいた女官が思わず小さな悲鳴をもらしたが、あわてて口をおさえて静かになった。

「ヴァルーサ。これ、ヴァルーサ。俺だ。グインだ。目をさませ。さまさぬか」

何回か、声をかけてみたが、声をかけてもゆすってみても、また叩いてみてもまったくヴァルーサが目をさます様子はなかった。

「お目覚めがございませぬ」

途方にくれたように、乳母が泣き声をあげかけた。それを、グインは手で制した。

「騒ぐな。この怪異に心当たりがあるというては嘘になるが、怪異そのものがおこることについては、いささかの心当たりがないでもない。ともあれ、いまは、お前らは一切騒いではならぬ。ハゾスのいうとおり、誰もここに入れず、ここから出さず、いましばらく、誰にもこのことはもうこれ以上告げぬようにして、しばらくここでじっと沙汰を待っておれ。俺はちょっとその宮廷医師たちと話してくる。それらはどこにいる」

「は、産殿の外の棟の一室で、協議してこととしだいを検討しておられるはずにございます」

「よし。しばらく、ヴァルーサの様子から目をはなさずにいろ。ヴァルーサの容態が急変するようなことがあったら、ただちに俺を呼べ」

「は――はい……」

不安そうな目で見上げてくる乳母や女官たちを振り払うようにして、グインは、そのまま、大股にまた、産屋を出ていった。

「陛下！」

産殿の入口で、ハゾスが心配そうに待っていた。

「如何で御座いましたか！」

「おぬしのいうとおりだ、ハゾス。ヴァルーサの腹はたいらで、子がいた気配もない。だがまた、生まれ出たという痕跡もないようだ。ということは、腹のなかから、子供だけ消え失せたか？　ヴァルーサも意識を取り戻さぬ。ちょっと俺は宮廷医師団に会うぞ」

「は」

おそらくそうあろう、と英明なハゾスは予期していたのだろう。ただちに先にたって、宮廷医師団の詰所になっている室へと、グインを案内した。

グインはハゾスのうしろについて大股に歩きながら、ふと回廊の外をふりあおいだ。

（まだ、夜は深いな——朝までには、まだ数ザンはありそうだ）

朝がくれば、この怪異がこともなく解消しているというのであればよい。だが、それはそうそう簡単には見込めぬであろう。

（そういえばいつぞやは——朝が、サイロンに訪れなくなった怪異さえもあった……）

思い出しながら、グインは、別室にハゾスが呼び寄せた、一人の女医を含む宮廷医師団が、緊張のおももちで入ってくるのを待った。

「陛下！」

「ハゾス宰相閣下」

一人の女医と五人の男性医師とでなる宮廷医師団は、一様に、医師のあがめる医神カシス《カルモン》の象徴であるヒイラギの葉を紋様としたチュニックをつけ、その上から短いマントをつけたお仕着せを身につけて、医師のしるしである黄色い丸帽をかぶったまま、二人の前にくずおれるように平伏した。相当に激論をたたかわせていたらしく、みな、疲労困憊しきった様子をしている。

「挨拶などはどうでもよい。それよりも話の核心を申せ。お前たちも――少なくともその女医はヴァルーサを診たのだな。それで、どうだ」

「おそれながら……」

美人とはいえないが、いかにも聡明そうな澄んだ目と広い額の感じがよい、四十がらみの女医は、頭をあげて、心痛をあらわにグインを見上げた。

「このようなことは、ついぞ見聞きしたこととてもございませぬ。――お后さまのお腹からは、確かに、突然、お子さまが消滅いたしました。どこにも、おられた痕跡とてもございませぬ――むろんご出産なされて、それが連れ去られた、ということであれば、それはそれで理解できます。しかし、わたくしはお后さまを詳細に全身を診察させていただきました。お后さまは、出産された痕跡はいっさいございませぬ。医師の身でありながら、かようのことを申すのは、あまりにも無責任至極、と陛下にはお怒りをかうやもしれませぬが、この医師マルスナの名誉にかけて申し上げなくてはなりませぬ。陛下、これは、怪異でございます。お病気でもなく、またご出産でもございませぬ。妊婦の腹中より、出産間近の胎児を持ち出すようなことが可能なものは、それは……それは」

「魔道、と申すか。マルスナ」

「さようとしか、申し上げられませぬかと……」

「他の医師はどう思う」

「このようなことは、前代未聞でございますれば……」

宮廷医師団のかしらだったものであるらしい、最年長の、穏やかで落ち着いた物腰の医師が答えた。

「これはやはり、どう考えましても、超自然の力が左右しておる事柄としか思われませぬ。——少なくとも、妊婦の腹中にて胎児が自然消滅する、などという病は、いまだかつて、知られたことがございませぬ。また、病なれば、多少は、ヴァルーサさまの御様子にも変化が見られるはずと存じます。しかしヴァルーサさまはいたっておすこやかに、眠り続けておられる御様子——それがどうにも腑に落ちませぬ。また、ヴァルーサさまが意識を取り戻されぬことも気に懸かります。どうあれこれは……わたくしどもがかようのおすすめをいたすというのも、あまりではございますが……よばれるべきは、わたくしどもではなく——まじない小路の……」

「魔道師だ、と申すか」

グインはうなるように云った。

「もう、よい。ハゾス、こちらに来い」

3

「どうやら、これは、怪異のようだな」

医師団には、ひきつづきヴァルーサの様子を見守るようにと指示を出しておいて、グインは、ハゾスひとりを引き連れ、足重くおのれの居間のほうへと戻っていった。

「は……」

日頃明朗快活な、グインのもっとも信頼する宰相ハゾスも、あまりといえばあまりのことのなりゆきに、いまひとつ、言葉もまともに出ぬ、というありさまのようだ。

「怪異、といえば魔道師、魔道師といえばまじない小路か。――だが、先日俺はまじない小路に、用あって《世捨て人のルカ》をおとのうたばかりであった。そのときには、ルカは、何ひとつとして、ほどもなくかようの怪異が襲来しよう、かようの怪事、異変が俺とヴァルーサとその子供を見舞おう、などということは、口にせなんだものだ」

「はあ……」

「ルカはすぐれた魔道師である上に、よき予言者でもある。その予言はこれまで俺にとり、数々、底知れず役に立ってきてくれたものだ。そのルカが、あれほどちかぢかに会うたものを、もしも何かこのようなことを予知しておれば、俺にひとこと、遠回しにでも注意せなんだわけとてもない。——ということは、おそらく」

「御意……」

「これは、ルカにも、予測のつかぬ——黒魔道師の攻撃であった、ということだ、とし か、俺には思われぬな。どうだ、どう思う、ハゾス」

「それはもう——わたくしは、陛下のお考えにお間違いがあろうなど、ひとたびとして、思ったこともない者でございますから……いや、おもねって申し上げているのではございませぬ。陛下こそ、わたくしの知るかぎりもっとも思慮深いおかただと、わたくしは確信しておりますから——ときたまは、思いもよらざる無茶もなさいますが……しかし」

「ああ」

「このこと——皇帝陛下には、まだまだお知らせいたすわけには参りませぬな……」

「ああ」

　グインはことばもなく唸った。

　グインの義父たるアキレウス大帝は、この上もなく、グインの子の誕生を楽しみにしている。いまとなっては、正妻であったシルヴィアではなく、側女たるヴァルーサと、そして、本来は娘婿であったはずのグインとのあいだに生まれる子だ。アキレウス大帝自身とは、実際の血のつながりはまったくない。だが、それでも、いまとなっては、「グインの子」こそすなわち、アキレウス大帝にとっては、待望の、「ケイロニアの希望をになう世継の御子」にほかならぬ。

その子が、こともあろうに母の胎内から消滅した、というのだ。

「駄目だ」

グインは唸った。

「どの面さげて、陛下にこのようなこと、申し上げられよう。——ここは、やはり、星陵宮には何ひとつ知らせず——騒ぎを大きくせぬためにも、このことはおぬしと、そして宮廷医師団、そして産殿に仕える女どもだけの極秘として、そして俺とおぬしと、その特命の少数の精鋭たちだけで解決する以外あるまいな」

「は……とりあえず、さきほどの宮廷医師団の六名、女医を筆頭に、拘束、と申してはいささかきつうございますが、軟禁状態にして、外との連絡を一切とれぬようにいたしましょう。もっとも、そのさい、六名ともなりますと、それらの家族どもが、何も知らされぬと、騒ぎましょうから、そちらから噂になりませぬよう、当座宮廷にこもるという適宜の口実を考えて、手紙を書かせ、それを留守宅に届けさせるようにいたします」

「おぬしにまかせる、ハゾス」

「産殿の女どものほうは、当初から、あそこをはなれぬよう——お子様がお生まれになりますまでは、一切あの産殿で生活をともにするよう命じられたものたちでございますから、家族の心配もございませぬ。あのままで、ただ、一切外との連絡をとれぬよう、衛兵たちにさらにきつく警護をかためさせれば十分でございましょう。ともあれ、それだけ、はからいますので」

「ああ、よろしく頼む」

「で」

ハゾスの聡明な目が、豹頭王を見上げた。

「まじない小路に行かれますので」

「最悪、そうせざるを得ぬとは思う。だが、俺がいま、黒曜宮をあけるもいささか心配だ」

「さようでございますな……」

「とりあえず、ルカにでも、こちらにきてくれるよう、招聘してみるか。もっともきゃつも、自ら世捨て人を名乗るだけあって、なかなかにへんくつでな。こちらから出向く分にはいたって親切なのだが、こちらから招んだところで、『自分は、このような堅苦しい場所には向かぬ世捨て人でございますゆえ』と軽く一蹴されてしまう可能性のほうが高いかもしれん」

「しかし、ことがことでございますから――陛下がいま、単身にせよ精鋭をお連れになってにせよ、サイロンのまじない小路までおもむかれましたら、そのあいだにもし何か事態の急変でもありましても、ここからサイロンまで、知らせを飛ばすにも……」

「わかっている。魔道師はルカに限ったわけでもあるまい。――もうちょっと、腕は悪くとも、いま少し従順な者を、数人呼び集めてもよい。が」

「はあ……」

「この話、あまり、大勢の魔道師の耳には、入れたくない気がするな」

「さようで」

ハゾスの目が厳しくなる。グインは声を低めた。

「これがもし、黒魔道師のしたことであれば……俺のいまだ生まれぬ赤児を連れ去ったというのは、かなり、目的が明白なように俺には思えるのだが」

「わたくしにも、さよう思えます」

「お前も、思うか」

「それはもう」

「つまりは……」

「人質、でございましょう？」

「ああ。――むろん、もしやして、俺をではなく、当の赤児を目的としての犯行だった、という可能性もないではない。だが、俺にはどうも——このところの、いくつかあいついだあやしい怪異の事件を思い出すに、いずれもつまるところは、この『俺』をおびき出そう、わが手中のものとしよう、という、その目的をもってのものだったとしか、考えられぬのだが……」

「御意。このような怪事件があいつぎましたので、わたくしもまじない小路で多少懇意にしておりますす魔道師に話をききましたところ、やはり、陛下は尋常ならざるお力の持ち主であられるがゆえに、黒魔道師どもや、あるいはたまたま多少の力を得るにいたった魔物どもが、こぞって陛下のそのお力にあやかりたい、手に入れたいと思うのだ、とこのように……」

「ウム……」

「それにしても——もしも、まことにそれが……ヴァルーサどののお子を胎内より盗みだして、それを餌に陛下をおびき寄せようとたくらむ黒魔道師がいたといたしますと、それは——相当にまた、こういっては何でございますが、力のある魔道師であるとしか、考えられませぬな……このようなことは、めったな実力では、とうていたくらむことも、実行にうつすこともかなわぬのではないかと思われて、まことに心配でございますが……」

「まず、当然疑われるのは〈闇の司祭〉グラチウスであろうが……」

グインは唸った。

「だが、このところグラチウスは大人しくしておったと思うし――それに、かの東方の大魔道師だという――『七人の魔道師』の事件のおりにたたかった、ヤンダル・ゾッグと名乗る奇怪な魔道師、かれもその後は何も音沙汰がない。むろん、しばらく音沙汰がなかったからといって、かようの黒魔道師どもが、そうやすやすと宿望を諦めるとは思われず、いずれ折を見ていたとも考えられるが……」

「もし、グラチウスなり、そのヤンダル・ゾッグだのがこのたびの事件の糸をひいているとしたら、これは容易ならぬ事件になってしまいます」

「ああ。俺もまた、あるいはケイロンを離れて、この陰謀の元締めを求めに遠く旅立たなくてはならぬことになるやもしれぬ」

「ようやく、陛下が、ケイロニアにお戻りになり、王妃陛下の一件も落着し……悲劇的な落着ではございましたが――ようやく、陛下も落ち着かれ、その上に、かの七人の魔道師事件や、黒魔の病の大騒動も落ち着いて、サイロンにも平和が戻ってきたところでございましたのに……」

「所詮、俺のいるかぎりはこの世は平和とは程遠いところになってしまうようだぞ、ハゾス」

グインは吠えるように低く云った。

「それを思えば、俺のこの身が、ケイロニアに災いを招き寄せているのかもしれぬとも、思わぬわけではない。――また、確かに、俺さえおらねば、ケイロニアにも、そのような黒魔道師どものたくらみもこうは次々とは……待て！」

云うと同時に――

もう、グインは、かるくハゾスのからだをおのれのうしろに押しやり、庇うようにしながら、油断なく身構えていた。

「気配がおかしい。油断するな、ハゾス」

「は――はッ！」

「俺からはなれるな。――このところ、たてつづいて、かのカリューとサリューのあやしき姉弟の魔物の襲撃があったがゆえ、俺はことのほか、怪異のはじまるきざしに対して敏感になってしまった。――空気が違う。なにやら、この廊下のこの先から、空気が違うぞ、ハゾス」

「そ、それは……わたくしには、ようはわかりませぬが……」

ハゾスが、腰の短剣に手をかけたまま、あえぐように囁いた。

「ただ、何か――奇妙な悪寒がするのは事実ですが……あの廊下の先？　真っ暗だ。おかしいな――黒曜宮のなかであれば、真夜中であろうとも、廊下の灯しはたやすことがないはずなのだが……」

「いや、灯りはついている。だが、暗いのだ。——だからだ、ハゾス。もしかするとだが……これは、かえって、話が早くてよいかもしれぬぞ」

「は、はッ？　と仰せられますと……」

「こちらから、ヴァルーサの腹の子供をさらった奴を、探しにゆくまでもない。そちらから、出てきてくれたのであれば、探す手間がはぶけると申したのだ」

「豪胆な……」

思わず、ハゾスが唸ったときだった。

ゆらり、と——

グインとハゾスが立ちつくす廊下の奥が、ゆらいだ。

「おおッ」

ハゾスは足元の地面が大きく波打ったように感じ、思わず、我をわすれて、グインの逞しく固い、太い腕にしがみついた。そして、あわてて手をはなそうとした。

「し、失礼を——陛下、ご無礼をッ……」

「いいから、俺につかまっておれ、ハゾス」

歯のあいだから押し出すようにして、グインが囁いた。

そのトパーズ色の目は、爛々と光り出している。その牙が、唇のあいだから、ぎらりとあらわれているのを、ハゾスは驚嘆の目で見た。

「いいか。何があろうと、俺にしっかりつかまっているのだ。俺はどれほどかたくつかまれていてもなんともないからな。必要とあらば俺の腰にでも足にでもしがみつけ。この様子は――俺はなんとなく覚えがあるような気がする。どこでどう、覚えがあるかはわからぬが、なんとなく、次にどうなるか、わかるような気がするのだ。いや、具体的にどうなるかではなく、これは――」

グインの声が低く、そして炎のようになった。

「これは、妖怪が出現するきざしだ！」

「へ――陛下！」

いいいいい

脅かさないで下さい――ハゾスは思わず叫ぼうとした。だが、ふいに、息をのみ、反射的にグインにしがみついた。

「こ、これはッ！」

「おお」

グインの声が、いっそつら憎いほどに落ち着き払っている。ハゾスは、喘いだ。

「これは大変だ！」

「出たな」

グインの声は、相変わらず悠揚迫らぬ。

「こ、これはまさしく――」

ハゾスの声が思わず裏返った。

「これはまさしく怪異だ！　ひ――豹頭王陛下が、いまひとり！」

「ウム」

グインはじっと、正面を見据えて、ハゾスをしがみつかせたまま立ちつくしている。がしりと床を踏みしめたそのすがたは、豹頭だけに、ふしぎな不動の彫像のように見える。

そして、また――

その向かいにも、《もうひとりのグイン》がいた。

「うわ……」

ハゾスは、目をこすりながら、自分がしがみついているグインと、そして、廊下の奥の暗がりに忽然と出現した《もうひとりのグイン》を見比べた。

どこからどこまで、寸分の狂いもない。まるい黄色い豹頭も、鋭く光るトパーズ色の目も、そして濡れた鼻面も――その身なりも、グインのまとっているのと同じナイトガウンの上から羽織ったびろうどのマント、そして咄嗟に腰にさした守り刀の中型の剣、長いたくましい足に走る古傷の白いあとや、その足にはいた室内用のやわらかい革靴までも、何もかも一緒だ。

「この状況には、覚えがある」

グインが——ハゾスのしがみついているほうのグインが囁いた。

「心配するな。かつても、俺はこのように——《いまひとりの俺》と向かい合ったことがある。要するにそれは黒魔道師が作り出した幻影だった。いまの俺は、それが——どのような状況で、どの悪党がたくんだことであったかまでは残念ながら思い出せぬ。だが、確かにこの状況には覚えがある。そのことだけは確かだ」

「グラチウス——でございましたでしょうか？　私も、陛下から、うかがったような記憶がございますが……」

ハゾスは声をふるわせた。なんとなく、黙って立っている、暗い廊下の闇のなかの《もうひとりのグイン》に聞かれてしまいそうで、不気味でならぬ感じがするのだ。

「わからぬ。——だが、いずれにせよ、これは黒魔道だ。逆にこれほどはっきりした黒魔道もないと云える。お前は、ずっと俺にしがみついていよ。最初からそうしていたのだから、それが一番簡単にどちらが本物かを見分ける方法になるだろう」

「あ——はあ——はッ、御意！　失礼いたします！」

ハゾスはうろたえながら口走った。そして、さらにしっかりとグインの腕をつかんだが、ふと思いついて、急いでおのれの腰に巻いていたサッシュベルトを片手でほどき抜くと、それをおのれの手首に片手と歯を器用につかって結びつけ、そして、その反対側の端を、グインの左の手首に両手で結びつけた。右手に縛ったのでは、グインが戦うときに、不自由になってはならぬと思ったのだ。

グインは——少なくともハゾスがこれまでずっと一緒にいて、《本物》と認知しているほうのグインは、ハゾスがそうしてくっついたことなど、意にも介さぬようであった。その口から、低い唸るような声が漏れた。

「お前か、グラチウス」

グインはそう囁いたのだった。

「これはすべてお前のしわざか、〈闇の司祭〉。——お前は、何故かは知らず、ずっとこの俺にまつわりついている。何が望みだ——お前であるのなら、このような茶番をわざわざ講じずと、とっとと正体をあらわせ。そして、その望むところを口にしてみるがいい。もし聞く耳あらば、耳を貸すだけはしてやらぬものでもないぞ。——俺の……俺とヴァルーサとの子をどこに隠した。そのようなことが出来るのはお前くらいのものだろう。そうではないのか、〈闇の司祭〉」

「ソノ……ヨウナ……モノハ……知ラヌ」

ひどく、不自由そうな——人間の口蓋のかたちをしておらぬ口から、かろうじて発される、としか思われぬような、異様な声が、じっと向かい合って、暗がりのなかに立っている《もうひとりのグイン》の口から洩れるのを、ハゾスは聞いた。

「ぐら……ちうす……ナドトイウ者ハ知ラヌ……」

「しらを切るか」

いくぶん、かっとしたように、グインが叫ぶ。本来なら、高い天井と広い廊下にいんいんとこだまするであろう声が、まるで柔らかな闇のびろうどを張りつめた回廊に吸い取られるかのように、何の反響も呼ばないことにも、ハゾスはひそかに気付いた。

「ならば、お前は誰だ。何者だ。なにゆえあって、この俺のすがたかたちを模倣する」

「俺――ハ……ぐいん……」

またしても、いかにも不自由な声が、重々しく――あたかも、それ自体が、グインのつねに重々しい声のこっけいな耳障りな模倣ででもあるかのように響いた。

「俺……ノ名ハぐいん――けいろにあノ豹頭王……ぐいん……」

「それは、この俺だ」

グインが叩きつけるように叫ぶ。その目が爛々と、暗闇に燃えさかっている。

「俺の名を詐称し、俺のすがたかたちをまねぶ、お前の本性は何だ。何が目当てだ――白状しろ！　あまりにも時を同じくし、場所を同じくしてこのようにして異変が立て続いたからには、お前は少なくとも、先刻の一件にかかわりくらいは持っていよう」

「知……ラヌ……」

ぎぎぎぎぎ、というような、耳障りな奇妙な声を、《にせグイン》の口がたてた。

「我……ハ――知ラヌ……ソノヨウナ女ハ知ラヌ……ソノヨウナ……怪異モ知ラヌ…

「……」

「語るに落ちたな、妖怪変化め」

グインが叫ぶ。

「ヴァルーサが《女》だとなぜわかる。この一件が《怪異》だとなぜわかる。俺は、そのようなこと、何も云ってはおらぬぞ！」

「ガ――ガ……ガガガガ……」

またもや、奇妙なきしむような、鉄の古い扉であれば立てるであろうような音が、怪物の口から洩れたようだった。

と、見た瞬間。

「あああぁッ！」

ふいにハゾスの口から悲鳴が洩れた。いきなり、闇がまるで突風となって渦巻いたかのようだった。

「陛下ーッ！」

いきなりあたりが暗転して深い闇にとざされ、大地も天井も廊下の壁もまるで一瞬にして崩壊したかのような錯覚があった。ハゾスは悲鳴をあげて、懸命にグインにつかまろうとしたが、ふいにぶつりとサッシュの切れるらしい手応えがあって、次の瞬間、ハゾスは上下も左右もわからぬ真っ暗な深い海中に投げ出されて翻弄される木の葉ででもあるかのように、手足をばたつかせてやみくもにもがいていた。が、ふいにまた、すーっとあたりのものがあるべき場所におさまったような、奇妙な感じがあって、天地がいったんひっくりかえったような感覚が消えてゆく。とたんにハゾスのからだは地面に叩きつけられた。いったんは、空中に舞いあげられていたかのようだった。

「ハゾス！」

遠くかすかに、豹頭王の叫びが聞こえた。

「ハゾス、大丈夫か！　ハゾス！」

「陛下！　陛下ーッ！」

ハゾスは懸命に手さぐりであたりのようすを知ろうとした。剣を抜くよりも、まずは、おのれのからだがどうなってしまったのかを確かめるのが先だった。どうやら床はたいらに戻っており、そして、まるで頭上に崩れおちたかとさえ思われた天井ももとの位置に戻ったようだった——そして、ふいに、ぼんやりとした光がどこからともなく回廊を照らし出した。

「これ……は……ここは……」

ハゾスは呻いた。ぐるぐると舞いあげられ、叩きつけられたときに、からだをしたたかに床に打ち付けたようで、あちこちに痛みが走ってもいたが、それにもまして、なんとなく、照らし出された回廊が、もとのとおりの、黒曜宮の奥まった回廊でありながら、しかもどことはなく異質に感じられる——という怪異に、すっかりへこたれてしまっていた。

「陛下！　陛下。いずれにおわします、陛下！」

「ここだ。ハゾス」

「ここだ。ハゾス」

寸分たがわぬ声が——

いきなり、左右から同時にかけられて、ハゾスは仰天した。

ぼんやりとした明るさが、じわりと増してきた。そして、なんとなく、そのあたりの回廊の一画を、まるで大きな古い洞窟のまんなかででもあるかのようにこんもりと照らし出した。

その、まんなかに、ハゾスは床に打ち倒れていた。豹頭王に結びつけたはずのサッシュベルトは、みごとにそのさきのほうで引きちぎられて、床の上に、ハゾスの手首からまるで白い太いヘビの抜け殻ででもあるかのようにのたくっていた。

そして、その——

ハゾスの両側に、まるでハゾスを取り囲むようにして、見下ろすようにして、二人の《豹頭王》が立っていた。

もはや、片方——あとからあらわれた《怪異》のほう——が、あのぶきみな、奇妙な口蓋の構造が違うかのような発音をする、という明瞭な相違はどこにも感じられなかった。しかも、片方の口が動くと同時に、もう片方の口も、まったく同じ——鏡にうつされてでもいるとしか思えぬように動いた。

「俺はここにいるぞ、ハゾス」

「俺はここにいるぞ、ハゾス」

「これはどうしたことだ」

思わずハゾスは呟いた。そして、覚えず腰に差した短剣の柄を反射的に握り締めた。

「陛下。陛下ッ」

「どうした。俺はここだ。俺が見分けられぬのか、ハゾス」

「どうした。俺はここだ。俺が見分けられぬのか、ハゾス」

まるで、反響が両方からひびきあっているかのように、まったく同じことばが、左右から同時に発せられる。どちらの口も同じようにぱくぱくと動いてその音を発していることを、ハゾスは思わず、きょろきょろと左右を見くらべて確かめた。

「これは……む——むむ……」

「何をしている。まことの俺はこちらだ」

「何をしている。まことの俺はこちらだ」

右と左の《グイン》が、同時に叫んだ。同時に、《相手》を——つまりは《もうひとりの、同じすがたをした自分》を、にらみつけた。

「この、偽物めが」

「この、偽物めが」

「えい、黙れ。偽物はお前だ」

「えい、黙れ。偽物はお前だ」

「ふざけるな。ケイロニアの豹頭王グインはこの俺だ」

「ふざけるな。ケイロニアの豹頭王グインはこの俺だ」

「黙れ！　このまがいものの妖怪め！」

「黙れ！　このまがいものの妖怪め！」

言葉は、あたかも、鏡にはねかえっているかのように、左右からまったく同時にもれてくる。ハゾスは気が遠くなりそうになりながら、狂ったように頭を働かせて、左右の《豹頭王》を見比べた。

4

「ハゾス」

「ハゾス」

妙に、いんいんと響く声で、左右から《グイン》が云った。

「お前ならわかるであろう。まことのお前のあるじがこの俺であるということがな」

「お前ならわかるであろう。まことのお前のあるじがこの俺であるということがな」

「ええッ……お、お待ち下さい……そんな……」

「わからぬと申すのか。宰相ハゾスともあろうものが」

「わからぬと申すのか。宰相ハゾスともあろうものが」

「そ、そんな……ご無体な……おおっ、そうだ！」

ふいに、ハゾスはぽんと手を打った。

（最前、断ち切られてしまったとはいいながら、俺は……陛下のお手に俺のこのサッシュベルトをしっかりと結びつけた。ちぎれたとはいえ、そのちぎれ残りは陛下のお手首にまだちゃんと結びつけられているはず。——おお、そうだ。なぜに心づかなかったのか——手首に俺のサッシュが結ばれているほうが、それが、まことのグイン陛下だ！）

むろん、聡明なハゾスは、そのようなことを口に出そうとはしなかった。そのまま、するどい目で、両方の《グイン》を見比べる。

が——

たちまち、失望の呻きをあげて、ハゾスは拳を握り締めた。

「おおっ——なんということだ！」

（なんという……どっちにも、サッシュが……どちらの手首にも！）

今度こそ、ありうべからざる怪異を目のあたりにしてしまった思いに、ハゾスはからだを硬直させた。なんと、うす闇のなかにぼんやりと立ちつくしている、寸分たがわぬ《豹頭王》の、その太くたくましい腕に続く、細く引き締まった手首——むろん、細く見えるのは、その筋肉が縄のように盛り上がった肘の周辺が、あまりにも見事に太いからにすぎなかったのだが——には、どちらの手首にもしっかりと、ハゾスのサッシュベルトが結びつけられて、ちぎられたままに手首から二十タルスほど下がっていたのだ。

（う……）

さしものハゾスも、惑乱した。

それへ、容赦ない追い打ちがかけられた。

「どうした。わが最も信頼する宰相ランゴバルド侯ハゾスならばわかるであろう。どちらが本物で、どちらが妖魅なるや、おぬしにだけは見分けがつくはずだな」

「どうした。わが最も信頼する宰相ランゴバルド侯ハゾスならばわかるであろう。どちらが本物で、どちらが妖魅なるや、おぬしにだけは見分けがつくはずだな」

「そ、それは……それはッ……」

「どうした、何をそのように口ごもる。お前にはわかるはずだ」

「どうした、何をそのように口ごもる。お前にはわかるはずだ」

「それは……」

「本物の豹頭王はこの俺だ」

「何をいうか。本物の豹頭王はこの俺だ」

「この、偽物の妖怪変化め」

「この、偽物の妖怪変化め」

「わあああ」

ハゾスは悲鳴をあげた。そして思わず、短く刈り揃えて銀を編んだ編みひもの環を額にまいてある頭を両手でつかんだ。

「お、お許し下さい、陛下。どちらもまるで鏡にうつった陛下そのものでございます。このハゾスには、なんとも……」

「何という。お前にも見分けがつかぬとでもいうのか」

「そんな馬鹿なことがあるか。お前はこの俺に剣の誓いを捧げておろう。この俺は、お前の剣の主だぞ。その剣のあるじを、見分けがつかぬというのか」

「お、お待ち下さい」

なおも左右から同時にふりかかってくる声にたまりかねて、ハゾスは両手をあげて《二人》を制した。

「おお、そうだ。……ならば、失礼ながら、伺わせていただきます。陛下しかご存じないこと、陛下とこのハゾスだけが知っているということもございましょう。それは、妖怪が陛下に化けていたとしたら、とうてい知ることはかなわぬはず——そのかわりと申しては何でございますが、そのように、同時にお二人がお答えになられましては、所詮どちらが正しいお答えを口にされ、どちらがその口まねをされているのか、わかりはしませぬこと。——この先このハゾスがおたずね申し上げることばには、お二人の陛下は、それぞれに別々にお答え願えましょうか？」

「いいだろう」

「かまわぬだろう」

同時に——だが、違うことばのいらえが、左右からかえってきた。

が、それは、ハゾスを少し安堵させた。同時に、左右の《グイン》が違うことばを発することが出来た、ということは、少なくとも、この《グイン》の片方は本物であり——いまひとつが、うわさにきく《おうむがえしの妖怪》ヘンローの化けたものだ、というわけではないようだ、と確認できたからだ。

（ヘンローというのは……確か、俺の知るかぎりでは、北方のヴァーラスの、霧深い沼地をさまよい歩き——そして、永久に、声をかけるもののことばをすべておうむ返して、ついにはその迂闊に最初の声をかけた者を発狂させて殺してしまう、恐しい妖怪だと……そういう伝説を、遠いむかし、俺がまだ幼いころに、乳母から聞かされた覚えがあるような……）

そのぶきみな北の妖怪ヘンローがこの黒曜宮のまっただなかにあらわれた、ということでは、少なくともなさそうだ。

だからといって、これが、明瞭に妖怪変化のしわざである、ということには、何の疑いも、ハゾスは持つことは出来なかったのだが——

そしてまた、その、ここで彼の敬愛するあるじをまねている妖怪が、おうむ返しの妖怪ヘンローよりもくみしやすい、とは到底考えられなかったのではあったが——

「よかろう。ならば、試してみるがよい。宰相ランゴバルド侯ハゾス」

また、同時に、二人の《グイン》の口から、声が発せられた。

「何を聞きたい？　なんでも、おぬしの問いに答えようぞ」

「さあ、何でも聞くがよい。さすればおぬしも、我こそがまことの豹頭王、お前のあるじであると知るであろうよ」

「ううううっ……」

また、ハゾスは頭をかかえて、しばらくのあいだ、考えこんだ。

が、やがて、ためらいがちに口を開いた。

「ならば——ならばお問い申しましょう。そのかわり、このたびは、この……」

ハゾスは手をあげて、おのれの右側を指さした。

「こちらの《陛下》のみがお口をお開きあってお答えあれ。こちらの《陛下》は申し訳なき仕儀ながら、しばし御沈黙あれかし」

「よかろう」

「よかろうぞ」

また、《二人》が同時に答える。ハゾスはまたさらに頭をしぼった。

それから、緊張のあまり顔を青くひきしめながら口を開いた。

「ならばためしに問い申さん。——わが敬愛する陛下が、はじめてこの黒曜宮にて、このハゾスとまみえたまいし時、そも、その室におりましたは、ハゾスのほか何名で、それはたれたれでございましたよな？」

「わけもなきこと」

右側の《グイン》が答えた。

「おぬしとはじめて会ったは、われが一介の傭兵として、いまはなきダルシウス将軍に連れられ登城せしときだ。そのとき、一室にて待機していたこの俺を訪のうてきたのはこなた、ランゴバルド侯ハゾス、そしてワルスタット侯ディモス、そのときはダルシウス将軍も同じ室におられた」

「さようでよろしゅうございましょうか、陛下――？」

ハゾスは、左側の《グイン》に振り向いた。

「同じことをうかがいますれば、こちらの《陛下》はなんとお答えあそばす？」

「記憶にない」

意外な答えが戻ってきた。ハゾスはきらりと目を光らせた。

「なんと、陛下には、あれほどの――この世界ではじめてわたくしとまみえられた、わたくしにとりましては一生忘れまじい記念すべき瞬間をご記憶にないそうな。――ならば、左側の陛下に問い申さん。――かの恐ろしき《七人の魔道師》事件のみぎり、『怪異が起きました』とアトキア侯マローンとふたり御報告にかけつけたわたくしに、陛下はあることばを叫ばれました。あるものの奇襲ならんや、と陛下はお聞きになられましたのです。そのあるものとは？」

「ゴーラ王イシュトヴァーン」

いくぶんむっつりと、左側の《グイン》が答えた。あざけるように右側の《グイン》が口を出した。そのトパーズ色の目が、嘲弄をまじえてするどくきらめいた。

「どうやら偽物はこやつと決まったな、ハゾス。——俺は、『ゴーラ王イシュトヴァーン』などとは云っておらぬぞ。俺はただ『イシュトヴァーンの奇襲か！』とそのように叫んだのだ」

「………」

ハゾスは、明るい青灰色の目を鋭く光らせて、左右の《グイン》をまた見比べた。さらに、ハゾスはしばらく考えるようすであった。それから、また、ハゾスの顔は少し明るくなり、大きくぽんと手を叩いた。

「ならばこれをとどめの一問に。お二人同時にお答え下さいませ。陛下はかの恐ろしき、マライア皇后の陰謀のさいに、庭園で襲われて瀕死となったこのわたくしを、いったんことされたと発表して皆をたばかり、ことにマライア皇后と皇弟ダリウス大公の目をくらまし、時をかせいで、そして秘密の法廷にて、マライア皇后の罪をあばかれました。——このときのこれから申すことは、わたくしと陛下だけしか知らぬこと、これを知っておいでとあらばまさしくそれこそまことの陛下、ご存じなくばそれこそ妖怪変化が化けたる偽物——」

「………」

「………」

「そのとき——わたくしが、マライア皇后の手下《てか》の者に刺され、あわや落命かというときにかけつけてきて下さった陛下が、わたくしをかかえおこし、私が意識を失う寸前、最後にささやかれたあまりにもかたじけないことばは……瀕死の私の耳にいまだにまざまざと残っておりまする。陛下はそのとき、このわたくしに、何とおっしゃられましたか——これが、ランゴバルド侯ハゾスの最後のご質問でございますぞ！」

「………」

一瞬のためらいがあった。

それから、右側の《グイン》が、なぜか奇妙に口ごもりながら口を開いた。

「それは……確か……『死ぬな。ハゾス、死んではならぬ』と……」

左側の《グイン》は、むんずりと口をとざしたまま、何も云わぬ。

それを、ハゾスはぎらつく目でねめつけた。

「こちらの陛下は？　こちらの陛下はなんとお答えあそばす？」

「………」

左側の《グイン》はなおも口を開かぬ。

それを、ハゾスは、燃えるような目で見た。

「わかったぞ」

ハゾスの口から、激しい叫びが洩れた。

「まことの陛下がどちらであったか、私には、わかったぞ！」

叫ぶと同時に――

目にもとまらぬ速さで、ハゾスは――文官とも思えぬ素早さでもって、腰の短剣を抜くなり、それを――

右の《グイン》にむかって投げつけた！

何か、異様な叫び声とも、何かが割れる音とも――

また、何か金属が倒れるともつかぬ、それらすべてが入り交じったような轟音が、ハゾスの耳をつんざいた。

「ハゾス！」

そのなかで、吠えるような、血を吐くかの如き叫びをハゾスはきいた。とたんに、またしても、あの暗転がやってきた。ハゾスは、なかば意識を失ってまた闇の天空高く舞い上げられ、そして、また――

地面に叩きつけられるか、と思ったが、今度は、叩きつけられることはなかった。太い、がっしりとした腕が、ぐいとハゾスを抱き留めて、叩きつけられることから防いだのだ。

「う――ッ……」

ハゾスは弱々しく呻いた。

ようやく、少しづつ、意識が鮮明に戻ってくる。気が付いたときには、あのあやしい闇はあとかたもなく、ハゾスはもとの回廊の手前に、グインの逞しい腕のなかに抱かれて、抱え起こされ、かるく揺さぶられていた。

「しっかりしろ。ハゾス、大事ないか。どうした。どこか打ったか」

「いや——おかげ——おかげさまをもちまして……」

ハゾスは呻きながら、やっとからだを起こした。

「いたたたた。ちょっと、最前腰を打ったところが……おお、これはきっとアザになっているいることとでありましょう。が、まあなんともございません。せいぜいが、裸になればお見苦しいくらいで……」

「大丈夫か。ハゾス」

「は」

ハゾスは弱々しく、だがしたたかににやりとグインに笑いかけた。

「よろしゅうございました。——偽物は、いかがなりましたか」

「消え失せた。奇妙な煙と、そしてなにやら置きみやげを残してな」

グインが、ぐいとハゾスを抱えおこし、背中に軽く膝をあてがって活を入れた。

「うーッ……」

「性根が戻ったか。なぜ、この俺が真物だとわかった」

「それはもう」

ハゾスは床の上に落ちていた短剣を急いで拾いとって腰のさやにおさめながら、またにやりと笑った。

「このランゴバルド侯ハゾス、おそれながら、陛下の一の忠臣と自負しております。そのわたくしが、何条持って陛下とあの如き妖怪変化などを見分けのつかぬことがございましょうや」

「云ったな。だが俺はお前のその問いかけにきゃつめの半分も答えられなんだぞ。だのによく」

「なればこそ」

ハゾスは莞爾と笑った。

「こう申してははばかりながら、それがしは、陛下のご記憶が、いまだところどころもとに戻っておられぬことはもっともよく存じ上げておりますからな。——なれば、ことに、そのような細かきことども——はじめてわたくしにお会いになられたときだの、あるいはわたくしをお救い下さったときになんといわれたかだの、そのようなことをこまごまとご記憶しておられ、たちまちにたなごころをさすが如くお答えになられる、というほうが不自然な感じがいたしまして。——といって、『七人の魔道師』の事件のときには、もはやこれは、陛下がパロよりお戻りになってのちのことでございますれば——いってみればつい昨日のこと。これは、陛下がよし記憶を失っておられるといたしましてもそれより以降のことでございますし。……それに」

「ああ」

「よくよく考えれば、はじめからようわかっているはずでございました。わたくしが陛下のお手にこのサッシュの端を結びつけたのは、わたくしの右手と陛下の左手。だのに、あの偽物は、おのれの右手首にサッシュのきれはしをくっつけておりました。——一見いたしますと、向かい合って立っておられますから、同じ側につけておられるように見えましたが——鏡にうつったのと同じだったのでございますね、考えてみるに」

「なるほどな」

「それに何より」

ハゾスは笑った。

「そもそもこのわたくし如きの投げつけた剣を防げぬ、ということそのものが、『まことのグイン陛下ではない』ということのあかしでございますよ。——陛下なら、お防ぎになる。陛下でなくば、防がれぬかもしれぬ。それでわからぬときには、いま少し工夫をこらしてみねばならぬか、とは思っておりましたが」

「ふむ。——信頼してもらうのはよいが、もし万一受け損ねておったら、大恥をかくばかりか、一命までも危険にさらされているところであったな」

「たとえわたくしがゼノンでありましょうとも」

ハゾスはにんまりと笑った。

「豹頭王その人であれば知らず――余人の放った短剣など、何故陛下が受け損じたりなされましょう。それについてはもう、何の不安もいだいてはおりませなんだ。――ところで、わたくしにとっては、まことにまことに大切なおことばであった『あのおことば』、本当に忘れてしまわれたのでございますか？」

「ウーム――すまぬが、そのようだ」

「陛下は、かようにおっしゃって下さったのでございますよ。――『死ぬな、侯。侯は俺のケイロニアでの最初の友だ』と。このおことばが、わたくしをまことに、死の淵から引き戻してくれたのだとわたくしはいまだに信じております」

「ふむむむ……」

「それにしても」

ハゾスはちょっと照れた顔になってから、一転して怖い顔になって、もうなにものも存在しない、廊下の暗がりをすかし見た。

「いったいきゃつは何者でございましょうか？――ひとつわたくしが一驚いたしましたのは、きゃつが、本来余人の知るはずもないいくつものこまごまとした事柄を、あまりにも細かく、しかも正確に覚えておりましたことで。――陛下は確かに、『七人の魔道師』事件のとき、わたくしに『イシュトヴァーンの奇襲か！』と叫ばれましたし、また、確かに、最初にお目にかかったとき、ダルシウス将軍とお二人でおられた室に、まずはわたくしが通していただき、それから、ディモスを呼ばせていただきました。なぜ、そのようなことをまでこまごまとあの化け物の偽物は存じていたのでございましょうか？　陛下の記憶のなかに入り込んで、ぬすみだしたとしても、いまや陛下のご記憶にさえそのことはないはず――それだのに、さいごのその、陛下の下さった大切なおことばについては、きゃつは知らぬようすでございました。はて、いぶかしい……」

「確かにな」

グインは認めた。

「きゃつはあまりにもあやしい。俺も、いささか、思うところがないでもないが――だが、いまの段階ではまだそれについて語るのはあまりにも早計というものだろうが……」

「きゃつが、やはり、ヴァルーサさまのお子を……？」

「わからぬ」

グインのいらえは、そっけなかった。

「それがわかれば苦労はせぬ。――ウーム。やはり、このような怪異が相次いだ以上、面倒がらずと、この俺がまじない小路に自ら出向いていって、イェライシャを探し出し、その力を借りるほかはないであろうな。このようなときには――やはり、怪異は怪異、魔道は魔道師に頼るのがもっともよかろうと思うが」

「事ここにいたれば、もうそれは、陛下が黒曜宮をあけられることが不安だ、などという小児のごとき言葉は申してはおられませぬ」

ハゾスは心細そうに云った。

「なんとか、このハゾス、かなわぬまでも全力を尽くして黒曜宮とサイロンと――そしてヴァルーサさまをお守りして、陛下のお留守を守っているほかはございませぬ。まじない小路へ行かれますか？」

「いよいよもって、七人の魔道師の折りのことを思い出すようだな、ハゾス」

「御意……」

「だが、あのときには、はや中天にさえ、巨大な怪異、魔道師どもの見苦しき顔がかかり、サイロン市民も宮廷のものどももひとしなみに震え上がったものだ。それに比べれば、まだ今回の怪異のほうが、はるかに小規模だといってもよかろうぞ」

「と申したところで、その怪異がもたらした被害は、ある意味陛下にとられましては、七人の魔道師事件のときとさえ、比べ物にはなりませぬ」

深刻な顔で、ハゾスが云う。

「なんとか、王子殿下――か、王女殿下か存じませんが、ヴァルーサどののお子を無事に取り戻しませんことには……このようなこと、いったい、あれほど、《お孫》の誕生を楽しみにしておられるアキレウス陛下になんと申し上げてよいものか」

「無事に取り戻すというのが、どういうことを意味するのか、俺にはもうひとつさだかでないぞ、ハゾス」

グインは唸るような声をあげた。

「ヴァルーサの腹のなかから、子供は取り出されてしまったのか、それとも、そうでないのか――だが、そもそも、腹の中にいる子供はへその緒で母親とつながっているはずだ。そのへその緒が切れておれば、いささかなりと出血なり、ヴァルーサの様子に異変とてもあろう。それがないとはどういうことだ。どうもこの一件は、あまりにもうさんくさすぎる」

「御意――あ、陛下、きゃつめが――あの偽物めが、なにやら、置きみやげを残したとおっしゃっておられましたが」

「ああ。これがな」

グインが無造作に指さしたものをハゾスは見た。

そして、息を詰めた。

「これは……何だろう……まるで、水晶のかけらか、それとも氷の破片のような」

「そのあたり一面が、初雪でも降ったかのようにきらきらと輝いている」

グインは云った。

「きゃつが消滅するときにも、お前は見えなかったかもしれぬが、あたりに一瞬、きらきらとまるで砕け散った霧氷のようなきらめきが舞い散った。これが、手がかりといえば唯一の——ハゾス、待てッ、触るな！」

それをそっと注意しながら拾い上げようとしたハゾスを、あわててグインが制したが、遅かった。

ハゾスの手が触れるか触れないうちに、ふいに、こんどは、世界じゅうが、世にもまがまがしい銀色の霧に包まれたのだ！

「ワアッ」

ハゾスが声をあげた。

「なんだ、これはーッ！」

「おおッ……」

グインは呻いた。とっさに手をのばして、ハゾスの手首をひっつかむ。

「出たな！　またも出おったな、妖怪め！」

グインの叫び声が、舞い散る銀色の粉吹雪のまっただなかに飲まれた！

5

「わ、あ、あ、あ……」

ハゾスは、茫然となったまま、目のまえに展開されようとしている異様な光景を見つめるほか、何も出来なかった。

「へ――陛下が……陛下が……こ、こんなっ……」

「動転するな、ハゾス！」

きらきらと舞い散る銀色の靄のなかから、グインの叫びが聞こえてきた。

「お前らしくもないぞ！　まやかしだ、ただのまやかしではないか」

「し、しかし……」

もう、こんなまやかしは沢山だ――ハゾスは全身を痙攣するようにふるわせた。

銀色のもやがうずまくなかから、ゆるゆると見え隠れしながらあらわれてきたのは、またしても《グイン》だった。

だが、それも――

ひとりではない。

それどころではなかった。

（いったい……）

十人でさえきくまい。二十人、三十人――あわただしく数えることさえもむなしいような、おびただしい数の《グイン》が、またしても、ハゾスがたったいままで話していたグインと寸分たがわぬ格好をして、あたり一面、いたるところに立っていたのだ。

「陛下ッ……」

「案ずるな」

グインの力強い声だけが、ハゾスをかろうじて、惑乱からひきとめていた。そしてまた、ハゾスの手首をがっしりと握りしめている力強い手も。

「今度はもう、だまされぬ。俺はこうしてお前の手をはなさぬ。お前は、むしろ、目をとじて、このようなまやかしにたぶらかされぬようにしておればよい！」

「しかし――しかしこれは、いったい、どのような……」

「わからぬわ！」

吐き捨てるような声だった。

「俺とてもわかろう筈もない。それよりも、俺こそは、こんな攻撃はとても――おぞましくて、鳥肌がたつ。だが、そうも云ってはおられぬ」

「なんという……」

それにしても、なんという、ある種幻想的な光景だろう――

ふっと、奇妙な、一種の陶酔のようなものにさえ、ハゾスはうたれていた。

あたりはもう暗くはない。一面に、銀色の、こまかにきらきらと輝く粒子をうかべたもやのようなものがうずまき、足元も、壁も天井も――ここがどこか、ということもおぼつかないほどだ。そして、その銀色のもやの中に、いたるところに、まるで波間に浮かんでいるかのように、《グイン》が立ってこちらをじっと見つめていた。

どの《グイン》も、まったく同じ背丈、同じからだつき、つややかな黄色に黒い斑点のあるまるい頭部、そして鋭く輝くトパーズ色の目を持ち、まったく同じガウンとマントをつけている。そして、これはすかさずハゾスが注目したことだったが、ちゃんと、ハゾスのさきほど結びつけたサッシュのきれはしが、すべての《グイン》の左手首に結ばれたままついているのだった。

(まるで……)

何か、いうにいわれぬ、奇妙な考えの萌芽のようなものが、ハゾスの胸をかすめたが、それは瞬間で消え去った。

「陛下ッ!」

ハゾスはまわりに無言のまま林立しているぶきみな彫像のような《グイン》たちを必

死の気迫でにらみかえしながら声をふりしぼった。

「どうしたらよろしゅうございましょうか？」

「俺にもわからん」

が、グイン——少なくともいまのところは、それが《本物》であることは疑いをいれないはずの——からは、そっけないいらえがかえってきただけだった。

「きゃつらもこうしてそこに立っているままだと——べつだん攻撃もしかけてくるようではないと、こちらからやみくもに切ってまわる、というのもはばかられるな。それこそ——いったい、どのようなワナが仕掛けてあるのか、知れたものではないし」

陛下の声は、とても落ちついておられる——と、ハゾスはひそかに感嘆した。グインさえ落ち着いておれば、どのような事態になろうと、絶対に大丈夫であるはずだ、という信頼が、ハゾスにはある。

「し、しかしその——」

その、グインの落ち着きに見習って、おのれも落ち着こうとつとめながら、ハゾスはいささかたよりない声で云った。

「たいそう、その——ぶきみな眺めであるのは確かでございますな。あまり、そのう——ここで、長いこと、じっとしているというのも……それも——」

「それはまさにそのとおりだ。それに何よりも、こうして、まるで無限大の鏡を立てられたかのように、おのれの姿にここまで直面させられている、というのは、俺にとっては、相当に苦痛でもあれば、困惑させられることでもあるぞ、ハゾス」

「陛下が」

「それはそうだ。この豹頭の異形のすがたなど、日頃から、鏡で見たいとも思わぬものを、このように詳細に見せつけられてはな――といって……」

「誰も、何も――口を開きませせぬな……いや、動きもいたしませせぬ……」

ハゾスは、さきほどの、《二人グイン》と、このたびのこの《多数のグイン》との、違いに気付いて口ごもった。

さきほどの《もう一人のグイン》は、グインと同時に、まったく同じことばを――のちになってくるところどころ、微妙に違うことを口にもしたが、最初のうちは、まるで、左右からただひとつの声がわかれて聞こえてくるにすぎぬかのように、まったく同じことを繰り返していた。それゆえにこそ、それがかのヴァーラスの湖沼地帯に棲まうときく、《オウム返しの妖怪》ではないか、とハゾスは思ったのだった。

だが、この、ぶきみなグインの複製どもは、まったく口を開こうとせぬ。というよりも、口を開く、という機能はついていないのではないかとさえ思わせる。そして、じっとただ、トパーズ色の目を光らせて、グインと、それにひたとよりそっている、グインに手首をつかまれたハゾスを見返している。その沈黙と不動が、かえっていっそ不気味であった。

「陛下……」

このまま、相手――といってもあまりに大勢いるので、どれがその相手の正体であるのか、それさえもわからなかったのだが――の出ようを待っているわけにはゆかぬのではないか――と、ハゾスが、思い切って口を開きかけたときだった。

「お前らは、何者だ」

グインの、鋭い、気合いのこもった声が、あやしい銀色のもやをつらぬいた。

ゆらり、と、ぶきみな、まったく同じ群像がゆらめいたように思われた――だが、実際には、かれらはまったく動いてはいなかった。まるで、それはただ本当の彫像にしかすぎないのではないか、というように、トパーズ色の目をきらきらと光らせながら、ひっそりと身じろぎひとつせずにグインとハゾスとを見守っている。

「答えろ！」

グインの声が再び、かれらに向けられた。

「云ってみろ。お前らの目的は何で、お前らは何者だ！」

やはり、いらえはない。

「ム……」

グインは、ほんのしばしの間、考えに沈んだ。

それから、いきなり、ハゾスの手首をはなした。

「えい、もう面倒だ。ここでこうして時間をいたずらに浪費しているようないとまはない。俺はまじない小路にゆかねばならぬ。ヴァルーサのことも気に懸かる。よいか、ハゾス、俺はちょっと手荒にこの状態を突破にかかるぞ。どうなるかわからぬ。いざとなったらとにかく俺のあとについてこい」

「し、しかし、いったいどのようにして陛下を見分けたらよろしいのでございますか」

「それもそうだな。ではこうだ」

グインは答えるなり、するりと、手を肩にのばしておのれのまとっていたマントをぬぎすてた。マントがはらりと地面に落ちる。

「どうだ。これで、マントを着ていないグインは俺ひとりだ。これで簡単に見分けがつくだろう。それに、いますぐ、もっと見分けがつくようになる。きゃつらがこのまま動かぬのであればな——よし、行くぞ！」

叫ぶなり、もう、ためらわなかった。

グインは、そのまま、一番手前にぶきみに黙って立っている《おのれ》の似姿にむかって、突進した。

「ワアッ」

叫んだのは、だが、そのぶきみな複製のグインでもなければ、グイン当人でもなかった。叫んだのは、ハゾスであった。

「き——消えたッ！」

グインの手が、その似姿にふれた、と見えたせつな。

ふいと、それはかき消えたのだ。

「これは、面妖な……」

いきなり、ハゾスも興味をもって、グインにつづいてその複製グインどもに突進した。注意深く短剣をかまえたまま、左手をのばして、相手にふれようとした刹那に、またしても、相手は消滅した。

「これは……」

もうひとりのほうにそのまま向かってゆく。同じく、グインも、続けて、何人かの、手近に立っているおのれの似姿につかみかかろうとしている。手をふれようとすると、どこだが、どれも同じだった。つかむことは出来なかった。

につかみかかろうとしても、それはまるきりただの幻影にすぎぬかのようにふっとそのまま消滅した。

「なんだ、これならわけもなく——」

言いかけて、ハゾスはだが、ワッと叫んだ。

「へ、陛下、駄目です！　いったんは、きゃつらは消えますが、そのままただ、奥のほうにまたあらわれるだけです！」

「む、そのようだな」

「それだけではございませぬ！　こ、これはわたくしの目の錯覚かもしれませぬが——なんだか、人数が、増えているような気がいたしはしませぬか！」

「俺もそう思っていた」

グインが、素早く、戻ってきて、ハゾスと背中合わせに立った。ぴたりと背中あわせになると、マントを脱ぎ捨て、夜着のガウン一枚になったグインのたくましい背中から、さかんな体温がたちのぼってくるのが、ハゾスに、これこそが確かにまことの、生きた人間、生命ある、本当の豹頭王に間違いない、と頼もしく実感させた。

「いや、確かにきゃつらは増えている。——というか、ふれた瞬間を俺はよく見ていた。ふれたとたんにきゃつらのひとつが消滅し、そのかわりに、この銀色の回廊だかなんだか知らぬが、その向こうに、なんと二人、また《俺》があらわれおった。確かにその前には誰もいなかったところだ」

「と、いうことは、ふれるとただ、うしろのほうに逃げ出すだけだ、ということでございますか」

「その上、増える、ということだ」

いつのまにか、ハゾスとグインの声は、かれらに聞かれることに怯えたかのように、低くなっている。

「どうにも、始末の悪い状態でございますな、陛下……」

「ウム、むしろ何か仕掛けてきてくれるようなら、それはそれで、こちらも対策のたてようもあるのだが——黙ってただ、ゆらゆらとそうしてこちらをとりまいて見ているだけ、触ればただちに消滅するが、そのままもっと増えるだけ、などという相手は——まことに始末が悪い」

「というか、たいそう気味が悪うございますな」

ハゾスは唸った。

「ううむ。——どうも、わたくしはあまり気が長くないゆえかもしれませぬが——この状態に我慢がならなくなってしまいました。ちょっと、無茶をいたしますぞ。ご免！」

云いも終わらず、ハゾスはやにわに腰の短剣をぬきはなって、怪物どものほうに殺到した。

「あ、待て、ハゾス——」

グインの制止をふりきるようにして、手近に立っているものから、短剣で切り込んでゆく。

（くそ……まるで、おのれの剣のあるじに剣を向けているようで——ほこさきがにぶるが……）

が、短剣があいてにふれたと思ったせつな、やはりその相手は一瞬でふわりと消滅し、その瞬間だけ、きらりと銀色のこまかな破片か、粉雪めいたきらめきが舞った。ハゾスはたてつづけに剣をふるった——もう、がむしゃらに、相手が消えるだけでもかまわず、次々に剣をむけてゆく。だが、

「よせ、ハゾス！　もう、よせ！」

グインの鋭い声がうしろから、今度は激しく制止した。

「見ろ！　ハゾス」

「うわッ……」

ハゾスはようやく気付いて、手をとめた。そして、総毛立ってあたりを見回した。

「ふ——増えた！」

「お前が切るたびに、きゃつらがどんどん増える！　もう、きゃつらにふれるな」

「うわッ、あたり一杯になってしまった！」

最初には、三十、いや、それをこすくらいの数であったろうかとみえた、《グイン》像が、いまや、その倍ではきかないくらいの数にまで増えている。

この場所は、どうやら広さにはかぎりがあるらしい。その証拠に、ひしめきあっている連中は、前よりもずっとたがいに接近している。前は、かなりの間隔をおいて立っていた《グイン》のすがたが、いまや、それこそたくましい肩と肩を接するばかりになっ

ている。

「わあ……かえって、ことをややこしくしてしまいましたか……」

ハゾスはしょげて囁いた。グインはかるく首をふった。

「やむを得ぬ。どのようなことでも、こころみて見ぬわけにはゆかぬ。――が、ハゾス、気付いたか。きゃつらは……まだ、マントを着たままだぞ」

「あ……ええ……」

「こうなれば――きゃつらがこれ以上増えてしまわぬうちに、きゃつらになんとか触れぬようにして、強行突破して、なんとかここを脱出出来ぬものかどうかやってみよう。その、ここがどこだかはわからぬけれどもな。だが、場所はそんなに移動したという覚えはない以上、ここは、まだ黒曜宮のなかであるには違いないと俺は思っている。そのなかに、ただ、妖魔がおのれの結界を拡げているだけだろう。――そこから、出なくてはならぬ」

「は――はッ！」

「よいか、俺のうしろをついてこい。きゃつらは動かぬ。とりあえず、ふれさえしなければ、きゃつらは増えもせず、動きもせぬようだ。――気味の悪いやつらだが、とりあえずはそれも忘れて、なんとかこのあいだを抜けてみよう。この上、きゃつらがどんどん増えて――」

グインは、面白くもなさそうな笑いをくすりともらした。

「おのれ自身の分身だか、似姿だか、亡霊だかに、圧し殺される、などというのはまかり間違ってもご免だからな。というより、どうもこの、おのれのすがたがこんなに沢山増えてしまうというのは、相当に気色のよくないものではある。そんなにおのれのすがたをいとうているとも思っていなかったが、こうなってみると、なんともはや不気味でいやったらしいものだな。ともかく俺はなんとかしてここを脱出してみよう。ついてこい、ハゾス」

「はッ！」

おのれがよけいなことをして、かえって怪物を増やしてしまった、と、やや悄然として、ハゾスはグインが気を付けて動き出すのについて短剣をかまえたまま移動を開始した。

だが、この移動は、容易ならぬことであるというのが、すぐに明らかになった。その《グイン》どもの立っている、《グイン》と《グイン》のすきまというのが、いたって狭く、とうていグインの巨軀では通り抜けることなど出来そうもなかったからである。最初の一人と一人のあいだをすりぬけようとしただけで、まるで針につつかれた風船のように、ぱんと二人の《グイン》が消滅し、そして、とたんに、ずっとむこうのほうで、ざわっと気配が動いて《グイン》が増えた。

「うわッ」

気を付けていたつもりだったが、ハゾスもすぐにほんのちょっと、別の《グイン》にほんの少しだけふれてしまった。とたんに、またしてもぱんとそれは消滅した。同時に、奥のほうで、ざわりとまた怪物が増えた。

それでもかまわずにグインはしばらく、全身に決意をみなぎらせて歩き続けた。ハゾスもつづいた。が、ものの四、五十歩もいったところで、グインが足をとめた。

「ウウムッ……あれを見てみるがいい、ハゾス。うむむ……俺にしてみれば、なんともいいようのないほど不気味きわまりない光景だ。この、あやしい場所の奥のほうが、《俺》で一杯になってしまった」

「うわあ……」

ハゾスは用心深く、小さな声をもらした。

「す、すごい光景だ……」

この場所はあきらかに、部屋とまではゆかなくとも、何か、仕切られた目にみえぬ壁で隔てられているようだった。

いまや、その《部屋》か、それとも広間か、洞窟か、わからぬ場所の奥のほうは、立錐の余地もないくらいに、《グイン》の似姿で一杯になっている。

「すごい――百人もの……豹頭王陛下……」

ハゾスは呻くようにつぶやいた。

「これは、夢か、まぼろしか。――いずれにせよ、二度とは見ることのできぬ光景であることは間違いないな……」

「俺は二度と見たくない光景だ」

唸るようにグインが云う。

「なんだか、《おのれ》というものをこんなふうにして突きつけられるのは拷問にひとしいのだということを、俺ははじめて知った気がする。――あのなかに切り込んで、あの無数の《俺》を片っ端から切り倒してやりたいが、そのたびに増えるのではな……」

「陛下」

ハゾスの声は、おのずと囁き声になっている。誰に聞こえると警戒しているわけでもないはずなのだが、あのぶきみな《グイン》たちに聞かれると何かよくないことがおこりそうな、そんなぞっとする思いがしだいにつのってきていた。

「どうしたら、よろしいのでしょうか……これは、いささか、このハゾスの手にも知恵にも……あまる事態のようで……」

「わかっている。俺も考えている。とにかく、ふれると増えてしまう、ということは……いざとなれば、むろん――俺とても、伝家の宝刀を抜くしかなかろうが、もし……それさえもがきかぬということになった場合、これは……」

「伝家の宝刀……でございますか……?」

「ああ。だが、それを呼び出す勇気がいまひとつ出ぬ。もしも、それを使って——それがききめがなく、逆にそれでどっときゃつらが室一杯に増えてしまったりしたら、俺ももうお手上げだ。くそ、始末が悪いな。いっそこちらに襲いかかってこられたら、ともあれこちらも戦うしかなくなってしまうのだが、いったいきゃつらは何を目的にしているのだ……」

「ただ、黙ってこちらを見ているだけでございますな……」

「なんとも気味の悪いやつらだ。少なくとも、その点だけでも、きゃつらは、俺の分身ではないぞ」

少しでも、ことばをかわしていれば、しだいにひたひたとつのりくる恐怖と戦慄を、なんとか理性でかわしておられる——と思うゆえか、グインも、ハゾスも、低くずっと話し続けていた。黙り込んでこの怪異に対峙してしまったら、なんとなく、おのれ自身もそのぶきみな群像のなかに同化してしまいそうな恐怖がグインをとらえている。

「くそ——イェライシャが、近くにいてくれればよいのだが……」

「どう、なさるおつもりで……」

「何か、きっかけがあれば——思いきって、一気にこの状況を突破したいのだが——くそ。もう、こうなれば、スナフキンの剣を呼び出すしかないか……」

「は——？」

「お前は知らずともよい。まあ、昔、黄昏の国でもらっただけで……俺自身がそれで、妖魔の力をもつかとお前に誤解されたくはない。なみの人間の前ではずっと使わずにきたものだが、やむを得ぬ……」

グインは、ふいにぬっと身をおこした。かれが、この状態にしびれをきらし、何かのほぞをかためたことが、ハゾスにはわかった。

「陛下ッ！」

「何がおこるかわからぬ。——よいか、ハゾス、油断するな」

「心得ております——といっても、何をどうしたらよいのかはまだまったくわかりませぬが……」

「俺は一気にスナフキンの剣でけりをつける。その結果何がどうなるかわからぬが、ともかくもこのままの状態でここにこうしているわけにもゆくまい。えい、畜生、きゃつらを見ているとだんだん俺の気が狂いそうになってくる。行くぞ！　きゃつらの目にものみせてくれる……」

グインの目がぎらりと光った。思ったよりもずっと、グインが、この、《おのれ自身の似姿》がどんどん増えてゆく、という状況に、精神的に追いつめられていたのだ、ということに、ようやく、ハゾスは気が付いた。ごく冷静に話をしているように見えたゆえ、あれほど明敏なハゾスでさえ、迂闊にも気付かなかったのだ。だが、グインの冷静さは、発狂しそうな恐怖を懸命におさえつけた結果であった。ぎらぎらと光っているグインの目は、この状況――あまりにも異形な、異質な《かれ自身》のすがたをそうやって目の前に、強引にさしつけて見せられることが、かれにとって、どのような精神的な深い苦痛であるかをまざまざと物語っていた。

「スナフキンの剣よ……」

グインが、右手を宙にさしあげて、呼ばわろうとした。ハゾスは目をまん丸くして、グインの右手がかすかに青緑色に光りだすのを見ていた。

その、せつなであった。

「いけません！」

するどい制止の声が、どこからともなくかけられたのは。

「いけませぬ、豹頭王さま！　その剣をお呼び出しになってはなりませぬ。申します。ありていに何もかも申しますゆえ、どうか、その剣だけは！　その剣は、引っ込めてくださいまし！」

「なんだと」

グインは怒鳴った。

「いま、叫んだのは誰だ。いったい、何処にいる。姿を見せろ。えい、姿をあらわさぬか！　妖怪め！」

6

「ウ──ワッ！」

またしても、ハゾスは我にもあらぬ大声をあげていた。もとより、冷静沈着を誇りとして大ケイロニアを預かる宰相ハゾスである。こんな短時間にこんなに何回も大声で叫んでしまったのは、かれとしても、まことに不本意な成り行きではあったが、やむを得なかった。驚愕をとどめようもなかったのだ。

「あれは……ッ！」

あたりに一面もやもやと立ちこめていた、銀色の粒子をちりばめた銀色のもやが、ゆっくりと寄り集まってくる──そして、あやしく、巨大なひとがたをとろうとしている。

ハゾスの目にうつったのは、そんな光景であった。

同時に、さっきの叫びが何かの指令にでもなったかのように、あたりから、あれほどおびただしかった、《グインの似姿》が、ひとつ、またひとつと、うすれて消えてゆきつつあることにハゾスは気付いた。グインたちの手がふれたときのように、瞬間的に消滅するのではなかった。かれらの近くにあるものから順番に、ひとつ、またひとつと、かれらは、少しづつ輪郭が薄くなり、そうして少しづつ溶け崩れるようにゆっくりと消滅してゆこうとしていたのだ。それはなにやら、奇妙に物悲しくも思われる光景であった。

「あ……ッ……」

ハゾスの目は、しだいに集結してまさしくひとがたを取りつつある、銀色のあやしい影にくぎづけになっていた。

最初は、まったくただの銀色の渦巻きにすぎないように思われたものが、あたりを埋め尽くしていた《グイン》どもがひとつ、またひとつと消滅してゆくごとに、その銀色が濃くなってゆくようであった。そして、ついには、それはきららかに輝きわたる、全長三タールばかりもあるような、巨大なおぼろげなひとのすがたとなった。

ひとのすがた、といったところで、巨大なまるい頭部と、かすかにこのあたりが手か、このあたりが胴のくびれか、と思わせる凹凸がついている首から下、というような、漠然たる似姿にすぎぬ。が、一瞬にまたきらきらっと銀色の粉が噴き上げたと思うと、ふいに、そこには、グインのよく見慣れたすがたが立っていた。

それは、ヴァルーサであった。

「これ——は……」

思わず低く叫んだのは、やはりハゾスであった。グインは、何も云わぬ。ただ、じっと、そのあらわれいでた愛妾のすがたを見つめている。が、それは、ただのヴァルーサではなかった。

（で、でかい……）

思わず、ハゾスは心中呻いていた。ヴァルーサは確かに、女性としては小柄なほうとはいえない。ケイロニアの女性は全体に、たとえばパロの女性などに比べればずいぶんと骨格もがっしりとし、背も高く肩幅もあるのが普通だが、ヴァルーサはそれに比して特にきわだって大柄というわけではないにせよ、決して小柄とはいえぬ。それに何より、踊り子として長年鍛えてあるヴァルーサののびのびとよく発達した四肢は長く、すこやかな筋肉がついて、かよわい宮廷女性などとは一線を画している。

それを見るたびに――といって、あくまでもこの場合はヴァルーサの短めのトーガの裾からはみだした足や、うすものの上からも察せられる程度のものにすぎないが、ハゾスは、（やはり、陛下ほどにたくましく大柄なおかただと――王妃陛下のような、吹けば飛んでしまいそうなかよわくかぼそい女性よりも、このくらい、頼もしく筋骨隆々の女性のほうが似つかわしいだろうな……）などと、いささか失礼なことを考えていたりしたのである。

だが、いま目の前にあらわれたヴァルーサは、ハゾスも見慣れたグインの愛妾ヴァルーサにまったくたぐいはないはずだが、ただひとつ、その大きさだけは、桁外れであった。銀色のもやもやとしたひとがたは、そのままほとんど縮まることなく、ヴァルーサの姿となったからである。

ハゾスは目をこすった。が、次の瞬間またしても銀色のもやがふわっと立ち、目のまえの《ヴァルーサ》は、今度は二タールばかりの大きさに縮んでいた。

それとても、まことのヴァルーサの大きさよりは相当大きかったには違いない。その大きさでは、グインと匹敵するほどにもあったからである。だが、こんどは、あやしい妖怪は、それ以上小さくならなかった。そのかわり、その実際より巨大な顔に、哀願するような表情を浮かべて、グインにむかって、大きな両手を訴えるように差し出したのだった。

「お許し下さい、グイン陛下」

その口から洩れたのは、だが、ヴァルーサの声よりはかなりひくい、そしてちょっときしむような響きのある奇妙な一種独特な声音だった。

「わたくしの心得違いより、陛下に……思わぬお苦しみをおかけいたしてしまいました。でも、決して……決して、悪しき心でいたしたことではございませぬ。どうか、どうか、スナフキンの剣によるご成敗だけは、お許しなされて下さいませ」

「――お前は、何者だ？　妖怪」

グインは、鋭くたずねた。その手のさきに、いつのまにか――ハゾスは目を瞠った――青白く、ときどき緑色に光る、とても美しい長剣があらわれていた。

「ありていに何もかも申し上げるといったのはお前だな。だったら、まずは、その氏素性について白状するがいい。それに、そのすがたは何のためだ。そのようなすがたをすれば、俺があわれみをかけて、この剣を振り下ろさぬだろうと思うのなら、大きな間違いだぞ、妖怪め。そのようなすがたかたちをしておればおるほど、お前が妖怪だというはっきりとした証拠になる。この剣は妖怪にしか振り下ろさぬのだからな」

「お許し下さい」

《ヴァルーサ》は弱々しく云った。そして、剣の光を防ぐように両手をあげた。

「何もかも申し上げます。わたくしは――わたくしは、その名を、『ユリディス』と申す……きわめて古くより、この黒曜宮にすまいいたすものにございます」

「きわめて古くより、黒曜宮にすまいいたす、だと?」

驚いて、グインは云った。だがまだ魔を切るスナフキンの剣は引っ込めようとはしなかった。その目はするどく、《ユリディス》と名乗った妖怪をにらみすえている。

「なぜ、ヴァルーサの姿をまねぶ。また、最前より、俺の似姿を俺の前につかわして俺をまどわしたもきさまの仕業か」

「さようにございます」

ユリディスはうなだれた。確かに一見しただけでは、大きさの他には、ヴァルーサと寸分たがわぬすがただが、しかし、細かく見つめていると、微妙に何かが違っていることに、ハゾスは気付いた。この《ヴァルーサ》には、全身に——肌にも、髪の毛にも、そしてそのまとっている白い衣服にも、きらきらと微細な銀色の粒子がまとわりついて、かすかにその全身を光らせているようだ。背景となる暗い廊下から、そのすがたがいちだんと浮き出して見えているのは、その銀色の粒子のせいに間違いなかった。

「なにゆえ、そのようなことをする」

グインが苛立ったように怒鳴った。

「ヴァルーサの腹の子をぬすみだしたもきさまのしわざか、ユリディス。だったらばただではおかぬ」

ぐい、とスナフキンの剣が振り上げられる。怯えたように、ユリディスはふいにしなだれて、床の上に膝をついた。

「お許し下さい。お許し下さい。ただの——ただの、出来心にございました。決して王子様に、危害を加えようなどという気持はございませぬ。王子様はご無事でございます。どうか、お許し下さいませ」

「王子——だと」

一瞬、グインはちらとハゾスの顔をみた。それから、また、ユリディスにふりかえった。

「なぜ王子だと云う。これから生まれてくる子の性別を確かめたか。それは、その子を連れ出したからか。その子はいまどこにどうしている」

「連れ出してはおりませぬ。お子はいまだ、ヴァルーサさまのお腹のなかに」

「何だと」

グインが吠えた。その声に反応したかのように、スナフキンの魔剣がきらきらと青白く燃え上がった。

ユリディスはいっそう怯えたようにその剣から身を遠ざけようとした。その剣そのものが放つなんらかの妖気が、ヴァルーサの姿をしたこの妖怪を怯えさせるらしかった。

「お許し下さいませ。ただの詐術でございます。ただの……わたくしのちょっとした出来心で……王さまのお気をひきたさのあまり」

「なんと云った。俺の気を」

「はい。もう何もかも申し上げます。お許し下さい、恐れ多くも、身の程をもわきまえず、このユリディスは、グインさまに……懸想《けそう》、いたしておりました」

「け……」

グインは瞬間、ことばに詰まった。ユリディスはヴァルーサの姿のまま、ひどく悲しそうにうなだれた。

「決してかなわぬ懸想であることは、最初から承知でございました。わたくしはもののけ、あなたさまはケイロニアの豹頭王——なれど、毎朝、毎晩、あなたさまのその雄々しくたくましいおすがたを拝見しておりますそのうちに、いつしかに、愚かなユリディスは、グインさまに恋いこがれ……なんとかして、こちらの世界においでいただくことはかなわぬかと、思いはじめてしまいました。……そこに、あの愚かしいトカゲ共やら小蛇やらの……あの古い本までが、陛下にたわむれかかる様子。あのようないやしい者達がそのようなことをいたしてかまわぬのであれば、いっては何でございますが、もっとはるかに由緒正しき身であるこのユリディスが——黒曜宮はじまって以来、ずっと親しくすべてのお偉い皇帝がた、皇后さまがたにお仕えさせていただいてきたこのユリディスが、なにゆえもって、そのような思い上がった所業をいたしてならぬことがあろうかと——考え違いでございました。もう、決していたしませぬ。もう、決して、うつつの世に、いたずらは仕掛けませぬ。——わたくしはすでに、九百年の余も生きながらえ、大切にされてまいりました。いま少しの寿命をわたくしにお許し下さいませ。もう決して、このようなおいたはいたしませぬ」

「陛下」

緊張したおももちで、ハゾスはそっとグインの袖をひいた。

「かようの妖怪の言葉にたぶらかされてはなりませんぞ。こやつらは常にこのように云って、相手の同情をひこうとすると、魔道師どもより聞いたことがございます……」

「待て、ハゾス」

グインは云った。

いったい、何を思いあたることがあったのか、そのおもては、いくぶん、明るくなり、そのトパーズ色の目は日頃の豪快なきらめきを取り戻してきていた。

「此奴の申すこと――なにやら、多少思いあたることがあった。――異があらば云うてみるがいい。おい、ユリディスとやら」

「は――はい……」

「おのれの正体――わかったぞ。また、なにゆえにかようのことをしでかしてのけたのか、ということもな！」

「へ、陛下」

驚いてハゾスが叫んだ。

「それは――この妖怪の正体と申しますのは！」

「こやつはな、ハゾス――こやつは……鏡だ！」

グインの声が、いんいんと響き渡るかと思われたせつなであった。

ヴァルーサの姿をもつ妖怪は、世にも恥ずかしげにおもてをふせた。身も世もあらぬ風情であった。

「あい」

ユリディスは恥ずかしさにたえぬように囁いた。

「あい。さようにござりまする。おお、恥ずかし」

「か、鏡ぃ？」

「そうだ、ハゾス。――考えてもみろ。先刻から、こやつの仕掛けてくる攻撃は、すべて、この俺をうつし出してその似姿をどんどん増やしたり、消したり――また今度は、ヴァルーサの姿になったり……俺は、ハゾス、先日、古い書物の妖怪のなかにひきずりこまれ、その世界をさまようた。また、たまたま長生きをして魔力を得た小蛇めにも、鏡のむこうの世界に引きずり込まれてひどい目にあった。……考えてみろ、この黒曜宮にはいくつもの鏡がある。そのうちの大きなものは、この黒曜宮が建てられるときに入れられたまま、いまにいたるまで、大切に日夜手入れをされ磨かれ、破損することもなく何百年を経たものもあるはずだ。――こやつはいま、おのれをもののけだと名乗ってのけた。もののけ、すなわち物の怪。妖怪変化のうちには違いないが、物の怪とはすなわち《物の妖怪》、古物御物《こぶつぎょぶつ》が年ふりていのちをもつようになったかたち。――こやつは、九百年の余からこの黒曜宮にて年を経た、ともいった。なんと、きさまはこの宮殿の主ともいうべき大鏡に違いない。そうであろう、ユリディス」

「さようでございます」

ユリディス――鏡の怪は、また悄然とうちしおれた。

「なんと」

ハゾスはただ、茫然とするだけで、ことばを知らぬ。

「わたくしは、来る日も来る日も、九百年以上のあいだ、この宮殿の奥で……皇帝がたの寝室で、たくさんの、歴代の皇帝陛下、皇后陛下、貴族のみなさまをうつしだして参りました。おおもとは、わたくしは――わたくしとわたくしの同胞とは、魔力をもつにいたるほどの名工といわれた、鏡作りエウリディウスの手になるものにございます。鏡とは、剣、書物、そして石像などのひとがたのまねびに並んで、魔力をそのうちに持ちやすき品々の筆頭。――この黒曜宮に、はじめてエウリディウスの手によっておさめられた鏡はすべてわたくしの一部と申すか、同じ炉の火から生まれ出、同じときに名工の手によって研磨され、高貴な、清められ精製された特別の銀を吹き付けられて誕生した、わたくしの分身でございます。――従って、いまここにこうしてお話いたしておりますわたくしは、いうなれば、エウリディウスがかのときに黒曜宮にお納めしたすべての鏡の象徴と申すか、その一部」

「………」

「むろんその後黒曜宮の鏡も、どんどん増やされもいたせば、破損したものはあらたに補塡されたりもいたしましたが、この宮は戦災などの災禍にも見舞われておりませぬゆえ、破損せざりし、エウリディウスの鏡の大半は、朝に晩に忠実な侍女たちの手で磨かれ、そしてこの大ケイロニアの歴史を見守って参りましたあいだに――いつしかに意識も、魔力も持つようになりました。そもそも、エウリディウスはケイロニア史上に、五大名工、神の匠と讃えられた名手でございますれば、もともと神の匠の手になるものには、いのちが宿りやすく……」

「ウーム……」

「その、わたくしが……ついつい、懸想いたしましたが……ことのはじまり、おお、申し訳ない。お恥ずかしい」

ユリディスはぽっと頬をあからめた。

奇妙なことがおきた。もう、ユリディスは、ヴァルーサには見えなかった。が、すがたかたちは、ヴァルーサのままであったが、それでも、それはもう、ヴァルーサではありえなかった。だったら、なにものであるのか、ときかれても、これよと云いようはなかったのだが。

「なんと凛々しいお殿様――なんとおみごとな殿御ぶり……なんと素晴しいお姿であろうか……九百年も生きて参って、来る日も来る日も宮廷のいたるところで、高貴のおかたを映し出して参りましたが、このようなことを想いそめたは、このたびがまことのはじめて――それほどに、豹頭王さまはけたはずれな、他のすべての偉大な皇帝とさえ、あまりにも異なったお方……毎日毎日、陛下のご活躍を暗がりから拝見し、朝になれば陛下がどのわたくしの前に立ってくださるかと心ひそかにときめかせつつ――少しでもきらかに光って陛下に見つめていただこうと想うにつけ……でも陛下はことのほか、鏡がお嫌いにて……また、お留守がちでもあられること、たまにしかお会い出来ぬと想うほどに、おろかな懸想の妄執がつのり……どうぞして、陛下のおすがたをわがものにしたいもの、陛下のうつし身はむろん無理でも、また鏡の怪たるわたくしが、それを手にいれてなんとしょうというものでも、でも陛下のうつし出されたおすがたをとわにとどめ、わたくしの中に陛下の似姿にとどまっていただくことなら出来ようかと……ついつい、そのような、ふらちな心根を起こしました。まことになんとも……申し訳もございませぬ。なれど、なれど、陛下」

「……」

「その魔剣で切られましたら、鏡がではのうて、その鏡から派生した物の怪たる、このユリディスそのものが切られて消滅いたします。――そうなれば残るのは、たとえ名工の手になろうともいのちなきただの鏡……もう決してよこしまな心得違いはいたしませぬ。もう、懸想のあまりうつつの世にこのようないたずらをしかけたりもいたしませぬ。こののちは、末永くケイロニアに――ことに陛下の御世をお守りして、黒曜宮の守りに全力をつくさせていただきますゆえ、何卒――何卒、わたくしのあられもなき懸想ゆえのいたずら、お許しなされて下さいませ。でも、陛下に何か危害を加えるつもりなど、まったくございませんでした。わたくしはただ……陛下をもっとよく見たいと……もっともっとたくさん、陛下をうつしだしたいと、そのように願うただけでございますれば……」

「それで、あのように大勢の俺をうつし出したというのか。なるほど確かに、鏡が鏡のなかにうつせば、無数の俺を生み出すこともまたたやすいか」

「もう、誓って、うつし世にあらわれたりはいたしませぬ」

恥ずかしそうに、ユリディスは云った。

「これからは、陛下が鏡の前にたたれても、ただ内心だけでうっとりしておりまする。――なんと好いたらしい殿方、なんとお美しい完璧なそのおすがた、なんと男らしい、なんと凜々しい、なんと英雄らしい……」

「もうよい」

いささか閉口してグインは怒鳴った。

「もうやめろ。もうわかった。この色惚け鏡め、確かにお前は何も危害は加えてはおらぬといえばおらんのだ。ヴァルーサをもとどおりにして戻せ。そしてもうこののちはおとなしくすると誓うのなら、今回だけは堪忍してやる」

「おお、誓います。誓います」

おおいそぎで、ユリディスは云った。同時に、ヴァルーサのすがたをしていたそれは、またしても、あやしい銀色のもやに戻りはじめていた。だが、どうやら、どういうわけか、それはただの銀色ではなく、ぽっとバラ色をところどころに帯びているようでもあった。

「それにこののちは、鏡の魔力をもって、黒曜宮に、あの小蛇どものような小悪党の妖怪どもが寄ってまいらぬよう、このユリディスが御守護参らせましょう。――どこか遠い旅にお出になるときも、ただいまおわびのしるしを進ぜますにより、それを持って、おいでなさいませ。されば、いささかの魔力をもって、陛下をお守り申し上げるお手伝いをさせていただきます」

「ヴァルーサの腹のなかの子をいったいどうした？」

「どうもいたしておりませぬ。ただ、あの室のわたくし――あの室の鏡に命じて、なにもないお腹をうつさせただけのこと。皆様が、その鏡の魔術に掛かって、たいらなところをさぐっているとお感じになっただけのこと。いまお戻りになれば、王子様はもとどおり、ヴァルーサどののお腹においでになりましょう。――せっかくの惚れた殿御に、お子が出来、いとしむ女人が出来たことに、ついつい悋気をいたしました。わたくしといたしたことが」

「……」

いささか茫然としているグインとハゾスの前で、ふいに、きらきらとまた銀色の粉が渦巻いて舞った。

「このおわびはいくえにも……もう、御迷惑はおかけいたしませぬ。陛下、お慕いいたしております」

ふいに、きらきらと輝く銀色が、二人の目をくらますほどのまぶしさに光をはなった。あっと叫んで目を覆った二人が、ようやく目をまた開いたとき、グインは、床の上に落ちていたものを見下ろして、声もなく唸った。

「これは……」

ハゾスが、おそるおそる、おっかなびっくり手をさしのべる。床の上に落ちていたのは、おそろしくよく磨かれた、素晴らしく綺麗な円形をもつ、小さな手鏡の銀鏡であった。

「陛下……」

「ううむ……やむを得ぬ。きゃつが嘘をついているのかどうかは、ユーライカになり、またまじない小路でルカにでも問いただせば教えてくれよう。ハゾス、それを持って、ついて参れ」

グインは、なんとなく不平そうなスナフキンの剣をなだめるように引っ込ませた。

「ともあれヴァルーサの身が気に懸かる。もしあの鏡の妖怪めのいっていたことがまことなら、もはや王子はヴァルーサの腹中に戻っているということだな。——が……王子、か！」

「王子様でございますか。こりゃ大変だ。アキレウス陛下がどのようにお喜びになることか」

ハゾスがいう。

「それに……まあ、男なら、多少は……万一にも豹頭だったとしても……」

グインはわだかまる胸の内をしいて押し鎮めるかのようにつぶやいた。

「それにしても、年古《としふ》りた鏡までが、陛下に懸想をしておったとは！　さすがと申しますべきか、それとも……この黒曜宮にも、そのような主というべき妖怪が巣くっていたとは……」

ハゾスがおそるおそる拾い上げた鏡を見ながら云いかけたときだった。

「陛下ッ！」

ふいに、どっと流れ込むようにしてうつつの世界が戻ってきた——色彩も、音も、においも、そして時も、人間たちの気配も、何もかもが、音たててこの銀色に区切られていた虚空に流れ入ってきたのだった。同時に、あわただしく駈け寄ってきたのは、産殿の入口を固めさせていた衛兵であった。

「陛下、ここにおられましたか！　お探しいたしました！　大変です、いよいよお生まれでございます！　お后様の陣痛がはじまられたと、女医のマルスナ先生が仰有っておられます。突然陣痛がはじまられ、これはおそらくお産になろうと——陛下には産殿の外にて、しきたりどおり、お待ちいただきたいとのことでございますが」

「なんと！　はやご誕生とは！」

ハゾスが飛び上がった。グインは、波立つ胸をしずめながら、ゆっくりと頷いた。

「いま、行く。——ヴァルーサに伝えるよう、申せ。すこやかな子を生んでくれ、そのほかには何も望みはせぬとな。行こう、ハゾス。いよいよこの俺もひとの子の親となるらしいぞ」

初出
「蛟が池」　『グイン・サーガ　オフィシャル・ナビゲーションブック』2004年9月
「闇の女王」　〈SFマガジン〉2005年6月号
「ユリディスの鏡」　書き下ろし

解説

「薫の会」会長
田中勝義

みなさんは初めてグイン・サーガを読んだのは何年前でいくつの時でしたか？　この外伝二十一巻を読まれているということは正伝外伝のすべてを読んでいる方がほとんどだと思います。つい最近読み始めて一気にここまで来たという方もいらっしゃると思いますし、中にはグイン・サーガを手に取るのはこれが初めてという方もいらっしゃるかもしれません。しかし、多くの方は読み始めてから十年以上が経っているのではないでしょうか。

かくいう私ももう二十七年くらいのつきあいになります。

それはまだ中学生の頃でした。あるときグイン・サーガというシリーズが出ていることを確か新聞の広告で知りました。すでに第四巻『ラゴンの虜囚』まで出ていた頃だったと思います。すでに『ぼくらの時代』などですっかり栗本薫のファンになっていた私でしたが、その頃SFなどほとんど読んでおらず、また栗本薫はミステリ作家だと思っていたのでそんなシリーズが出ていたことなど全く知りませんでした。

すぐさま本屋に第一巻『豹頭の仮面』を買いに行き、戻ってきてそのまま読み始めました。そしてそのとき受けた衝撃は今でも忘れることが出来ません。「それは――《異形》であった」の一文がすっと体に染みこんでいったのです。そして今まで読んだことのない異世界の物語に私は引き込まれていきました。一気に読了した後、すぐに既刊分を全部買いに行ったのはいうまでもありません。

グイン・サーガにどっぷりとはまり、このおもしろさについて誰かと語り合いたいと思っていた私は、あとがきに東京のファンクラブの案内が載ったのを見てすぐに入会を申し込みました。

その後ファンクラブは「薫の会」と名前が変わり、しばらくして紆余曲折の結果、私が会長を務めることになりました。

会誌を作ったり、十周年の時には大きなイベントを行ったりとなかなかに大変ではありましたが充実した日々でした。まさに私の青春はグイン・サーガとともにあったといっても過言ではないと思います。

またファンクラブ以外にも、パソコン通信のニフティーサーブで栗本薫さんが主宰した天狼パティオや、栗本薫メーリングリストのnut-brownにも参加し、多くの友人たちに出会うことが出来ました、これだけグイン・サーガに満ちた生活を送ることになったのも、私がもともとイベント好きの性格だったこともありますが、それよりもそこにいた人々が、栗本薫先生を筆頭として、みな素晴らしき人々ばかりであり、何よりもそこに楽しい遊び場があったからに他なりません。

グイン・サーガのおかげで、私は多くの経験と友を得ることが出来ました。本当にこの物語がなければ今の私はないであろうとしみじみ思います。

さて自分の話ばかりではさすがに申し訳ないので本作品「鏡の国の戦士」シリーズについても触れておきましょう。

ここのところ外伝はイシュトヴァーンやナリスの若かりし頃のエピソードが続いていましたが、今回は久しぶりのグインの登場であります。本外伝に収められた「蛟が池」、「闇の女王」、「ユリディスの鏡」の三話は、ケイロニア王グインが見た一夜の悪夢といった内容で、初期の外伝を彷彿とさせる久々の本格ヒロイック・ファンタジーといえる作品であり、しかもすべてが現時点での正伝よりも未来のお話です。

本外伝発売の二〇〇七年七月の時点では正伝は百十四巻まで刊行されており、百九巻から続く『タイス篇』とでも呼ぶべきエピソードの真っ最中であります。いったいグイン一行は無事タイスから脱出できるのか、そしてグインとガンダルの対決シーンはあるのか、てな盛り上がりを見せているところであります。

そしておそらくタイス篇が一段落したら、パロにたどり着いて、グインはケイロニアに戻って、『七人の魔道師』が起きて、でそのあとこの外伝にも少し触れられている××××のエピソードがあって、で、この外伝にたどり着くことになるわけです。最終巻『豹頭王の花嫁』までの道のりの中で、今まで『七人の魔道師』が一番先の話だったわけですが、これはさらに先であり、この続きが読めるのはおそらく相当後であるにもかかわらず「怒濤のヒキの栗本薫」の面目躍如といったエピソードが最後に含まれています。いったいこの作者はどこまで読者をやきもきさせれば気が済むのでしょうか。

さて、全百巻と銘打たれて始まったこのシリーズが、軽く百巻を超えてしまった今、全読者の関心はいったいこの物語はどこまで続くのだろうかということだと思います。作者はあとがきで二百巻だ三百巻だと言っているけれど本当は何巻までなんだとか、「まさかこんな展開になるとは」とか書いているけれども、当初の構想からずれてしまっていたりしていないのかと心配している読者は多いでしょう。

もちろん私もその一人です。百巻記念の際にインタビュウさせていただく機会に恵まれたのでこれ幸いとその思いをぶつけてみました。SFマガジン二〇〇五年六月号に掲載されたそのインタビュウから少し引用します。

——予定よりもだいぶ長くなっているとはいえ、当初に思い描いていた構想から変化はないと？

栗本　じぶんでもびっくりするほど、当初のよていどおりきています。私自身、実際の構想はあっても、いざ書くとどんな形で出てくるかわからなかったので、本当にその通りに来てしまったのにむしろ驚いています。

——細部まで厳密なプロットをたてて書くという方法をとっていないですよね。

栗本　そう。だから、無意識に計算しているんだと思う。

たとえば、ブルースという音楽は進行が決まりきっているので、ある程度修練してしまうと、弾いているときになにも考えなくなるんですよ。体が自然に十二小節という単位で動き出すので、それを見失わない限り、間違えるということはありえないわけです。

それに似たことが、四百枚づつ百巻という長いタームで行われている気がします。

——途中でアドリブを入れても、本筋がしっかりとしているから構想がぶれることはない、ということですね。

栗本　アドリブで一コーラス追加することはできても、小節の途中で終わったりはできないですからね。

ソロをやっていると、よく、うっかりはみ出してしまったフレーズ、アイデアのために、もう一コーラス弾くことになったりする。《グイン》の場合は、八十五、六巻がそれで、八十巻で終わらなかったことをやっていたんだと思う。

お話を伺って一番印象深かったのはこのアドリブの話でした。

まぁ物語の先行きを不安に思うというのは作者に対して大変失礼な話なわけですけれども、やはりこれだけ長い話でまだ終わりが見えないとなるとどうしてもそう思ってしまうわけです。目先の展開に走って全体が破綻したりしないかとか、すべてが中途半端なままで終わったりしないかとか、読み続けてきた我々が失望するようなことにはなって欲しくありません。ですが、このお話を伺った瞬間「あ、なにも心配しなくてもいいんだ」と妙に腑に落ちた覚えがあります。

栗本薫という偉大な奏者はグイン・サーガという壮大な組曲を自信を持って奏で続けています。我々はその美しく、雄大で、驚嘆に満ちたその旋律に静かに身を任せていればよいのです。

最後に、私は一つ心に決めていることがあります。それは自分がグイン・サーガという物語を面白いと感じられなくなったらきっぱりと読むのをやめようということです。自分を偽ろうとは思いません。しかしながら、いまだ新刊を読むたびに、予想を裏切るその展開に驚かされ、読みながら一喜一憂し、終わってみれば「やっぱりおもしれぇ」と大満足して本を閉じる、そんな物語から離れることなど出来そうにないのが現在の私であります。

一生読み続けていたい、でも絶対最終巻を読みたい、多くの読者が持つジレンマを私も抱えつつではありますが、このグイン・サーガという果てしない物語にこれからもずっとつきあっていくことにいたしましょう。

神楽坂倶楽部URL
http://homepage2.nifty.com/kaguraclub/

天狼星通信オンラインURL
http://homepage3.nifty.com/tenro

「天狼叢書」「浪漫之友」などの同人誌通販のお知らせを含む天狼プロダクションの最新情報は「天狼星通信オンライン」でご案内しています。

情報を郵送でご希望のかたは、返送先を記入し80円切手を貼った返信用封筒を同封してお問い合せください。

（受付締切などはございません）

〒108-0014　東京都港区芝4-4-10　ハタノビルB1F
㈱天狼プロダクション「情報案内」係

神林長平作品

敵は海賊・海賊版

海賊課刑事ラテルとアプロが伝説の宇宙海賊匂冥に挑む！　傑作スペースオペラ第一作。

敵は海賊・猫たちの饗宴

海賊課をクビになったラテルらは、再就職先で仮想現実を現実化する装置に巻き込まれる

敵は海賊・海賊たちの憂鬱

ある政治家の護衛を担当したラテルらであったが、その背後には人知を超えた存在が……

敵は海賊・不敵な休暇

チーフ代理にされたラテルらをしりめに、人間の意識をあやつる特殊捜査官が匂冥に迫る

敵は海賊・海賊課の一日

アプロの六六六回目の誕生日に、不可思議な出来事が次々と……彼は時間を操作できる!?

ハヤカワ文庫

次世代型作家のリアル・フィクション

マルドゥック・スクランブル The First Compression──圧縮
冲方 丁

自らの存在証明を賭けて、少女バロットとネズミ型万能兵器ウフコックの闘いが始まる。

マルドゥック・スクランブル The Second Combustion──燃焼
冲方 丁

ボイルドの圧倒的暴力に敗北し、ウフコックと乖離したバロットは〝楽園〟に向かう……

マルドゥック・スクランブル The Third Exhaust──排気
冲方 丁

バロットはカードに、ウフコックは銃に全てを賭けた。喪失と安息、そして超克の完結篇

第六大陸1
小川一水

二〇二五年、御鳥羽総建が受注したのは、工期十年、予算千五百億での月基地建設だった

第六大陸2
小川一水

国際条約の障壁、衛星軌道上の大事故により危機に瀕した計画の命運は……。二部作完結

次世代型作家のリアル・フィクション

マルドゥック・ヴェロシティ1 冲方 丁
過去の罪に悩むボイルドとネズミ型兵器ウフコック。その魂の訣別までを描く続篇開幕！

マルドゥック・ヴェロシティ2 冲方 丁
都市政財界、法曹界までを巻きこむ巨大な陰謀のなか、ボイルドを待ち受ける凄絶な運命

マルドゥック・ヴェロシティ3 冲方 丁
都市の陰で暗躍するオクトーバー一族との戦いに、ボイルドは虚無へと失墜していく……

逆境戦隊バツ［×］1 坂本康宏
オタクの落ちこぼれ研究員・騎馬武秀が正義を守る！　劣等感だらけの熱血ヒーローSF

逆境戦隊バツ［×］2 坂本康宏
オタク青年、タカビーOL、巨デブ男の逆境戦隊が輝く明日を掴むため最後の戦いに挑む

著者略歴　早稲田大学文学部卒
作家　著書『豹頭の仮面』『あなたとワルツを踊りたい』『もう一つの王国』『紅鶴城の幽霊』（以上早川書房刊）他多数

HM=Hayakawa Mystery
SF=Science Fiction
JA=Japanese Author
NV=Novel
NF=Nonfiction
FT=Fantasy

グイン・サーガ外伝㉑
鏡《かがみ》の国《くに》の戦士《せんし》

〈JA894〉

二〇〇七年七月十日　印刷
二〇〇七年七月十五日　発行

（定価はカバーに表示してあります）

著者　栗《くり》本《もと》薫《かおる》
発行者　早川浩
印刷者　大柴正明
発行所　株式会社　早川書房
郵便番号　一〇一 - 〇〇四六
東京都千代田区神田多町二ノ二
電話　〇三 - 三二五二 - 三一一一（大代表）
振替　〇〇一六〇 - 三 - 四七七九九
http://www.hayakawa-online.co.jp

乱丁・落丁本は小社制作部宛お送り下さい。
送料小社負担にてお取りかえいたします。

印刷・株式会社亨有堂印刷所　製本・大口製本印刷株式会社

ISBN978-4-15-030894-0 C0193